KB262495

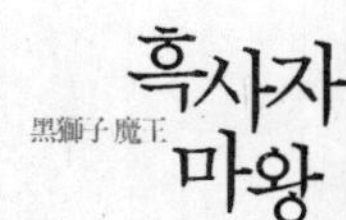

흑사자
黑獅子·魔王
마왕

김운영 판타지 장편 소설
FANTASY FRONTIER SPIRIT

흑사자마왕 2

김운영 판타지 장편소설

초판 1쇄 찍은 날 § 2010년 10월 19일
초판 1쇄 펴낸 날 § 2010년 10월 26일

지은이 § 김운영
펴낸이 § 서경석

편집팀장 § 서지현
편집 § 주소영 · 어정원

펴낸곳 § 도서출판 청어람
등록번호 § 제1081-1-89호
등록일자 § 1999. 5. 31
어람번호 § 제1-1193호

주소 § 경기도 부천시 원미구 심곡2동 163-2 서경B/D 3F (우) 420-822
전화 § 032-656-4452 팩스 § 032-656-4453
http://www.chungeoram.com
E-mail § chungeoram@chungeoram.com

ⓒ 김운영, 2010

ISBN 978-89-251-2325-7 04810
ISBN 978-89-251-2323-3 (세트)

친구와 적

2

黑獅子 魔王

흑사자 마왕

도서출판 청감

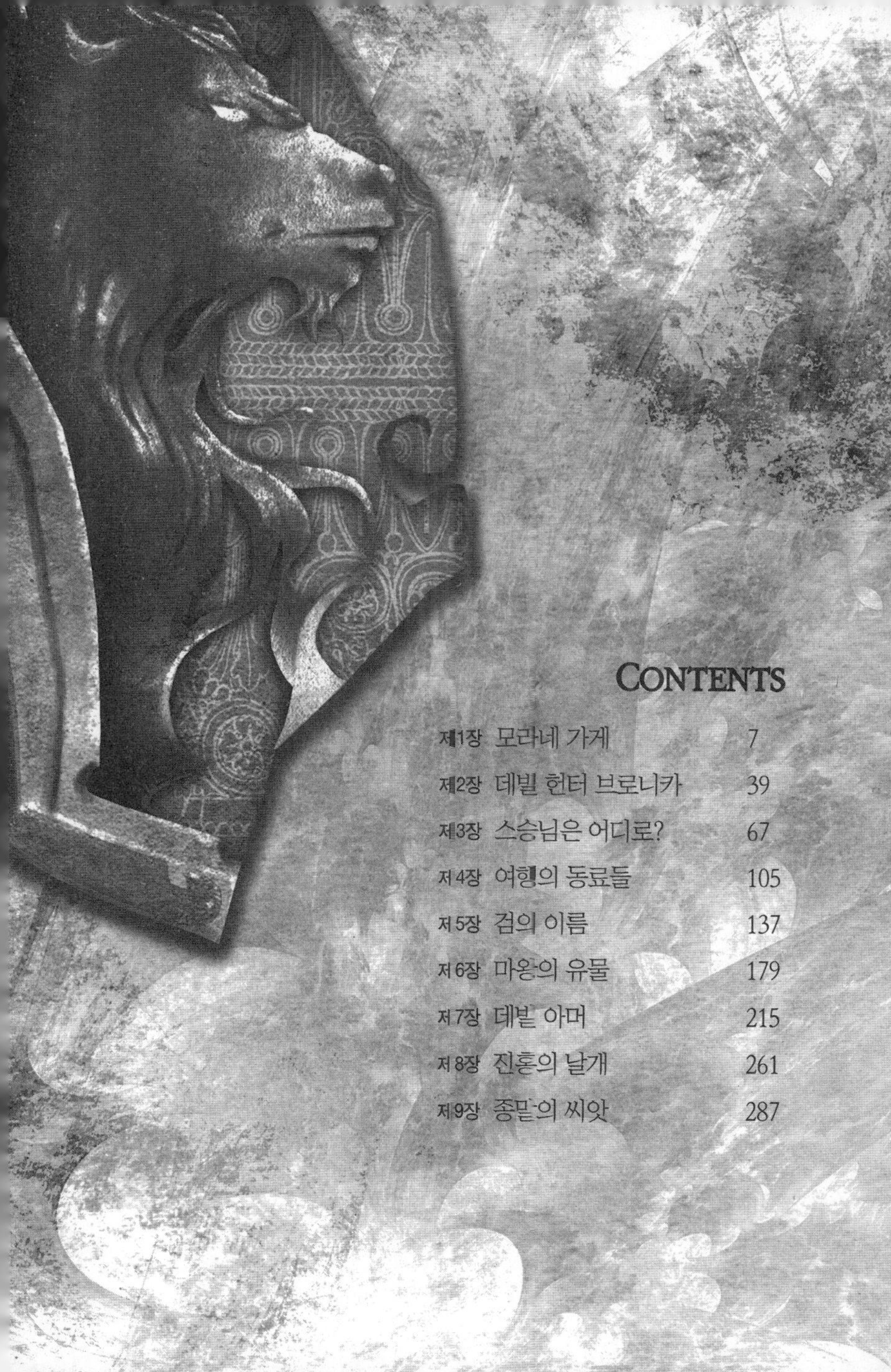

CONTENTS

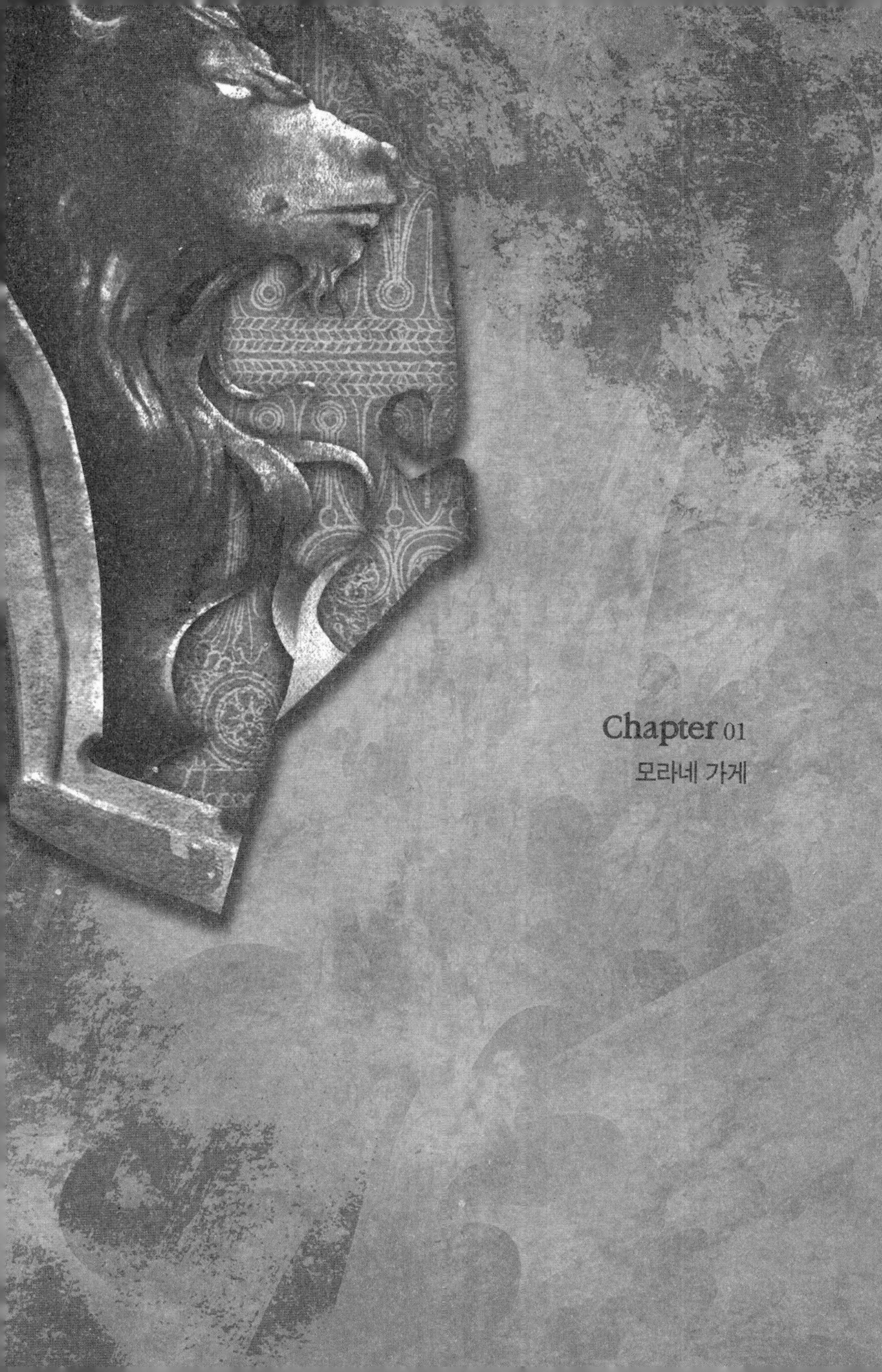
Chapter 01
모라네 가게

흑사자
마왕

출생의 비밀을 알게 된 디온은 그날부터 자신의 인생에 대해 진지하게 고민하기 시작했다. 무엇보다 인생인지 마왕생인지 헷갈리는 부분이 있었지만 지금 그건 중요한 게 아니다.

"쩝, 일단 지금으로서는 인간도 나쁘진 않은데 말이야."

단순하게 결정하면 땡인 상황은 아닌가 보다.

그동안 알아본 바에 의하면 불완전한 영혼체인 인간이 고위영격체가 된다는 것은 그야말로 참기 어려운 유혹이다.

예를 들어 검사가 마스터의 경지에 도달할 때의 느낌에 비유할 수 있는데, 그것과는 또 다른 더한 충만감 같은 것을 얻게 된다고 한다.

그리고 지금 이 상황에서도 문제가 발생했다.

"내 요리가, 사람이 먹으면 안 되는 것이라니! 으으으."

이게 가장 참을 수 없는 고통이다.

하필이면 마왕의 능력이 요리를 통해 발현되는 바람에 디온의 요리를 먹은 사람은 최고 레벨의 현혹마법에 걸리고 만다.

마약을 먹은 것처럼 행복감에 가득 차서, 지극히 단순해진 감정으로 요리를 제공한 자의 말을 다 듣는 것이다.

가장 큰 문제는 그러한 능력 발현을 전혀 제어할 수 없다는 데에 있다. 정성을 다해 만드는 요리에는 무조건 그 힘이 깃든다.

"투투, 넌 아크데빌 아니냐. 혹시 이거 어떻게 제어할 수 있는 방법 없니?"

한쪽에 앉아서 열심히 계란을 쥐어 부수던 투투는 고개를 갸웃거리며 대답했다.

"투투, 모른다. 힘을 왜 제어하냐? 그냥 쓰면 되지."

"아, 그래. 넌 그냥 계란 쥐는 연습이나 계속해라."

생각해 보니 물어본 디온이 실수했다. 자기 주먹의 오러도 제어 못하는 놈한테 물어본 게 잘못이다.

디온은 한숨을 내쉬고는 반대쪽에 서 있는 라이번에게 물었다.

"라이번, 무슨 좋은 수가 없을까?"

“글쎄요. 여황님의 말씀에 의하면 마왕이 되어야만 힘의 제어가 가능하다고 합니다만.”

“켁, 그럼 나보고 지금 마왕이 되라는 거야?”

“꼭 그런 건 아니고 말입니다. 그래도 검보다는 요리 쪽에서 능력이 발현되었으니 훨씬 나은 게 아닌가 해서 말입니다. 제 생각에 검 쪽으로 능력이 발현됐다면 그 순간 마왕이 되셨을 겁니다.”

“한 방에 훅 갔을 거라고?”

“그렇지요. 아무래도 감당하기 어려울 정도로 살기가 증폭되었을 테니까 말입니다.”

“하긴 그렇겠군.”

“제 말은 생각을 희망적으로 가지자는 겁니다. 어떤 위기가 닥쳐와도 절망해서 모든 것을 포기할 필요는 없더군요. 최대한 좋은 쪽으로 생각하고 노력하면 어느 순간 위기를 극복한 자신을 발견할 수 있지 않겠습니까?”

“응, 경은 그런 말을 할 자격이 있지.”

디온은 순순히 라이번의 충고를 받아들였다.

과거 레이어스가 위기에 빠졌을 때, 라이번은 묵묵히 국경을 지키며 제국의 군세를 막아냈다.

소용이 없다는 것을 알면서도 하루라도 더 버티겠다고 온갖 수단과 방법을 아끼지 않았기에 레이어스는 멸망하지 않고 암흑제국으로 발전할 수 있었던 것이다.

더불어 대륙은 멸망의 위기에 접하게 되었지만 그건 라이번의 잘못이 아니다.

"맞아. 내가 요리를 배웠기에 마왕의 힘이 요리 쪽으로 발현된 거야. 정말 다행스러운 일이지. 하지만 그럼 이제 요리는 못하게 되는 걸까?"

"그건 모릅니다. 일단 제 생각으로는 어떻게든 방법을 찾아서 요리를 계속하시는 게 좋을 것 같습니다. 마왕의 힘이 한 번 발현하고 끝나리라는 보장은 없으니 말입니다."

"으, 그렇군."

"일단 비잔티움 신성제국에 상황을 설명하고 마왕의 힘을 제어할 마법 구속구가 있나 물어볼까요? 워낙에 그런 쪽으로 발달한 곳이니 혹시 있을지도 모릅니다."

"으윽, 이 상황을 비잔티움에게까지 공표하자고? 그럼 그쪽에선 정말 날 마왕으로 취급할지 모르잖아. 위험하다고."

지금까지는 마왕이 될지 모르는 인간이었지만, 일단 능력이 발현되었다고 하면 저쪽에서 어떻게 나올지 아무도 장담할 수 없다.

어쩌면 이판사판이라 판단하고 비밀조사관과 데빌 헌터들을 떼로 보낼지도 모르는 상황이다.

라이번도 디온의 걱정에 동의한다는 듯 고개를 끄덕였다. 사실 그는 신성제국에서 절대 디온에게 무례한 행동을 할 수 없다고 생각했지만 일단 디온의 걱정도 일리가 있으니 굳이 말하지 않았다.

"그럼 드라켄 제국으로 가셔서 스승님이신 던컨님께 가르침을 청하는 게 어떻겠습니까? 마왕이란 말은 하기 그렇지만, 저주를 받았다던가 가문에 흐르는 마법의 혈통이 발현되었다는 식으로 설명하면 될 것입니다."

"하기야 이건 저주도 맞고, 마법의 혈통이 발현된 것도 맞군."

"그렇지요. 정 안 되면 디온님께서 만든 요리를 디온님 스스로 드시던가 아니면 디온님께 충성을 맹세한 사람들만 먹으면 됩니다."

"투투, 먹는다."

"알았어, 투투. 네 마음은 잘 알아."

디온은 갑자기 끼어든 투투에게 미소로 답하고 의자에서 일어났다.

"결심했어. 어차피 개학도 가까워졌으니 일단 학교로 돌아가서 생각하자."

"그럼 준비하겠습니다."

디온의 결단이 떨어지자 라이번은 즉시 움직였다.

비록 신분을 숨겼다고 해도 황태자가 이동하는 것이니 준비할 게 만만치 않게 많았다.

하지만 디온이 태어날 때부터 여황의 부탁으로 디온의 집사가 되기 위해 공부해 온 라이번은 자잘한 것 하나 놓치지 않고 완벽하게 여행 준비를 끝냈다.

디온 일행이 드라켄 제국에 있는 저택으로 돌아와 보니, 저택은 여전히 깔끔하게 관리되어 있어 먼지 한 톨 찾아보기 힘들었다.

디온은 급한 마음에 대충 짐을 놔두고 학교로 향했다.

그런데 막상 학교에 와보니 아직 개학 전이라서 여행을 떠났던 던컨 선생은 돌아오지 않았다고 한다.

"어떻게 하지?"

일단 저택으로 돌아가서 라이번과 상의해야 할까?

디온이 잠시 고민하며 던컨의 방 앞에 서 있을 때, 우연히 그곳을 지나가던 학장인 켈러핸 교수가 디온을 발견했다.

"디온 군, 방학 중인데 교수실에 무슨 볼일이지요?"

"아, 켈러핸 교수님. 별건 아닙니다만."

디온은 어떻게 할까 잠깐 망설였지만 켈러핸 교수가 유명한 마법사이자 드라켄 마법학회의 수석 연구원이라는 것에 생각이 미쳤다.

여황 사비너는 드라켄이 흑마법으로 최고의 경지에 올랐지만, 드래곤의 가호를 받는 제국이니만큼 마법에 있어서도 독특한 비법이 많다고 했다.

그런 드라켄의 상급 마법사라면 조언을 받을 수 있을지도 모른다.

"사실은 제가 혈통의 문제로 마법적인 능력이 나타났는데 말입니다."

"오, 그런가요? 그건 정말 축복받을 일이군요."

오래된 귀족 가문에는 디온이 달한 것처럼 마법 능력이 발현되는 경우가 있다. 이걸 소서리스라 하고, 선천적 마법 능력 발현자를 소서러라고 한다.

드라켄에도 소서러가 심심치 않게 나타나는 상황이니 디온은 제대로 된 상담자를 만났다고 할 수 있다.

켈러핸 교수는 잔잔한 미소를 지으며 말했다.

"소서리스 능력은 제어가 안 되기에 잘못하면 위험에 처할 수도 있지만, 마법사가 되기 위한 자질이 강하게 나타나는 셈이므로 결코 두려워할 필요는 없어요. 당장 같이 학회로 가서 마법사 등록을 하도록 하죠."

"아, 저, 그게 말입니다. 저는 마법사가 될 생각이 없습니다. 어느 쪽이냐 하면 기사 학부니까요."

"아! 그랬군요."

켈러핸 교수는 안타깝다는 표정을 지었다.

소서리스 능력의 발현은 훌륭한 마법사가 될 그릇이라는 증표나 마찬가지인데, 그걸 포기하고 검의 길을 걷겠다고 하니 마법사로서 아쉬운 느낌을 지울 수 없었다.

하지만 켈러핸은 자신의 직위가 아카데미의 학장임을 잊지 않았다.

　가문에 따라 마법을 선호하는 곳이 있고, 검을 최우선으로 치는 곳이 있다. 특히 드라켄 제국 이외의 나라에서는 마법을 천시하는 곳도 있다고 하니 유학생인 디온이 원하지 않는다면 강요할 수는 없다.

　디온은 계속 말했다.

　"그래서 이러한 능력을 억제할 수 있는 방법이 없는지 던컨 선생님께 물어보려 했습니다만, 안 계시네요."

　"능력을 억제한다라… 소서리스를 억지로 누르는 것은 그렇게 권하고 싶지 않군요. 역시 마법사의 수련을 쌓아 자연스럽게 힘을 제어하는 게 가장 자연스럽지만, 마법사가 될 마음이 전혀 없다고 하면 연금술의 힘을 빌어야겠지요."

　"연금술이라면, 마법의 시약 같은 것을 만드는 학문을 말씀하시는 건가요?"

　"그래요. 음, 그럼 일단 내가 가게 한 곳을 가르쳐 줄 테니까, 그곳에 가서 상담해 보세요."

　"연금술 가게입니까?"

　"그렇지요. 모라네 가게라고, 마녀 모라가 자신이 만든 여러 가지 실험작을 팔고 있는데, 소서리스 능력 억제제를 팔았던 것이 기억나네요. 모라의 약은 부작용이 거의 없기로 유명하니 한번 가보세요."

　"예, 감사합니다, 켈러핸 교수님."

　디온은 성의껏 대답해 준 켈러핸 교수에게 감사의 인사를 하고 저택으로 돌아왔다.

　라이번은 디온에게서 켈러핸 교수의 말을 전해 듣고 의아한 표정을 지었다.
　"모라네 가게라… 처음 듣는군요. 마법사 학회에 정식으로 등록된 곳은 아닌 듯합니다. 하지만 켈러핸 학장께서 직접 추천할 정도면 꽤 실력이 있는 곳이라는 소리군요."
　"그곳에 가면 이 힘을 억제할 수 있을까-?"
　"아무래도 힘들지 않을까요? 디온님의 힘은 소서리스가 아닌 마왕의 능력이니까요. 억제할 수 있다면 여황님께서 했을 것입니다."
　"하기야, 세계 최강의 마법사인 어마마마도 안 되는 일이니 쉽지는 않겠지."
　그렇게 생각하면 던컨에게 상담을 하겠다는 것도 좀 이상하다. 던컨은 요리사일 뿐 마법사가 아니다. 그런데 어떻게 던컨에게 상의해야 한다고 생각했을까?
　라이번은 디온의 생각을 읽기라도 한 듯 미소를 지으며 말했다.
　"던컨 경은 평민 출신이고 요리사라는 직업을 가지고 있지만 평범한 분은 아닙니다. 제가 존경하는 분들 중 하나지요."
　"하기야, 처음 만났을 때도 내가 쳐 놓은 흑마법 함정을 통과해서 오신 거였으니까. 그럼 그분도 갇사이신 건가?"

"단순한 검사가 아닙니다. 정확하지는 않지만 제가 조사한 바로는, 과거 유명한 어쎄신이었다고 하더군요."

"에엣, 던컨 선생님이 어쎄신이었다고?"

"예, 지금은 요리사이자 유적 헌터이시죠. 고대 유적을 탐사하면서 사라진 여러 가지 물품들을 수집하는 게 그분의 취미이며 또 하나의 일입니다."

"아, 그랬구나. 그래서 방학이 되니까 여행을 떠나신 거군."

"던컨님이 유적에서 발굴하신 것 중 일반에 공개되는 것은 요리에 관한 것뿐입니다. 다른 마법적인 물품 같은 것은 일절 남에게 이야기를 안 하시죠. 그런 만큼 혹시라도 디온님께 도움이 될 만한 물품이 있을지도 모른다고 생각했습니다."

"음, 그런가? 그럼 던컨 선생님이 돌아오실 때까지 기다려 보는 게 낫겠군."

디온은 쓸데없는 사람에게 자신의 비밀을 일부나마 알리고 싶지 않았기에 모라네 가게에 가는 것을 그만두기로 했다.

소서리스의 재능이 있는 사람이 나타났다는 것이 소문나면 귀찮은 일이 있을 수도 있고, 또 자칫 잘못하면 소서리스 능력이 아니라는 것까지 들킬 수도 있다.

"어쨌든 당분간 내가 요리한 것은 나만 먹어야겠네."

"투투도 먹는다!"

"그래그래, 어차피 효과가 영구히 지속되는 건 아니니 너도 먹어라."

그동안 임상실험을 거듭한 결과, 디온의 음식은 삼 일 동안 상대에게 절대현혹마법을 거는 것으로 드러났다.

디온은 투투라는 마족을 아직 완전히 신용할 수 없었고, 또 본인이 강력하게 주장하니 요리를 나누어 주기로 했다.

투투는 라이번도 못 먹는 디온의 요리를 자신만 먹을 수 있게 되자 마냥 좋은 듯 입을 활짝 벌리고 웃었다.

하지만 디온의 요리를 먹는다고 힘의 제어가 되는 것은 아니다. 여전히 그의 손에서는 하루 백 개의 계란이 깨져 나갔고 디온은 계란을 깨지 않고 손에 쥘 수 있게 되기까지는 저택에서 밖으로 나갈 수 없다고 못을 박았다.

다음날이 되자 의외의 손님이 찾아왔다. 바로 리네와 그녀의 세쌍둥이 동생인 마크, 제이콥, 존이었다.

아직 여름이 끝나지 않아서 그런지 그들은 모두 시원한 복장을 하고 있었다.

특히 리네는 하늘색 물방울무늬 원피스를 입고 있었는데, 소매 없이 어깨까지 드러나 있고 치마 길이도 짧아 무릎이 보였다. 하얀색 샌들에 박힌 작은 녹색 나비 무늬가 상큼한 느낌을 자아냈다.

리네는 디온을 보자 반가운 미소를 띠며 손을 들어 흔들었다.

"안녕, 존이 네가 돌아온 걸 봤다고 해서 왔는데 정말 왔네?"

"어서 와. 그러고 보니 리네네는 방학 동안에도 수도에 머문다고 했지?"

"응."

"당연하다. 우린 졸업 후에도 당분간 이곳에서 살 거니까."

"고향에 갈 시간이 있으면 그만큼 수련해야 되거든."

"아르바이트도 하고 말이야. 상급생이 되기 전까지 말을 살 돈을 모아야 한다고."

세 동생이 끼어드니 디온과 리네의 말은 금방 파묻혀 버렸다. 디온은 하하 웃으며 사람들을 응접실로 안내했다.

어느새 라이번이 커피에 아이스크림을 얹은 아포가토를 사람 수대로 준비해서 테이블 위에 내놓고 있었다.

디온은 티스푼으로 아이스크림을 퍼내 쓴 커피를 적셔 한 입 먹고는 리네에게 말했다.

"참, 리네는 원래 마법사 학부 아니었어?"

"응, 근데 마법사 학부는 돈이 너무 많이 들어서 난 그냥 교양과 요리에 집중하려고."

"왜? 모처럼 재능이 있으면 노력해 볼 가치가 있지 않아? 마법사 학부는 마법의 재능이 있어야만 입학이 허락되잖아."

"그건 검사 학부도 마찬가지지. 하지만 난 매일같이 혼자

골방에 틀어박혀 주문을 외우고 냄새나는 시약으로 밤낮 실험하는 생활을 좋아하지 않아. 그냥 사람들하고 즐겁게 웃고 떠드는 게 좋거든. 맛있는 거 만들어서 같이 먹고 말이야."

"하하하, 맞아. 그게 좋지."

"그래서 마법사 학부의 수업은 낙제만 안 하려고 노력 중이야. 나중에 상급생이 되면 교양마법하고 생활연금술 쪽으로 전공하면 될 거 같아."

"그렇구나."

기사도 경지에 오르기 위해서는 가혹한 수련을 견뎌내야 하듯, 마법사 역시 제대로 된 수준이 되려면 다른 모든 것을 포기해야 한다.

리네는 동생들의 뒷바라지와 자신의 인생을 즐기기 위해 마법사의 길을 포기하기로 했다.

리네가 마법사의 모자와 로브를 입고 연구실에 틀어박히는 것은 디온도 원하지 않았다.

리네는 살짝 화제를 바꾸어 생각났다는 듯이 말했다.

"아참! 디온, 너 다음에 나하고 같이 마법상점에 안 갈래? 나 다음 학기에 필요한 물품들을 사야 하거든."

마법상점이 있는 거리는 왠지 모르게 으슥한 뒷골목 한가운데에 위치한다. 또한 사람들도 말없이 조용히 거리를 오가기 때문에 음산하기로 유명한 곳이다.

마법상점이 있는 거리 자체는 그렇게 위험하지 않은데, 가는 길목이 아무래도 여성한테는 별로 안전하지 않은 느낌이다.

"어, 그래? 그럼 같이 가지 뭐. 세쌍둥이도 같이 가는 거야?"

"우린 안 가."

"저번에 한 번 따라갔다가 좁아터진 가게에서 갑갑해 죽는 줄 알았거든."

"더군다나 진열된 물품 중 하나를 몸으로 건드렸더니 떨어져서 깨져 버리더라고."

"크, 하기야 너희들 덩치가 좀 크지."

"거긴 좁고 깨지는 게 너무 많아."

"더군다나 비싼 거도 많거든."

"엄하게 변상하느라 한 달간 죽게 고생하는 건 이제 안 할래."

과연, 마법상점에 세쌍둥이가 들어가면 뭐가 깨져도 깨질 것 같았다.

"알았어. 그럼 내가 리네를 에스코트하지. 언제 갈 건데?"

"내일."

"그럼 내일 아침에 중앙광장으로 갈게."

"응, 고마워."

리네는 안심했다는 듯 미소를 지었다.

다음날, 디온은 깔끔한 학생정장을 입고 리네를 기다렸다.

리네와 둘이서 쇼핑을 하는 것이니 데이트라 할 수 있다. 다행히도 날이 맑으면서도 구름이 살짝 껴 있는 게 해가 가려서 그런지 좀 선선한 편이었다.

오전에 물건을 사고 더워지면 적당한 카페테리아에 들어가 간단한 식사와 커피를 마실 계획이었다.

조금 기다리니 리네가 달려오는 모습이 보였다.

"헉헉헉, 미안, 늦었지?"

"아니, 딱 시간 맞춰 왔는데?"

"아, 다행이다."

리네가 안도의 한숨을 내쉬자 디온은 웃으면서 천천히 걸음을 옮겼다.

"오늘 사는 건 뭐야?"

"응, 초급 마법사용 완드랑, 중급 연금술용 시약 일체, 그밖에 간이 마법책이야. 난 아직 정식 마법사가 아니니 커다란 마법책은 필요없거든."

"살 게 꽤 많구나. 역시 마법사 학부는 돈이 많이 들어가나 보네."

"응, 이것만 해도 상당한데 내년에는 이보다 몇 배나 학비가 들어. 그래서 생활마법 쪽으로 전공을 옮기려는 거지. 거긴 이론 마법이라서 훨씬 낫거든."

"그렇군."

디온은 내가 돈을 대줄 테니 그냥 마법사 전공을 하는 게 어떠냐고 말을 하려다가 그만두었다.

리네가 도움을 청하지도 않았는데 도와주려다가 자존심을 건드릴지도 모른다고 생각했고, 정작 마법사가 되려는 마음 또한 없어 보였기 때문이다.

하지만 리네와 대화를 하다 보니 황태자인 자신이 그동안 얼마나 재물에 신경 쓰지 않고 살아왔는지를 깨달을 수 있었다.

리네도 디온의 가문이 꽤 돈이 많은 줄 알고 있다. 외국의 작은 나라라고 해도 일단 백작의 작위를 가졌으니 재산이 얼마인지 쉽게 가늠할 수 없다. 그러나 디온의 평소 태도를 볼 때 상당히 부유할 가능성이 높다.

그래서 가끔씩 디온이 뜬금없이 비상식적인 발언을 해도 대충 넘어가곤 했다.

"그런데 구스는 지금 뭐 할까?"

"황태자 전하, 아니, 구스는 방학 중에 기사단 훈련에 참가한다고 했잖아."

"맞아. 그럼 개학하면 좀 더 강해져서 돌아오겠네."

"응, 그거야 당연하겠지? 그런데 너 정말 1반 짱이야?"

"뭐, 가문의 후계자니까 어렸을 때부터 심한 훈련을 받았어. 그런데 내 목표는 요리사거든. 크크큭, 그래서 유학을 왔지."

"그랬구나. 헤헤헤."

리네는 재미있다는 듯 살짝 혀를 내밀고는 웃었다.

그녀는 이렇게 생각했다.

백작 가문의 후계자가 꿈이 요리사산데 본가에서는 말도 못 꺼내고 비밀리에 연습하다가 우연히 제국의 요리 우대 정책에 대한 소문을 듣게 된다.

이거야! 하고 얼른 유학 준비를 하는 디온의 모습이 상상되었다. 그동안 디온의 요리에 대한 열정을 옆에서 지켜본 리네였다.

"디온, 넌 훌륭한 요리사가 될 거야."

"당연하지. 난 적당히 할 생각은 없어. 내가 평생 걸어야 할 길인걸."

얼마 전까지는 그 길이 검의 길이었지만 이제는 다르다. 디온은 요리에 뼈를 묻기로 굳게 결심한 상태였다.

검은 물론, 마법도 위험하다. 언제 어떻게 마왕의 힘이 발현될지 모르는 지금 상황이라면 요리의 길이 가장 안전해 보였다.

이야기를 나누는 사이 두 사람은 마법상점이 있는 거리에 왔다. 개학이 다가와서 그런지 몇몇 학생들이 상점 안에서 물건을 사는 것이 보였다.

리네는 학교에서 추천한 가게로 들어가 가장 싼 완드와 소형 마법책을 샀다. 그런데도 평민 한 가족이 일 년은 충분히 먹고 살 비용이 들어갔다.

정식으로 마법책을 구하려면 집 한 채 가격은 가뿐하게 넘어간다고 한다.

간단하게 쇼핑이 끝나자 식사를 하기에는 이른 시간이 되었다.

리네는 한쪽에 있는 허름한 카페를 보며 말했다.

"잠시 저기서 커피라도 마실까? 커피는 내가 살게."

"아서라. 방금 주머니 탈탈 털어서 물건 사는 걸 봤는데 사긴 뭘 사니. 내가 살게."

"칫, 그래도 커피 살 돈은 있어."

"지금은 내가 여유가 있으니까 내가 살게. 학기 중에 한 번 사."

"그럼 그럴게."

합의를 본 둘이 카페에 들어가서 커피를 주문한 후 창밖을 보니 여러 마법상점이 눈에 들어왔다.

각 상점마다 입구에 가게의 선전이 될 만한 글귀를 써넣었는데, 주로 특이한 연금술 물약이 많았다.

머리카락이 잘 안 빠지는 것부터 정력에 도움이 되는 약도 있었다. 웃기는 것은 하나같이 자기네 물약은 세상에서 둘도 없는 특효라고 주장한다는 점이었다.

리네가 그중에서 한 번 먹으면 약효가 3일은 간다는 정력제 선전문구를 보고 결국 웃음을 터뜨렸다.

"푸훗, 좀 사이비 같은 느낌이 난다."

"너도 그렇게 생각하니?"

"응. 선생님께서 말씀하시길 여기 가게들 중 마법 학회의 허가를 받은 정식 가게는 열에 셋도 안 된대. 나머지는 그냥 거의 효과가 없는 약을 과대선전으로 팔곤 한다네."

"저런 곳들이 그런 과대선전 상술 가겐가 보네."

"그럴지도. 아무튼 믿을 만한 사람의 소개 없이 함부로 아무 가게나 들어가서 물건을 사면 속기 쉽다고 하셨어."

"음, 그러고 보니 켈러핸 교수님이 모라네 가게라는 곳을 소개시켜 줬었는데."

"어, 정말? 켈러핸 학장님께서 소개시켜 준 가게면 좋은 곳이겠지?"

"그럴지도 모르지. 근데 허가받은 가게는 아니랬어."

"연금술사 중에 학회의 간섭을 싫어하는 분들도 꽤 있대, 그런 분들은 가게를 내도 허가는 안 받는다고 하더라고. 장사도 대부분 단골만 상대하고 뜨내기손님은 아예 안 받는 곳도 있다는 거야."

"오호, 그럼 모라네 가게는 실력있고 간섭받기 싫어하는 분이 만든 곳인가?"

듣다 보니 흥미가 생겼다. 리네를 보니 그녀도 한번 가보고 싶은 눈치다.

"가볼까? 거기 들렀다가 중앙광장에 식사하러 가면 딱 맞을 것 같은데.”

“그러자. 그런 가게는 신기한 게 많으니 구경할 것도 많을 거야.”

“알았어. 가자.”

두 사람은 카페를 나와 골목길을 이리저리 더듬어가며 모라네 가게를 찾았다.

켈러핸 학장으로부터 대략 위치를 들었지만 거리는 의외로 복잡했고, 모라네 가게 자체가 별로 사람들 눈에 안 띄는 구석진 곳에 있었다.

“쩝, 좀 늦었네.”

겨우 모라네 가게를 찾았는데 이미 점심을 먹을 시간이다. 디온은 가게 앞에 서서 혀를 찼다.

“괜찮아. 식사는 조금 늦어도 되니까 들어가서 구경이나 하자.”

“그럴까?”

하기야 여기까지 와서 그냥 돌아가기도 그렇다. 두 사람은 문을 열고 가게 안으로 들어갔다.

“어서 오세요.”

가게 안에서부터 또랑또랑하고 밝은 목소리가 들려왔다. 안으로 들어서며 보니 열 살 정도 되는 귀여운 소년이 안쪽에서 걸어나오고 있었다.

“어머나! 진짜 귀여운 애다.”

리네가 자신도 모르게 감탄성을 터뜨렸다. 디온도 그 말에 동의하듯 고개를 끄덕였다.

태양처럼 밝은 금색의 머리카락은 약간 어두운 분위기의 가게를 환히 비추는 듯했다.

크고 동그란 눈은 맑고 깨끗해서 보기만 해도 기분이 좋았고, 그 가운데에 신비로운 비취색의 눈동자는 반짝반짝 빛나는 게 아이가 똑똑하다는 것을 나타내고 있었다.

또한 붉고 작은 입술은 양쪽에 코조개를 만들며 미소 짓고 있었다.

글자 그대로 콱 깨물어주고 싶은 귀여움이 아이의 전신에서 철철 넘쳐흘렀다.

"저는 모라네 가게 점원인 라블인데요. 형아랑 누나는 무엇을 사러 오셨어요?"

"응? 으응, 그게……."

그냥 구경만 하러 왔다고 말하기 미안해진 리네는 말끝을 흐렸다. 그러자 라블은 다시 환히 웃고는 말했다.

"이제 보니 처음 오신 분이시네요. 그럼 천천히 구경하시다가 흥미있는 물건이 있으면 말씀하세요. 제가 설명해 드릴게요."

"응, 그럴게. 고맙다."

리네는 라블이 부담없이 구경하라고 권하자 속으로 안도의 한숨을 내쉬며 얼른 주변에 진열되어 있는 물품들에 시선을 돌렸다.

디온은 일단 안을 한 번 슥 둘러보고는 라블에게 물었다.

"그런데, 너 혼자 여길 지키는 거니? 모라라는 분은 안 계시고?"

"아뇨. 모라님은 안쪽에 계세요. 지금 커다란 솥에 이상한 약품을 가득 채워놓고 국자로 젓고 계시거든요. 내일까지는 계속 저어야 하나 봐요."

"아하, 그렇구나."

"그런데 형아는 여길 어떻게 알고 오셨어요? 여기는 밖에서는 별 볼일 없어 보여서 보통 사람은 잘 안 들어오거든요."

"응, 나는 켈러핸 교수님께서 소개를 시켜주셨어."

"아, 켈러핸 교수님이요? 그 아저씨는 머리카락이 좀 없어서 그렇지 훌륭한 분이시죠."

"켈러핸 교수님은 머리카락이 안 빠졌는데?"

"여기서 급속 발모제를 사가시거든요. 근데 그게 계속 빠져서 매주 바르셔야 해요. 켈러핸 교수님의 머리카락은 저주를 받은 거라서요. 헤헤헤."

"어이어이, 다른 손님의 비밀을 그렇게 함부로 말하면 안 되지."

"앗! 제가 실수했네요. 후엥~"

라블은 디온의 주의를 받자 금세 울상을 지었다.

디온은 피식 웃으며 말했다.

"못 들은 걸로 해줄게. 다음부터는 그러지 마라."

"정말요? 히힛, 감사합니다."

라블은 바로 웃었다. 그러나 그때 라블의 머리 위로 하얀 손이 하나 올라와 덮었다.

"라블, 그건 그렇게 끝날 수 없는 문제란다. 가게의 신용에 관계된 일이니까."

"아, 모라님!"

"……!"

디온은 무척 크게 놀라 전신을 긴장시켰다.

어느새 라블의 뒤에는 얼굴에 가면을 쓰고, 녹색의 드레스를 입은 한 여성이 서 있었다. 그런데 그녀가 언제 거기 있었는지는 디온도 알아차리지 못했다.

분명히 방금 전까지는 없었는데 슉 하고 나타난 것이다.

마스터인 디온의 감각을 속이고 나타나는 것은 결코 쉽지 않다. 설령 모라가 고위마법사라 단거리 텔레포트를 사용했다고 해도 그 순간 디온이 알아차렸어야 한다.

'어떻게 된 거지? 마법적으로 기척을 지우는 방법이 있나?'

디온이 놀라든 말든 모라는 라블에게 부드러운 말투지만 엄한 내용으로 꾸짖었다. 그리고 눈에 눈물이 글썽글썽한 라블의 머리 위에서 손을 떼며 디온에게 정중하게 인사를 했다.

"저희 집 아이가 결례를 했습니다. 아무쪼록 너그럽게 용서해 주시기 바랍니다."

"아닙니다. 아이가 무심코 한 일이니 너무 크게 꾸짖지는 말아주십시오."

"손님께서 그렇게 말씀하시니 그만하도록 하지요. 그런데 켈러핸님의 소개를 받으셨다고요? 그분은 그냥 소개를 하실 분이 아닌데, 무슨 일로 소개를 받으셨는지요?"

"아, 그러니까. 음……."

"말씀하기 어려운 내용이면 안 하셔도 됩니다."

모라의 말에 디온은 잠시 갈등했다. 리네도 무슨 일인가 하고 이쪽을 보고 있었다.

'역시 숨겨야 할까?'

디온은 웬만해서는 결정한 것을 바꾸는 성격이 아니다. 그런데 모라를 보니 이상하게 친근감이 느껴졌다. 분명히 처음 보는 데에도 아주 가까운 사람처럼 느껴졌다.

'좋아.'

마침내 디온은 마음을 바꾸었다.

"사실은 제가 상담하고 싶은 것이 있습니다."

"그런가요? 그렇다면 잠시 안쪽으로 들어오실래요?"

모라가 권하자 디온은 리네를 보았다.

리네는 미소를 지으며 고개를 끄덕였다.

"상담할 거 있으면 들어가서 해. 난 여기서 구경하고 있을게."

"그럼 누나는 제가 완전 친절 모드로 안내해 드릴게요. 그냥 구경해서는 잘 모르는 게 많거든요."

얼른 리네에게 붙는 라블의 머리를 그녀는 고맙다고 쓰다듬으며 웃었다.

디온도 웃으면서 모라를 따라 가게 안쪽으로 들어갔다.

안쪽에는 아까 라블이 설명한 대로 커다란 솥이 있었고, 그 안에는 정체를 알 수 없는 액체가 부글부글 끓고 있었다.

모라는 다시 디온을 더 안쪽 방으로 안내했다. 그곳은 모라의 개인용 휴게실인 듯 소파와 테이블이 있었고, 한쪽에 각종 음료수가 담긴 바구니가 놓여 있었다.

둘은 소파에 마주 앉아 향기가 좋은 차를 마시며 대화를 계속했다.

"그러니까 음식을 만들면 그 안에서 마법적인 힘이 발생한다는 말이죠?"

"그렇습니다. 원래 저희 모계가 마법사 가계라 소서리스의 발현이 아닌가 생각하고 있습니다만, 문제는 제가 마법사가 될 마음이 없다는 것입니다. 그래서 혹시 소서리스 능력의 발현을 억제해 주는 마법의 물품이 있는가 하고 와보았습니다만."

내친 김에 디온은 대충 상황을 설명했다. 그러자 모라는 차를 한 모금 마시고 잠시 침묵에 잠겨 있다가 이윽고 입을 열었다.

"기존의 소서리스 능력 중에는 그런 식의 발현은 없었어
요. 아마도 디온님의 현상은 다른 데에서 기인한 것일 겁니
다."

"그런가요?"

"어쨌든 몸 안에 잠재된 힘이 성장을 하면서 자연스럽게
겉으로 흘러나오는 상황인 것은 틀림없는 듯하군요. 그렇다
면……."

모라는 말을 끊고 소파에서 일어나 작업실 쪽으로 갔다가
손에 하나의 약병을 들고 돌아왔다.

"이 약은 상당히 강한 성능을 자랑하는데, 몸 안의 잠재력
이 발현되는 것을 삼 일 동안 막아주지요. 그렇다고 해서 몸
에 해로운 부작용이 있는 것도 아니니 한번 써보세요."

"정말 그런 약이 있단 말입니까?"

"제가 특별히 만든 것입니다. 사실은 저도 원래 소서러 출
신이거든요. 어렸을 때 고생을 좀 했지요."

"아하, 그렇군요."

디온은 납득했다는 듯 고개를 끄덕이며 모라에게서 포션
을 받았다. 포션은 작은 시약병에 들어 있었는데, 모두 열 개
가 한 묶음으로 되어 있었다.

삼 일에 하나씩 마시면 한 달 동안은 능력 발현을 억제할
수 있다고 모라는 설명했다.

"효과가 있으면 또 오세요. 이런 약을 찾는 사람은 거의 없

으니 재고분을 모두 드릴 테니까요. 약값은 그때 치르셔도 돼요."

"정말 감사합니다. 하지만 효과가 있든 없든 약값은 지금 치르겠습니다."

"그러실래요? 호호호. 그럼 저야 고맙지요."

모라는 웃음을 터뜨리고는 얼굴에 쓴 가면을 벗었다. 그러자 방 안이 환해지는 느낌과 함께 절세미녀의 얼굴이 나타났다.

가면을 쓰고 있을 때와는 다르게 의외로 젊어 보이는 외모는 이십대 초반 같았는데 너무나도 완벽하여 인간인지 아닌지 헷갈릴 정도다.

디온이 잠시 얼이 빠져 멍하니 모라의 얼굴을 보자 그녀는 피식 웃으며 테이블 아래에서 한 장의 종이를 꺼냈다.

"정식으로 거래를 트시려면 여기 서명하세요. 이게 뭐냐 하면 여기서 사간 물건을 다른 사람에게 팔지 않겠다는 약속 문서예요."

"그런가요."

퍼뜩 정신이 든 디온은 얼굴이 벌게져서 얼른 고개를 숙였다. 그리고는 계약서를 대충 확인하고는 재빠르게 서명했다.

"이것으로 디온님과 저희 가게는 정식으로 거래를 하게 되었네요. 또 다른 필요한 게 있으시면 언제든지 찾아주세요."

"예, 알겠습니다."

디온의 대답을 듣자 모라는 다시 가면을 썼다.

"그런데 왜 갑자기 가면을 벗으신 건가요?"

"원래 이 가면은 가마솥을 저을 때 약 기운과 열기에 얼굴이 상하지 않게 쓰는 거예요. 그러니 쉴 때는 벗어야지요. 또전 정식 거래 상대에게만 얼굴을 보입니다. 반대로 얼굴을 보이면 안 되는 사람하고는 거래하지 않아요. 소개로 오신 분이라고 해도 라블만 상대를 하지요."

"네."

"디온님은 왠지 모르게 친근한 느낌이 드는 분이라 이렇게 직접 거래를 하게 되었네요. 앞으로 잘 부탁드립니다."

"저도 잘 부탁드리겠습니다."

디온은 가까스로 인사를 하고 밖으로 나올 수 있었다. 눈앞에 모라의 얼굴이 아른거려 정신이 좀 없었다.

"디온, 끝났어?"

"으응."

리네가 웃으면서 물어봐도 디온은 아직 나사가 하나 빠진 얼굴로 대답했다.

그러다가 이러면 안 돼, 라고 속으로 중얼거리고는 얼른 웃는 얼굴로 말했다.

"이제 밥 먹으로 가자. 내가 맛있는 거 사줄게."

"응."

리네는 기뻐하며 디온과 함께 가게를 나섰다.

두 사람이 나선 후, 라블은 모라에게 슬쩍 말했다.

"헤헤, 모라님이 질투를 하시는 건 처음 봤어요."

"내가 무슨 질투를 했다는 거지?"

"아뇨, 그냥 갑자기 디온님에게 얼굴을 보이셔서요. 보통 사람이 모라님의 얼굴을 보면 평생 현혹마법에 걸린 채로 사는 것과 마찬가지가 되잖아요."

그것도 여친이 있는 상황에서다. 라블은 모라가 완전 심술을 부린다고밖에는 생각할 수 없었다.

그러자 모라는 더 이상 부인하지 않고 코웃음을 치며 말했다.

"흥, 그 정도는 애교지. 감히 날 만나러 오면서 여자아이와 같이 오다니 말이야."

"헤헤헤."

역시 질투잖아요, 라고 라블은 마음속으로 중얼거렸다.

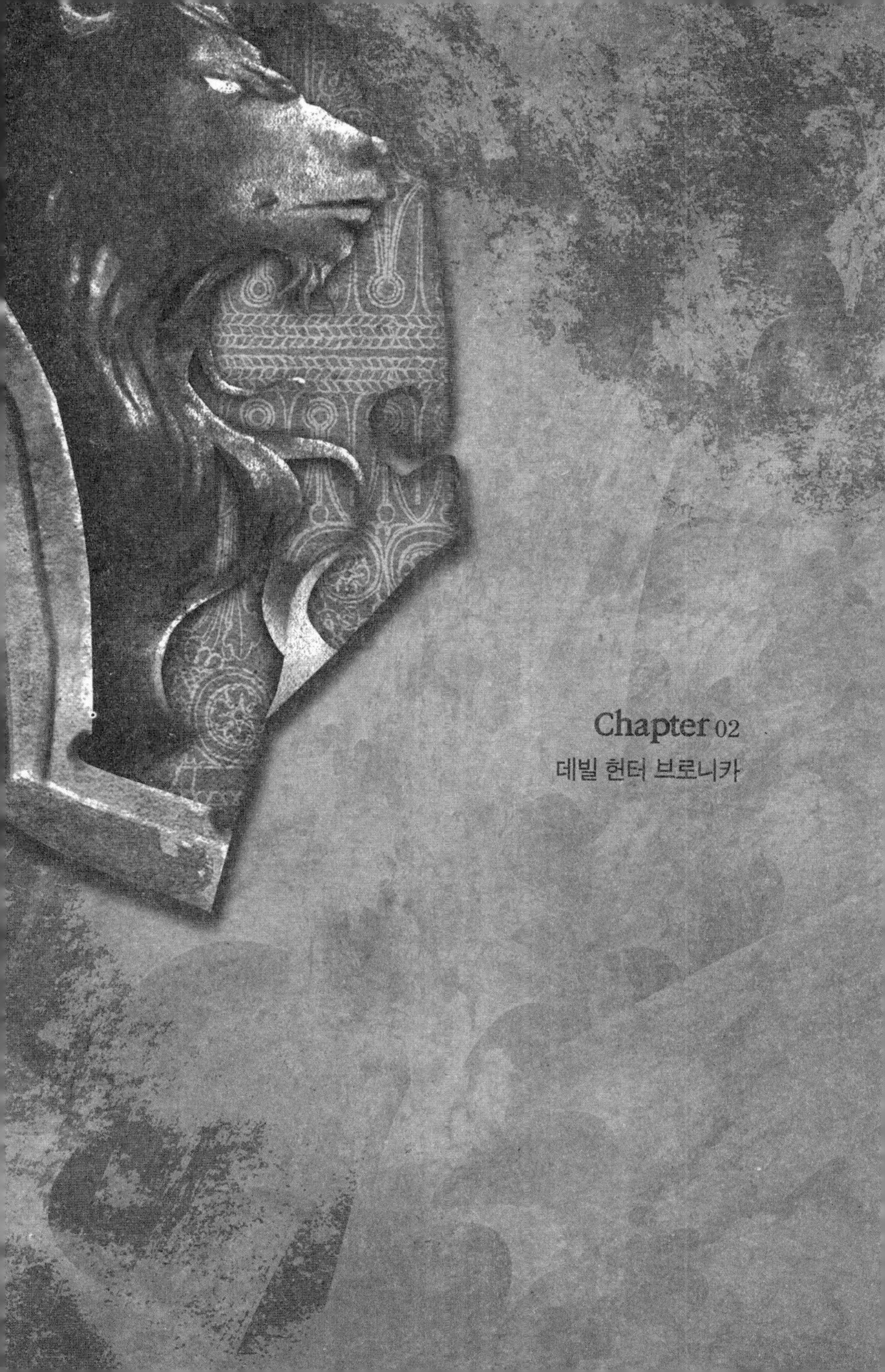
Chapter 02
데빌 헌터 브로니카

흑사자
마왕

"어째서 마왕을 소환한 사악한 흑마법사를 그냥 놔둔단 말입니까? 또 그녀가 낳은 마왕의 아이를 곱게 자라게 놔두다니요. 마족의 씨앗은 크기 전에 잘라야 합니다, 완전히 성장해서 힘을 얻으면 그때에는 피해가 말도 못하게 커질 겁니다."

신성제국 비잔티움의 데빌 헌터 중 최강을 자랑하는 브로니카 에빌베인은 교황인 오덤 6세와의 개인면담에서 격렬하게 항의를 했다.

여성의 몸으로 28세에 마스터의 경지에 든 브로니카는 철이 들기 전부터 몬스터들을 퇴치하여 제국 전체에서 명성이 높았다.

　화려하고도 풍성한 금발을 풀어헤친 푸른 눈의 미녀, 하지만 그녀의 강한 기백은 여성으로서의 아름다움보다는 전사의 힘을 느끼게 했다. 그야말로 천신의 전투천사라는 별명이 어울리는 품격이 브로니카의 전신에서 흘러나왔다.

　오덤 6세는 이 젊고 고결한 성기사를 보며 속으로 어떻게 좋게 타이를까 고민했다.

　'크으, 미치겠군. 언젠가는 이 꼴통이 따지러 올 것 같은 느낌도 있었지만 설마 진짜 오나?'

　세상에 어떤 성기사가 교황에게 대놓고 따질 수 있을까? 그러나 오덤 6세는 눈앞의 브로니카가 그런 성격임을 이미 알고 있었다.

　'교황 모독죄를 적용해서 한 달 정도 참회실에 가둬놓을까? 아니지, 그럼 이 녀석 성격에 평생 삐치겠지?'

　오덤 6세는 일단 타일러 보기로 하고 얼굴에 웃음을 지으며 말했다.

　"자자, 브로니카 경, 일단 진정하게. 자네도 알다시피 선대 교황께서 그 일 때문에 돌아가시지 않았나."

　"악의 힘이 강하다고 해서 신성제국이 움츠린다면 물질계의 운명이 어떻게 되겠습니까? 어떤 희생을 치르더라도 마왕을 소환한 사악한 흑마법사와 마족의 씨앗은 제거해야 합니다."

　"마왕이 아니라 마신일세, 마족의 씨앗이 아닌 마왕이고."

“그럼 더더욱 자라기 전에 제거해야 하지 않습니까? 정말 암흑태자가 완전히 마왕으로 각성하면 과거 마왕전쟁 때처럼 전 대륙이 재앙을 겪을 것입니다.”

“하아, 나도 그렇게 생각한다네. 그런데 문제는 천신의 신탁이 그걸 엄하게 금하고 있다는 것이지.”

“으으, 신탁이 내려왔다고요?”

교황의 말에 한마디도 물러서지 않고 맞받아치던 브로니카의 입이 신탁이라는 단어에 막혔다.

오덤 6세는 이때다 하고 계속 밀어붙였다.

“한 번이 아니라네. 전대 교황께서 원인을 알 수 없는 서거를 하신 후, 우리는 신탁으로 그 이유를 알아냈지. 그런데 그때 신탁의 가장 마지막에 이 일은 절대 무력으로 해결할 수 없다는 내용이 있더군.”

“…….”

“그 뒤로 3년에 한 번씩 계속 신탁이 내려오는데 내용의 변화가 없다네. 이렇게 자주 신탁이 내려오는 일은 역사상 처음인데, 아무래도 세기말적인 현상이 아닌가 하고 신성학자들이 조심스럽게 의견을 내놓고 있는 실정일세.”

“세기말적 현상이라면, 이대로 물질계가 멸망할 수도 있다는 것입니까?”

“어쩌면 그럴지도 모르지. 물질계에 마왕이 탄생했으니 말이야.”

"그건 절대로 있을 수 없는 일입니다. 아무리 천신의 계시라고 해도 물질계의 멸망을 손가락만 빨면서 지켜볼 수는 없습니다. 우리는 인간입니다. 운명에 맞서 싸울 수 있는 자격을 가진 존재입니다!"

브로니카는 오덤 6세의 설명에 오히려 폭발을 해버렸다.

오덤 6세가 속으로 아차 하고 외쳤지만 이미 늦었다.

애초에 브로니카는 교황을 신용하지 않았다. 브로니카가 어렸을 때 그녀의 가문은 제국 내의 세력다툼에 얽혀 심한 이단심문을 받은 바 있었다.

브로니카가 볼 때 그것은 명백한 음모로 오로지 털어서 먼지 내기 식의 조사였다.

다행히도 이단심문에서 살아남아 일가족이 화형당하는 일만은 면했다.

놀랍게도 브로니카가 10세의 나이로 신전에서 가문의 무고를 밝혀달라고 기도하다가 성기사의 축복을 받았기 때문이었다.

하지만 그사이 영지도 사람도 큰 충격을 받아 가문은 풍비박산 나고, 브로니카의 부친도 두 번 다시 사회생활을 하지 않고 집 안에 칩거한 채 여생을 보냈다.

그때 브로니카는 이 신성제국이 얼마나 부패했는지 처절하게 깨달았다.

천신의 힘이 버젓이 물질계에 은혜를 주고 있는 상황에서 천신을 떠받드는 신관들이 권력다툼으로 서로를 모함하고 헐뜯는 것이다.

브로니카가 오직 단 하나 믿는 것은 자신의 기도에 답해준 천신의 힘뿐.

그녀는 광신도가 되었다.

아직 어린 소녀였던 브로니카가 여성으로서 일신의 행복을 버리고 누구보다 강한 기사가 될 수 있었던 것은 이런 믿음 때문이었다.

또한 브로니카가 성기사 중 가장 힘들고 위험한 데빌 헌터에 소속되어 몬스터들을 상대로 목숨 걸고 싸우는 이유도 여기에 있다.

성기사의 축복은 마족과 싸우라는 천신의 계시이다. 그러니 싸워야 했다.

거기다가 데빌 헌터는 조사관의 자격도 가지고 있고, 조사관의 자격을 가진 자끼리는 웬만하면 이단 혐의를 씌우지 않는다. 이런 점도 데빌 헌터가 된 이유 중 하나다.

실제로 브로니카가 데빌 헌터가 된 이후, 그녀의 가문 사람들은 일절 이단 혐의를 받지 않았다. 그런데 이게 오히려 브로니카의 인간불신을 더욱 키우는 결과가 되었다.

자리에 따라 혐의를 받고 안 받는 것, 신을 믿고 따르는 자들에게 이런 차별적인 방식이 존재해도 되는가!

결국 성직자는 인간이지 신이 아니다.

브리카의 결론은 이랬다. 그런 만큼 브로니카는 교황도 믿지 않았다. 인간은 아무리 고결해도 결국 불완전하다는 게 그녀의 생각이었다.

특히 전대 교황이 흑마술에 의해 죽었다는 것을 알게 된 후, 브로니카는 항상 현 교황이 암흑여황의 힘을 무서워하는 게 아닌가 의심했다.

그게 사실이라면 천신의 신도를 대표하는 자가 목숨이 두려워 마족에게 고개를 숙인 게 아닌가!

신탁이라고 해도 브로니카는 믿을 수 없었다, 그녀가 직접 신탁을 받은 게 아니니.

부패한 고위 성직자라면 얼마든지 조작할 수 있는 게 신탁 아니겠는가.

또 신탁이 사실이라고 해도 이렇게 멸망의 위험을 손가락만 빨면서 지켜보기만 할 수는 없다.

브로니카는 차가운 목소리로 교황에게 말했다.

"저는 어제까지 삼 일간 밤낮으로 천신께 기원했습니다, 마족을 치러 가려는 제가 잘못했다면 성기사의 축복을 거두어달라고요. 그러나."

챙, 우우웅.

브로니카가 검을 뽑자 검에서 밝은 광채가 뿜어져 나오며 공간이 울렸다. 그것은 성기사의 축복 중 가장 큰 것인 성검의 위용이었다.

브로니카의 성검은 누구보다도 강하고 성스럽기로 제국 전체에 유명하다.

"보시다시피 제 성검은 여전히 천신을 위해 빛나고 있습니다. 그러니 가겠습니다, 마족을 치러!"

"브로니카 경, 그렇게 단순한 일이 아니라고 했다. 조금 더 신중하라."

"죄송합니다만, 이번에는 교황 폐하의 명을 따르지 않겠습니다. 이 망토는 반납을 할 테니, 기사단에서 저를 제명해 주십시오."

브로니카는 등에 쓰고 있던 상급 성기사의 망토를 끌러 곱게 접어 바닥에 내려놓았다.

제국의 성기사 중 단 세 명만이 허락된 상급 성기사의 징표가 그녀의 어깨에서 벗어났다. 그것은 브로니카가 앞으로 신성제국의 기사가 아님을 스스로 천명하는 행위였다.

오덤 6세는 이마에 깊은 골을 드러내며 브로니카에게 물었다.

"진정 그대는 조국을 버리고 짐의 명을 거역하겠다는 말인가?"

"조국과 교단을 배신할 마음은 없습니다. 하지만 가장 중요한 것은, 천신의 뜻. 성검이 빛나는 한 저는 모든 마족과 맞서 싸울 뿐입니다."

"…알았다. 성기사 브로니카는 지금 이 순간부터 비잔티움 제국의 소속이 아니다. 그대의 신념에 따라 혼자만의 전장에서 싸움을 계속하도록 하라."

"막지 않으심을 감사드립니다. 그럼."

브로니카는 마지막으로 인사하고 몸을 돌려 떠나려 했다.

그때 오덤 6세가 말했다.

"제국의 영토 안에서는 그대를 막지 않겠다. 하지만 일단 경이 제국을 벗어나는 순간, 우리 비잔티움 제국에서는 신탁에 따라 암흑태자를 보호하기 위해 그대를 제거할 것이다."

"서로의 신념대로? 나쁘진 않군요. 결국 모든 것은 천신께서 원하시는 대로 될 것입니다."

브로니카는 단호하게 말하고 교황궁을 나왔다.

그때야 남아 있던 오덤 6세는 엄숙한 표정을 풀고 인상을 팍 구기며 중얼거렸다.

"제기랄, 쓸 만한 놈들은 왜 하나같이 성격이 저 모양이야? 이거 더러워서 교황 해먹겠나."

그래도 교황은 그만둘 수 없다. 아래에서 구르는 것보다는 옥좌에 앉아서 사람들을 부리는 게 훨씬 편하다는 건 교황이 되고 3일도 안 돼서 깨달은 바다.

오덤 6세는 잠시 고민하다가 품속에서 하나의 종이를 꺼내 무언가를 적기 시작했다.

"너희들은 마족의 수하인 몬스터들에게 가족을 잃은 자들,

몬스터와 마물들을 퇴치하는 데 모든 것을 바치겠다고 맹세한 자들이다."

브로니카는 자기 직속 수하들을 보며 말했다. 데빌 헌터 중에서도 특별한 사연이 있는 이들 여덟 명은 브로니카에게 절대충성을 하며 항상 행동을 함께해 왔다.

"하지만 지금 나는 조국을 떠나려 한다. 가장 거대한 악을 치기 위해서 나 자신의 모든 것을 희생할 생각이다. 앞으로 내가 가는 길에는 죽음이 있을 뿐, 영광은 없을 것이다. 그러니 너희들은 이곳에 남아라."

"호호호, 언니, 무슨 말씀을 그렇게 하세요."

마법사 세레스가 웃으며 말했다. 그녀는 마법사들이 적은 이곳 비잔티움에서 실전능력이 거의 최고라고 평가되어지는 워메이지다.

"어차피 우린 인생을 포기한 몸이잖아요. 거물을 잡으러 가는데 안 갈 수는 없어요."

거구의 롤랜드가 끼어들었다. 일행 중 브로니카 다음가는 실력을 가진 성기사다.

"맞습니다. 혼자 가시는 것보다 다 같이 가는 게 그만큼 성공 확률도 높지 않겠습니까? 기왕 죽음의 길을 걸을 거면 표적도 잡읍시다."

"너희들……."

브로니카는 잠시 입을 다물고 그들을 보았다. 한 사람도 물러나려는 기색이 없다.

"좋아. 우리 아홉 명이 힘을 합치면 마왕이라도 잡을 수 있지. 하지만 명심해, 제국의 경계선을 나서는 순간 우리는 제국의 추격대와도 싸워야 할 거야."

"어머, 난 몬스터 특화라서 사람하고 싸우는 건 좀 그런데."

"세레스 누님, 염려 마십쇼. 제 칼은 몬스터든 마족이든 사람이든 가리지 않고 잘 드니까요."

"호호호, 그럼 난 뒤에 숨어 있으면 되는 거지?"

"아, 귀중한 마법사님은 항상 대우해 드린다니까요."

비장한 각오를 농담으로 승화시켜 가는 수하들을 보며 브로니카는 생각했다.

'역시 이놈들은 하나같이 정상이 아니야.'

어쨌든 기꺼이 같이 죽어주겠다는 동료들이 있어 행복하다고 브로니카는 속으로 중얼거렸다.

*   *   *

"엣취."

"디온님, 혹시 감기십니까?"

"아니야. 그냥 갑자기 몸이 오싹했어. 내가 감기에 걸릴 리가 없잖아."

"아무리 마스터라고 해도 감기에 걸릴 수는 있습니다. 마음에 빈틈이 생기면 말입니다. 심지어는 감기로 죽는 마스터도 있지요. 하지만 이번에는 아닌 것 같군요."

"그런데 이 약 정말 들을까?"

디온은 모라네 가게에서 사온 물약을 보았다.

모라가 엉터리가 아니라는 것은 어느 정도 믿을 수 있지만, 디온 자신이 마왕이라는 데에 문제가 있다.

소서리스를 억제하는 게 아닌 마왕의 힘을 눌러야 한다. 물론 모라도 몸 안의 모든 잠재력 발현을 억제하는 약이라고 하기는 했다.

과연 그 '모든'에 마왕의 힘도 들어갈까?

디온은 고민했다.

그러자 라이번이 컵을 닦으며 말했다.

"생각만 하기보다는 일단 한번 드셔보시죠."

"응, 역시 그게 좋겠군."

디온은 과감하게 물약 중 하나를 마셨다. 달콤한 것이 포도주스랑 비슷했다. 그런데 마시고 조금 있자 갑자기 전신이 찌르르 떨리며 가슴에 피가 몰리는 듯한 느낌이 들었다.

팍.

가슴속에 응어리진 무엇인가가 터지며 시원한 느낌이 전신으로 퍼졌다.

"웃!"

"괜찮으십니까?"

디온이 갑자기 신음성을 내자 라이번이 놀라 물었다.

잠시 후, 디온은 손을 저으며 말했다.

"이거 마시면 기분이 되게 좋아지는데? 중독성이 있어."

"아, 그럼 다행이군요. 하지만 성분을 알 수 없으니 나중에 따로 검사를 해봐야겠습니다."

"아니야. 내가 쓴 계약서 중에 이걸 다른 사람에게 넘겨도, 성분 검사를 하려고 해서도 안 된다고 되어 있었거든. 그냥 믿고 마시자고."

"조금 우려가 됩니다만 디온님께서 괜찮으신 것 같으면 넘어가지요."

"응, 어쨌든 마셨으니까 이제 요리를 만들어봐야지."

디온은 바로 주방으로 가서 준비된 재료로 요리를 만들기 시작했다.

아직까지는 딱 정해진 정식 레시피로밖에 요리를 만들지 못하는 디온이지만 라이번이 언제나 최고급 재료를 준비해주기에 언제라도 요리를 하는 데 지장이 없었다.

곧 단시간 내에 만들 수 있는 스테이크와 볶음요리들이 완성되었다. 스프나 스튜, 혹은 포타주 같은 것은 오랜 시간을 들여야 하기에 일단은 생략했다.

"근데 이걸 누구한테 먹이지?"

"투투, 먹는다."

"아, 그래. 너 한번 먹어봐라."

디온의 허락이 떨어지자 투투는 바로 테이블에 앉았다. 투투의 경우 손으로 무엇인가를 집으면 그것이 완전히 으스러지기에 먹을 것도 혼자서 못 먹는다.

라이번이 스테이크를 절반으로 썰어서 그대로 투투의 입에 넣어주었다.

우적우적.

별로 교양이 있는 식사법이라고는 할 수 없지만 현재의 투투에게 그걸 바라는 건 무리다.

"참, 근데 투투는 아크데빌인데 이게 통할까?"

"투투, 통한다. 우걱우걱."

"정말? 어떻게 알지?"

"마왕님의 힘은 우리 같은 수하에겐 오히려 잘 통한다. 충성하면 힘을 저항없이 받아들인다. 죽는 약 먹이면 그냥 죽는다."

"아항, 그렇구나."

"투투, 이거 힘없다. 그냥 음식이다."

"어! 정말?"

"제가 한번 먹어보겠습니다."

라이번이 직접 나섰다. 그는 볶음요리 중 새우를 하나 집어서 우아하게 잘라 입에 넣었다.

잠시 후, 라이번은 고개를 끄덕이며 말했다.

“저한테 한번 명령을 해보십시오.”

“응, 그럼 일어났다 앉아봐.”

디온이 명령을 해도 라이번은 그대로 의자에 앉은 채였다. 음식에 마력이 있다면 아무 생각 없이 일어났다 앉았을 것이다.

라이번은 미소를 지었다.

“정말 마력이 사라졌군요. 대단한 물약입니다.”

“그러게 말이야. 의외로 잠재력을 억제하는 게 쉬운 것일까?”

“쉽다면 여황님께서 해결하셨을 겁니다. 아무래도 모라라는 분은 보통 분이 아닌 듯하군요.”

“그런가? 어쨌든 효과가 있으니 나중에 가서 감사의 인사를 하고 남은 약도 받아와야겠어.”

“그러십시오. 이번에는 저도 같이 가도 되겠습니까?”

“그래, 라이번 경도 같이 가자.”

“투투도 간다.”

“넌 아직 계란을 못 쥐잖아. 그리고 네가 마법상점에 갔다가 뭐 하나 잘못 뽀개면 진짜 곤란해질 수 있으니 안 돼.”

“…투투, 꼭 계란 쥔다.”

팍.

아직 투투에겐 수련이 필요하다.

디온과 라이번은 다시 마법상좔 거리로 갔다.

가서 보니 확실히 모라네 가게는 위치가 아주 묘해서 모르는 사람은 아예 가게가 있는 줄도 모르고 지나쳤다. 선전용 간판도 없이 처마 밑 그늘에 작게 '모라네 가게' 라고 쓰인 간판이 있을 뿐이다.

띠링.

문을 열자 방울 소리가 들리며 라블이 안에서 나왔다. 라블은 디온을 보자 환하게 웃으며 말했다.

"또 오셨네요. 약이 효과가 있었나 보죠?"

"응, 그래서 남아 있는 재고를 다 사가려고 왔어."

"예, 그럼 안으로 들어가 보세요. 멋지게 생긴 아저씨는 여기서 진열품들 구경하시고요."

"그럼 라이번, 난 들어갈게."

"다녀오십시오."

이미 규칙을 들은 바 있는 라이번은 굳이 안으로 따라 들어가려 하지 않고 천천히 물건을 구경하며 라블에게 이것저것을 물었다.

디온이 안으로 들어가니 모라는 열심히 가마솥 안의 액체를 국자로 젖고 있었다. 옷은 여전히 녹색의 드레스이고, 머리카락이 떨어지지 않도록 쓴 마법사의 모자도 녹색인 것을 보니 원래 녹색을 좋아하는가 보다.

"오셨네요. 조금만 기다려요. 1분만 더 저으면 끝나니까."

"저번에 끓이던 거를 계속 끓이시나 보네요. 얼마나 계속 끓인 거예요?"

"대충 3년 정도?"

"와! 대단하네요. 모라님이 그렇게 정성 들이는 걸 보면 굉장히 뛰어난 약이겠네요."

"대단한 건 아니에요. 원한다면 나중에 완성된 후 좀 나누어 줄게요."

"정말요? 감사합니다."

"호호호, 고마워할 필요는 없어요. 대금은 받을 테니까."

"아, 그냥 주는 건 아니었나요? 하하하."

"마녀의 규칙에 따라 절대로 대가없이 약을 줄 수 없어요."

"그렇군요."

"끝났어요. 이제 제 방으로 가요."

모라는 가마솥에서 국자를 빼고 검은 나무로 된 뚜껑을 덮었다. 그리고는 아래쪽 구멍을 막자 은근히 타오르던 불이 순식간에 사그라지더니 꺼져 버렸다.

"이 상태로 한 달 정도 식힌 후, 다른 약재를 섞어서 환약을 만들 거예요."

"무슨 약인지 물어도 되나요?"

"재생의 은총이라고, 쉽게 말해서 상처를 회복하는 약이에요."

"그럼 치유사들이 쓰는 것과 비슷한 건가요?"

"그것과는 좀 달라요. 일단 이건 환약이니 들고 다니기 편하고요. 다른 효능도 있어요. 아무래도 마녀가 만든 거니까요. 호호호."

치유사들의 치유약과 무엇이 다르다는 것일까?

디온은 궁금했지만 마법사들의 연금술에 대한 자세한 설명을 듣는 것은 또 고역이다.

어쨌든 모라의 말대로 치유사들의 회복약은 모두 물약이기 때문에 잘못 다루면 깨어지는데, 환약이라면 들고 다니기에 훨씬 편할 것 같았다.

두 사람은 모라의 방으로 들어왔다. 모라는 모자와 가면을 벗었다. 모자 속에 숨겨져 있던 긴 머리카락이 스르륵 흘러내리는 모습이 상당히 고혹적이었다.

그래도 한 번 보니 모라의 미모에 약간은 면역이 되었나 보다.

이성을 잃지 않은 디온은 일단 찾아온 원래 목적을 달성하기로 했다.

"모라님의 약을 써봤는데, 정말 효과가 있더군요. 능력이 전혀 나타나지 않아요."

"그것 잘되었네요. 약을 마셨을 때 가슴이 시원해지죠?"

"예."

"그럼 몸에 나쁘지 않다는 소리예요. 약효가 떨어지면 가슴이 살짝 무거워질 거예요. 그전엔 마셔도 소용없으니 연거

푸 쓰지는 마세요."

"예, 그런데 그 약을 더 주실 수 있나요?"

"당연히 더 드려야죠. 재고가 100병 정도 있는데 다 드릴게요."

"그럼 대금은 얼마나 드려야 하죠?"

"1,000골드예요."

"그러죠. 여기 있습니다."

디온은 품속의 지갑에서 작은 다이아몬드를 하나 꺼냈다. 다이아몬드에는 감정서가 하나 포장지처럼 붙어 있었는데, 거기엔 일천 골드의 가치를 보증한다고 쓰여 있었다.

"틀림없군요."

모라는 불빛에 다이아몬드를 비춰보고는 살짝 미소를 지었다.

미소 짓는 모습이 너무 아름다워 디온은 잠시 멍해졌다.

혹시 이 마녀는 자신의 외모를 바꾼 것일까?

여신관 중에 그런 사람이 꽤 있다고 했다.

능력이 뛰어난 여신관이나 마법사는 노화를 중지시키고 나이가 들어서도 여전히 젊었을 때의 모습을 유지하는 비법을 쓴다는 말을 들은 적도 있다.

멀리 갈 것도 없이 디온의 모친인 여황 사비녀도 아직 이십 대 중반 정도로 보인다.

디온과 이야기를 나눌 때면 모자가 아닌 누나 동생으로 보일 정도다.

"갑자기 말을 않고 무슨 생각을 하지요?"

모라가 물었다.

퍼뜩 정신이 든 디온은 살짝 얼굴이 붉어져 가까스로 대답
했다.

"아닙니다. 사실은 저… 모라님은 외모를 바꾸셨나요?"

"예? 어머, 아니에요. 전 외모를 바꾼 적이 없어요. 지금의
얼굴이 마음에 들거든요."

"죄송합니다. 하도 아름다우셔서 실례를 범했습니다."

"풋, 괜찮아요. 이제 보니 디온님은 은근히 아부를 잘하시
는군요."

"아부가 아니라 정말 모라님은 너무 아름다우세요."

"호호호, 고마워요."

"그게 아닌데……."

"어쨌든 거래가 끝났으니 이만 돌아가 주세요. 저는 또 다
른 실험을 해야 할 것 같아요."

"그렇게 하겠습니다. 제가 방허가 되었군요."

"방해될 일은 없어요. 언제든지 찾아오세요."

"알겠습니다. 그럼 안녕히 계세요."

"잠깐."

"예?"

"생각해 보니 전에 만들어놓은 재생의 은총이 몇 개 남아

있어요. 일단 샘플로 드릴 테니 사용해 보시고 더 구입하시려
면 말씀하세요.”

“아, 정말요? 그럼 고맙게 받겠습니다.”

디온이 승낙하자 모라는 한쪽에 있는 장식장을 뒤져 작은
상자를 하나 꺼냈다. 상자를 열자 그 안에는 밀랍으로 싸여진
환약이 세 개 담겨 있었다.

“세 개 모두 드릴 테니 꼭 급하실 때 쓰세요. 이건 치유사
의 회복물약보다 효과가 좋고, 뼈나 내장의 손상도 어느 정도
는 복구를 해줍니다.”

“정말 좋은 약이군요.”

디온은 다시 인사를 하고 약을 받아 든 후 밖으로 나갔다.

조금 있으니 라블이 들어와 디온과 라이번이 돌아갔다고
말했다.

“그런데 모라님, 기분이 좋으시네요?”

“응, 저 사람이 내 미모를 칭찬해 주네. 호호호.”

“와아, 정말요?”

“정말 마음에 드는데? 당분간은 즐길 수 있겠어.”

“잘되었네요.”

“그러는 너도 디온님을 만난 후 기운이 넘치네?”

“거야 제 아크로드이시니 당연하죠. 제 힘은 다 디온님으
로부터 나오는 거니까요.”

아크로드라는 말에 모라는 고개를 끄덕였다.

"그래."

"그런데, 모라님."

"응?"

"만약 디온님이 마왕이 되시면 어떻게 하실 거예요?"

"어떻게 하긴. 물질계가 파괴되는 걸 구경해야지."

"개입 안 하시고요?"

"내가? 왜?"

"헤에, 전 모라님이 손을 쓰실 줄 알았어요."

라블이 의외라는 얼굴을 하자 모라는 피식 웃고는 말했다.

"저 사람이 어떤 일을 하든 난 관여하지 않아. 한계가 없는 자유로움, 그것이 저 사람의 운명이니까. 그리고 기껏 물질계를 한두 번 뒤엎는다고 세상이 멸망하는 건 아니잖아?"

"하기야 그건 그렇죠."

"난 그저 옆에서 구경하면서 응원할 뿐이야. 물질계를 구하든 말아먹든 어느 쪽이든 상관 안 하그. 그런데 감히 천신이나 마신이 쓸데없이 개입해서 저 사람의 운명을 조작하려 한다면 나서겠지만."

"에이, 그분들도 이성이 있는데 설마 개입하겠어요? 지금쯤 열심히 눈치만 보고 있겠죠."

"그렇겠지. 어쨌든 저 사람의 생애는 스스로 결정해야 하는 것이니 우리도 개입해서는 안 돼. 아무리 마왕으로 태어났다고 해도 말이야."

"예, 사실 전 마왕의 부하도 한번 해보고 싶었어요."

"호호호호. 하기야 넌 선악의 개념이 없으니 물질계가 어찌 되든 상관없겠지."

그건 모라님도 마찬가지잖아요.

라블은 속으로 그렇게 중얼거리며 말했다.

"제일 좋은 건 모라님이 요즘 자주 웃으시는 거예요."

"그거야 재미있으니 그렇지. 아무튼 구경하는 입장에선 최고로 멋진 상황이잖니."

"그래요. 하하하하."

두 사람은 뭐가 그리 즐거운지 계속 웃었다.

*　　*　　*

브로니카를 비롯한 아홉 명의 데빌 헌터는 드디어 신성제국의 국경을 넘어 드라켄 제국으로 들어섰다.

물론 정상적인 관문이 아니라 대륙에서도 가장 높고 험한 산맥인 빌로아 산맥을 가로질러서 넘은 것이다.

빌로아 산맥은 강력한 몬스터들의 소굴로, 인간이 살지 못하는 지역이지만 데빌 헌터인 그들은 이곳을 몇 번이나 들어와 몬스터 퇴치한 경험이 있다.

하지만 다른 성기사들은 대부분 이곳의 길을 모른다. 적어도 추적당할 염려는 없는 것이다.

빌로아 산맥의 이름 모를 한 봉우리에서, 브로니카는 미리 준비한 지도를 펼쳐 바닥에 깔아놓고 일행에게 계획을 설명했다.

"내 예상이 맞다면 교황은 드라켄 제국 쪽에 우리의 정보를 넘겼을 거다. 그러니 우리는 드라켄의 병사들과 비잔티움의 추격대를 동시에 상대해야 하는 거지."

"쳇, 표적은 둘째 치고 방해자가 너무 무섭네."

"괜찮아, 괜찮아. 우리가 열세였던 게 어디 한두 번이야?"

"하기야, 천신의 가호가 없었으면 죽어도 열 번은 죽었겠지."

브로니카는 손을 저어 사람들의 잡담을 중지시키고 설명을 계속했다.

"그들과 싸울 필요는 없다. 적어도 표적을 처치하기 전까지는 말이지."

"그럼 숨어서 잠입하는 수밖에 없네."

"그래, 그래서 말인데, 이제부터 우리는 서로 헤어져야 해."

"따로 움직이자고?"

"그래, 사실은 난 6개월 전부터 이번 일의 준비를 해왔어. 그러니까 암흑태자가 드라켄 제국으로 떠났다는 말을 들었을 때부터 말이지. 교황께 항의한 것은 준비가 끝나서 일을 벌여도 된다고 판단해서였으니까."

“오, 역시 브로니카 언니는 용의주도해. 어떻게 마법사인 나보다도 더 신중하지?”

“그렇다기보다 세레스 네가 마법사답지 않게 덤벙대는 거겠지.”

세레스와 롤랜드가 떠드는 사이 브로니카는 배낭에서 몇 개의 주머니를 꺼냈다.

“조용히 해. 여기 너희들이 위장할 신분이 있어. 변장 도구까지 다 준비했으니까 지금부터 변장하고 산을 벗어나기 전에 충분히 연습을 하도록 해.”

“염려 마, 언니. 우리가 장사 한두 번 해봤어? 후훗.”

“그럼 조심들 하고, 주머니 속에 있는 계획대로 움직여서 제국의 수도까지 알아서 와. 기한은 두 달, 그사이 못 온 사람은 잡힌 걸로 생각하고 버리고 간다.”

“칫. 피도 눈물도 없는 누님이시군. 알았수다. 내 무슨 일이 있어도 안 들키고 갈 테니 염려 마쇼.”

“그럼 건투를 빈다.”

브로니카는 설명이 끝나자마자 먼저 일어나서 동쪽 계곡을 타고 내려가기 시작했다.

일행을 다 보내고 가장 나중에 떠나면 좋겠지만 그녀가 움직여야 다른 사람도 움직인다는 것을 지금까지의 경험으로 잘 알고 있었다.

다른 데빌 헌터들은 세 명, 세 명, 두 명으로 나뉘어 움직이지만 브로니카는 혼자 가는 것으로 계획을 세웠다.

왜냐하면 비잔티움 신성제국이나 드라켄 제국 쪽에서는 브로니카를 가장 집중적으로 추적할 것이기 때문이다.

'모두들, 무사히 와줘.'

브로니카는 뒤를 돌아보지 않았지만 마음속으로 동료들과 잠시 동안의 작별인사를 했다.

이제 브로니카의 의식은 암흑태자에 대한 필살 신념으로 집중되었다.

Chapter 03
스승님은 어디로?

흑사자
마왕

"에취, 엣취!"

"흠, 며칠 전에도 재채기를 하시더니 오늘은 더 심하게 하시는군요."

"그러게 말이야. 내 지금까지 재채기를 한 적은 없는데. 쩝."

"엊제 물약을 드셨습니까?"

"아니, 어제 약효가 끝난 이후 안 마셨어. 비싼 약이니까 조금이라도 아끼려고 요리를 안 하는 날이 끼면 안 마시거든."

"그렇군요."

라이번은 고개를 끄덕이며 옷장 속에서 디온의 옷을 꺼내 왔다.

"개학날이니 정장 의식복으로 정했습니다. 색은 마음에 드십니까?"

"난 대충 입는 거 알잖아. 라이번이 정했으면 그걸로 됐어."

디온은 라이번이 건넨 옷을 입고 저택을 나섰다. 개학날이라서 그런지 아카데미 쪽으로 가는 학생들이 많이 눈에 띄었다.

디온이 막 교문 안으로 들어가려고 하는데, 저쪽에서 보기 싫은 놈이 나타났다.

바로 디온에게 혼쭐났던 마르텔이었다.

"으드득, 신학기가 되어서도 네 녀석을 보게 될 줄이야."

마르텔은 아주 노골적으로 경멸과 분노의 감정을 표출했다.

디온은 태연하게 웃으며 말했다.

"어, 너냐? 벌써 대충 멀쩡해졌나 보네. 아는 분 중에 좋은 치유사가 있나?"

"크크크, 그렇게 빈정댈 수 있는 것도 얼마 남지 않았다. 내 꼭 근일 내로 널 손봐주지."

"에효. 알았다, 알았어."

디온은 더 이상 상대할 가치가 없다는 듯 고개를 절레절레 흔들고 먼저 학교 안으로 들어갔다.

마르텔은 그런 디온의 뒷모습을 죽일 듯이 노려보았다.

문제는 마르텔이 디온과 같은 반이라는 거다.

디온은 더 이상 자신의 상큼발랄한 학교 생활에 구질구질한 문제가 끼어드는 게 싫었다.

마르텔의 주도로 반에서 왕따를 당했던 것도 옛말이다.

검 실력이 증명되고, 마르텔이 부상 후유증으로 거의 학교에 나오지 않게 된 이후 디온은 점점 반 친구들과도 친해졌다.

일단 공식적으로 1반 짱인데다가 황태자와의 친분도 있으니 이제는 반 아이들이 디온의 눈치를 본다.

그런데 이제 마르텔이 돌아왔으니 반 아이들이 고생하게 생겼다.

제국의 실력있는 백작 가문의 장자인 마르텔의 눈치를 안 볼 수도 없으니까.

"쩝, 정리해야 되나?"

꼭 세상 물정 모르고 집안을 말아먹는 귀족 자제가 한 명씩 있다.

마르텔이 바로 그렇다.

본인이 그렇게 당했으면 디온의 실력이 범상치 않다는 것을 알 만도 한데, 분노에 눈이 뒤집힌 건지 아니면 그런 실력도 가문의 힘을 이용하면 어떻게 할 수 있다고 판단한 것인지 아직 모르겠다.

"뭐, 딱 걸어오는 수준으로 받아쳐 주면 되지. 개인의 힘을 이용하면 개인을 날리고, 가문의 힘을 쓰면 가문을 날리고."

디온은 일단 상대가 어떻게 나오나 기다려 보기로 했다. 하지만 이제는 용서가 없을 것이다.

죄와 벌, 마르텔은 행한 만큼 되돌려 받으리라.

별로 기분 좋은 등굣길은 아니었지만 일단 반 아이들과 인사를 하니 기분이 좋아졌다.

그 뒤에는 전교생이 강당에 모여 개학 행사를 했다.

켈러핸 학장이 가장 처음 개학 축하 인사를 하고, 그다음엔 이번 학기에 일하게 된 신입 선생을 소개했다.

단상 위로 파란색의 물결 웨이브 머리를 한 여선생이 한 명 올라왔다. 청순해 보이면서도 글래머러스한, 눈이 뒤집힐 만한 미인이었다.

"오오오오옷!"

남학생이 일제히 탄성을 질렀다.

엄숙했던 개학식이 갑자기 뜨거운 젊은 혈기로 인해 후끈 달아올랐다.

켈러핸 학장은 자신의 마법봉으로 단상을 한 번 탁 하고 때려 학생들을 진정시켰다.

"기사학부의 대륙 역사를 가르칠 엘미르 선생님이십니다. 엘미르 선생은 뛰어난 여기사임과 동시에 마법사이기도 하니 결례가 없도록 조심하세요. 엘미르 선생. 인사를 하시겠습니까?"

켈러핸 학장이 자리를 비켜주자 엘미르는 단상 가운데로 나와서 학생들에게 인사했다.

"기사학부에서 대륙의 역사를 가르치게 된 엘미르입니다. 지루하지 않게 주로 전쟁사 위주로 강의할 테니 잘 부탁드리겠습니다."

마법기사!

학생들은 또 한 번 놀랐다. 기사의 자격을 취득한 자가 마법사의 자격마저 가지는 것은 정말 드문 일로, 제국을 통틀어도 열 명이 안 될 것이다.

단순히 검사가 하급 마법을 몇 개 익힌다거나 마법사가 검을 배우는 것과는 다르다.

엄격한 기사 자격과 마법사 자격을 따낸 것이니 둘 다 실전에서 통용될 만큼 수준급이라고 봐야 한다.

"대단하다."

"어떻게 둘 다 할 수 있지? 하나 하기도 힘든데."

"그러게 말이야."

옆 반에서 작게 떠드는 소리가 들려왔다.

디온이 슬쩍 고개를 돌려보니 2반에서 세쌍둥이가 나란히 서서 입으로만 대화를 나누는 중이다.

바른 차려 자세고, 시선도 단상에 고정된 채다.

디온은 피식 웃고는 다시 엘미르 선생 쪽으로 시선을 돌렸다. 그러고 보니 2학기부터는 대륙 역사를 수강하도록 되어 있었다.

검의 길을 포기하기로 결심한 이후 수업도 가능하면 실전이 아닌 이론 쪽으로 집중했기 때문이다.

"뭔가, 요즘 내 주변엔 미인이 많이 나타나네. 이것도 작은 행복인가?"

문제는 다 디온보다 나이가 많다는 점이다. 유일하게 리네만 디온과 나이가 같았다.

"리네는 어디에 있지?"

디온은 내친김에 리네를 찾았다.

곧 조금 떨어진 곳에서 하얀색 원피스를 입고 서 있는 모습의 리네를 발견할 수 있었다. 원피스와 함께 색을 맞추어 머리띠와 구두도 하얀색이어서 굉장히 청순해 보였다.

그런데 마침 리네도 이쪽을 보고 있었다. 두 사람의 시선이 마주쳤다.

"풋."

디온은 갑자기 웃음이 나와서 웃었다.

리네도 웃는 게 보였다.

정규 수업이 끝난 후, 디온은 요리부 활동을 하러 갔다.

"디온, 왔니?"

“리네, 뭘 만드는 거야?”

리네는 조금 일찍 왔는지 이미 가져온 재료로 무엇인가를 만들고 있었다.

“응, 모처럼 오랜만에 다들 보는 거니 쿠키하고 케이크를 만들어서 파티를 하려고.”

“오호, 그럼 오늘은 리네의 과자를 먹을 수 있겠군.”

리네는 다른 요리도 잘하지만 특히 과자류를 잘 만들었다.

부드러우면서도 달콤한 쿠키나 생크림을 듬뿍 얹은 케이크는 던컨 선생님도 감탄할 정도다.

“그런데 선생님은 아직 안 오셨나? 구스는?”

“응, 둘 다 아직 안 왔어.”

“그래, 그럼 난 재료나 다듬고 있을게.”

“그래.”

디온은 리네의 옆자리에서 준비 해 온 재료를 다듬기 시작했다. 집에서 해올 수도 있었지만, 그러면 신선도가 떨어진다.

“오늘은 허브를 갈아 넣어 통으로 구운 오리요리를 할 거야. 포도주도 넣고.”

“헤에, 디온은 언제나 거창한 정식 요리를 만드네?”

“윽, 나도 간단한 요리를 만들고 싶은데, 막상 뭘 만들까 생각하면 그런 메뉴밖에는 생각이 안 나.”

“풋, 정말?”

“응.”

디온이 평생 먹어온 것은 황궁 요리다. 하급 귀족이나 평민들이 먹는 것은 디온의 머릿속에 아예 단어 자체가 없다.

그리고 그런 간단한 요리는 꽤 자극적인 맛을 내는 경우가 많은데, 디온의 혓바닥은 아주 섬세해서 그걸 잘 견뎌내지 못한다.

단지 리네나 던컨이 만들어주는 요리는 어떤 것이라도 맛이 있었다.

특히 리네가 실습 후에 남은 재료를 가지고 대충 만들어주는 이름없는 잡탕식 요리는 디온으로서는 경이 그 자체였다.

어떻게 저런 레시피를 생각해 낼 수 있을까?

아니, 레시피에 없는 요리를 만들 생각을 할까?

디온은 리네의 창작 능력에 매번 감탄했다.

반대로 리네로서는 그토록 뛰어난 요리 솜씨를 가지고 있으면서도 정식 레시피가 있는 요리밖에 못 만드는 디온이 아주 신기했다.

“참, 그러지 말고 나 좀 도와줄래? 아무래도 사람들이 다 오면 이걸로는 턱도 없을 거 같아서 팬케이크를 만들려고 하던 중이거든.”

“팬케이크?”

“응.”

팬케이크는 전에 리네가 만들어준 적이 있다. 간단하면서도 간장소스와 벌꿀을 찍어 먹으니 꽤 맛이 있었다.

"좋아, 그럼 그건 내가 만들게. 이건 손질해서 오븐에 넣으면 끝이니까."

"응, 고마워."

"다 같이 먹을 건데 고맙긴."

디온은 오리를 오븐에 넣고 불을 조절한 후, 밀가루를 반죽하기 시작했다. 부활동을 하는 반 아이들과 세쌍둥이까지 먹어도 충분할 만큼의 양을 만들었다.

그런데 그날따라 아무도 오지 않았다.

시간이 좀 지나자 리네가 약간 불안한 표정으로 디온에게 물었다.

"왜 안 오지?"

"그러게."

디온은 고개를 갸웃하고는 다시 말했다.

"선생님이라도 오셔야 될 시간인데."

"구스도 안 오잖아."

"음, 내가 알아보고 올게."

디온은 일단 반죽을 끝내놓고 교무실 쪽으로 갔다.

교무실이 있는 통로에는 각 선생들의 개인방이 있는데, 그중 던컨 선생님의 방으로 가니 문이 잠겨 있었다.

"어, 안 계시네."

디온이 어떻게 할까 고민할 때, 뒤에서 누군가가 말을 걸었다.

"학생, 무슨 일이지요?"

"어! 엘미르 선생님."

"어머, 호호호홋, 내 이름을 기억해 주었네요."

엘미르 선생님은 처음 본 학생이 자신의 이름을 알자 마냥 기쁜 표정을 지었다.

디온은 그 모습이 약간 푼수끼가 있다고 생각했지만 겉으로 드러내지는 않고 정중하게 물었다.

"던컨 선생님을 뵈러 왔는데 안 계신가요?"

"던컨 선생님은 아직 여행에서 안 돌아오셨다고 들었습니다. 사전 연락이 없어서 학교에서도 무슨 일인가 하고 의아해하고 있는 모양이에요."

"아, 그런가요?"

"예, 그래도 여행을 떠나시기 전 어쩌면 약간 늦을지도 모른다고 말씀을 남기셨기에 내일까지 기다렸다가 정식으로 던컨 선생님의 부재를 알리겠다고 교무회의에서 결정했어요."

"그렇군요."

"그런데 학생은 혹시 요리부인가요? 요리부 학생들에게는 따로 연락을 했을 텐데요."

"어, 정말요?"

"예, 던컨 선생님이 돌아오실 때까지 요리부 활동을 안 한다고 말이에요."

"음, 저는 못 들었습니다. 뭔가 착오가 있었던 모양이네요."

"그런가요? 아무튼 오늘은 요리부 활동이 없으니 이만 돌아가는 게 좋겠어요."

"알겠습니다."

디온은 요리부실로 돌아가면서도 왜 자신만 그 사실을 몰랐는지 의아함을 금치 못했다.

"혼자는 아니군. 리네도 몰랐다는 거니까."

어째서인지 알아야 한다. 디온은 속으로 결심하고 요리부실에 들어갔다.

"어떻게 됐니?"

리네가 여전히 혼자 있다가 디온이 들어오자 불안한 표정으로 물었다. 지금까지 아무도 안 왔다면 이건 정말 문제가 있다는 것을 그녀도 충분히 알 수 있었다.

"응, 던컨 선생님께서 아직 안 돌아오셔서 당분간 요리부 활동이 없대."

"뭐? 그럼 아무도 안 오는 거야?"

"응, 그런가 봐. 그런데 리네 너는 못 들었어? 각 반으로 그 사실을 알려줬다는데."

"아, 그게 사실은 난 이거 준비하려고 한 시간 일찍 나왔거든. 첫날이라 수업 하나가 없었어. 그래서 종례를 못 들었는데 그때 이야기했나 봐."

“그랬구나.”

디온은 납득했다는 듯이 고개를 끄덕였다. 그러면서 종례를 하고 나온 자신은 왜 그 소리를 못 들었나 하고 생각해 보았다.

답은 곧 나왔다.

현재 1반의 현실적인 짱은 디온이지만 선생들에게 대표로 인식되는 것은 마르텔이다.

디온이 오기 전에 이미 마르텔이 학급의 장이나 마찬가지였기 때문이다.

그래서 무슨 일이 있으면 선생들은 마르텔을 불러 알린다.

현재 1반에서 요리부는 디온 혼자이니 선생은 마르텔에게 이 사실을 전해주라고 시켰을 가능성이 크다.

‘나중에 확인해 봐서 진짜면 넌 죽었다. 날 엿 먹여? 크크크.’

디온은 속으로 복수를 다짐했다.

하지만 지금은 그게 중요한 게 아니다. 리네가 모두를 위해 산더미처럼 준비한 음식들을 처리해야 한다.

쿠키는 그냥 놔두었다가 내일 먹는다고 해도 생크림 케이크는 오늘 먹어야 맛있다.

또한 디온이 팬케이크을 만들려고 해놓은 반죽도 엄청나고, 그 위에 허브를 넣어 통으로 구운 오리 요리까지 있다.

“어떻게 하지?”

리네는 곤란한 표정으로 디온에게 물었다.

모두가 즐겁자고 애써 만든 것들이 처치 곤란 상태에 빠지니 속이 상할 대로 상했다.

"뭐, 먹을 만한 사람을 초빙해 와야지. 일단 세쌍둥이는 올 거고. 그쪽 검술부 애들 다 와서 먹으라고 할까?"

"그렇게라도 해야겠네."

그때 교실 바깥쪽에서 와자지껄하는 소리가 났다. 척 들어 보면 세쌍둥이였다.

"훗, 말을 꺼내자마자 등장하다니."

"그러게."

리네도 구원군이 오자 조금은 기분이 풀린 듯 미소를 지었다.

곧 세쌍둥이가 거칠게 문을 열고 들어왔다.

"누나, 우리가 먹을 거 좀 남겨놨어?"

"디온 형도 안녕."

"어, 근데 왜 아무도 없어?"

"바보야, 넌 너한테 관계없는 얘기는 전혀 안 듣지. 아까 종례 때 오늘 요리부 활동은 쉰다고 했잖아."

"그렇지. 그런데 왜 누나는 요리부 학생들에게 음식을 대접한다고 요리를 하는데?"

"어라?"

스스로 질문을 하고 스스로 답을 내는 세쌍둥이들에게 리네는 웃으며 말했다.

"난 몰랐거든. 그러니 너희들이 좀 도와줘. 혹시 또 음식을 먹을 친구들이 있니?"

"오늘은 다들 일찍 돌아갔어."

"개학 첫날이니 중앙광장 쪽에서 놀 거라고 하던데?"

"괜찮아. 우리가 다 먹을 수 있어."

더 이상 올 사람은 없나 보다. 그래도 세쌍둥이의 식성이라면 어느 정도 음식을 다 처리할 수 있으리라고 리네는 애써 생각했다.

"그래, 그럼 우리끼리 먹자."

"응."

"그릇은 우리가 준비할게."

"하하핫, 솔직히 말해서 난 단 걸 좋아하니까 누나의 케이크로 배를 채울 수 있는 지금 상황이 행복해."

"알았어. 하지만 일단 팬케이크와 오리 요리도 먹어야 해."

"그 정도쯤이야."

"원래 메인 디시와 디저트는 따로 계산하는 거야."

"맞아, 아무리 배부르게 먹어도 디저트는 또 다 먹게 되더라고."

"그만 떠들고 어서 드세요."

남들보다 세 배나 많은 대화량에 리네는 결국 금언령을 내리고, 디온은 오븐에 있는 오리 요리를 꺼낸 후 본격적으로 팬케이크를 굽기 시작했다.

그때 문이 열리며 한 사람이 들어왔다. 누군가 보니 새로 온 엘미르 선생이었다.

"역시 너희들 여기 남아 있었구나. 아까 디온 군이 질문한 것 때문에 혹시나 해서 와봤는데."

"하하하, 저희는 요리 수업이 수는지 몰랐어요. 그래서 그냥 자체적으로 음식을 만들어서 먹으려고요."

"그거야 상관없지만, 앗! 그건 키이크! 꺄악, 케이크다아아앗!"

리네의 생크림 케이크를 본 엘디르 선생의 목소리가 갑자기 소녀틱하게 변했다.

조금 전까지 고상하고 품격있는 미인 여선생은 어디로 가고, 중앙광장에서 행사가 있을 때 열광하는 소녀들의 함성과 눈빛을 그대로 재현했다.

리네가 얼른 미소를 지으며 말했다.

"같이 드실래요?"

"정말?"

반문하면서 이미 자리에 앉는 엘미르 선생을 보며 세쌍둥이가 참을 수 없어 웃음을 터뜨렸다.

"선생님은 생크림 케이크를 좋아하시나 봐요."

"응, 나 좋아해."

“그런데 케이크는 디저트니 오리 구이하고 팬케이크를 먼저 드셔야 해요.”

“그냥 케이크만 먹음 안 될까? 다 먹으면 살찌잖아.”

“그래도 오리랑 팬케이크는 디온 형이 만드는 거니 성의를 봐서라도 조금은 맛보세요.”

“아, 디온이? 그럼 조금씩은 맛볼게.”

보고 있던 디온이 놀란 눈으로 중얼거렸다.

“세쌍둥이의 말을 중간에서 일일이 받아주는 사람은 처음 봐.”

리네도 같은 눈으로 그쪽을 보면서 디온의 말에 동의했다.

“그러게, 엘미르 선생님은 정말 상냥하신 분인가 봐.”

그러는 사이에도 엘미르 선생은 세쌍둥이하고 즐겁게 대화를 나누었다.

마치 엘미르 선생이 셋이 있어 세쌍둥이하고 각각 대화를 나누는 것처럼 빠르고 재치있게 그들의 대화 사이에 끼어들었다.

그러면서도 결코 말을 빨리하는 느낌이 없으니 좀 신기하기도 하다.

이윽고 식사가 시작되었다.

디온의 오리 요리는 암흑제국의 황궁요리사인 고든이 만든 것과 정확하게 같은 맛이었다.

사람들은 연신 맛있다고 칭찬을 했다.

팬케이크 역시 리네가 시범을 보여준 것과 거의 비슷할 정도로 익힘의 정도나 크기가 일정했다.

그리고 그다음에 나온 생크림 케이크는 역시 리네가 자랑할 만한 맛으로, 달콤하면서도 촉촉한 촉감이 혀끝에서 사르르 녹았다.

설탕을 전혀 넣지 않은 맑은 커피와 같이 먹으니 더욱 환상적이다.

'이런 맛이구나.'

디온은 케이크를 천천히 음미하듯 먹으면서 맛을 기억했다. 이 정도라면 굳이 마력의 힘이 깃들지 않아도 충분히 사람을 행복하게 만들 수 있을 것 같았다.

다른 사람들도 비슷한 생각인지 웃음과 수다가 끊기지 않았다.

특히 엘미르 선생은 거의 반쯤은 얼이 빠진 얼굴로 말했다.

"이건 특상품이야. 리네 양, 내가 출자를 할 테니까 생크림 케이크 가게 안 낼래?"

"어머, 선생님도. 전 아직 학생이에요. 하루 종일 케이크만 만들 시간이 없다고요."

"칫, 그래도 난 매일 리네 양의 케이크를 먹고 싶단 말이야."

마치 떼를 쓰는 어린애와 같다. 다른 사람이 보면 어떻게 선생이 학생에게 저렇게 말을 할 수 있냐고 혀를 찰 테지만,

이 자리에 있는 사람들은 모두 엘미르 선생의 기분을 이해했
다.

리네는 웃으면서 말했다.

"매일은 몰라도 가끔씩은 만들어 드릴게요."

"우웅, 매일."

"아무래도 매일은……."

"그러지 말고 이렇게 하자. 내가 리네 양한테 마법 과외를
해줄게. 리네 양은 새벽에 학교에 와서 생크림 케이크를 만드
는 거야."

"마법 과외를요?"

"응, 몰랐어? 나 마법사 자격증도 있잖아. 기사 자격증도
있고."

"아, 맞아요. 선생님은 마법기사였죠. 움, 그런데 그러면
제가 너무 미안해서요. 따로 과외비를 드릴 여유도 안 되고."

"난 아침에 일어났을 때 홍차 한 잔과 케이크 한 조각이 있
으면 충분해. 대신 케이크와 홍차를 마신 후 한 시간씩 마법
을 가르쳐 주는 걸로 하고, 어때?"

케이크를 먹기 위해 마법까지 가르쳐 준다는 엘미르 선생
의 열정에 리네는 결국 고개를 끄덕이고야 말았다.

"좋았어. 그럼 내일부터다."

결정이 되자 엘미르 선생은 다시 한 번 못을 박으며 자리에
서 일어났다.

그사이 케이크 하나를 싹 먹어치웠는데, 세쌍둥이보다 훨씬 많이 먹었다.

"그럼 난 바빠서 이만 갈게."

정말 바빴나 보다. 엘미르 선생은 휭 하니 사라져 버렸다.

리네는 아직 영문을 잘 모르겠는지 디온을 보며 두 눈만 껌벅였다.

디온은 미소를 지으며 말했다.

"잘됐네. 정식 마법사한테 과외받는 게 쉬운 기회는 아니잖아. 2학년부터는 그냥 수업만으로는 이해하기 어려운 부분이 많다고 하더라고."

"으응, 사실은 나도 그것 때문에 난감해하던 중이었어. 생활이론마법 쪽으로 바꾸었다고 하도 전공 몇 개는 꼭 들어야 하거든. 그걸 낙제하면 학교를 계속 다니기도 힘들고 해서."

"이건 기회잖아. 엘미르 선생한테 잘 배워봐."

"응, 그럴게."

리네는 그때야 완전히 결심이 선 듯 웃으며 대답했다.

세쌍둥이도 열심히 리네를 응원했다.

"누나, 최고다."

"정식 마법사 과외는 마법학부 학생들 중에서도 몇 명 못 하는 거잖아."

"내친김에 생활이론마법 전공은 관두고 전투마법사로 가는 게 어때? 그쪽이 멋있잖아."

"리네 누나 성격에 전투는 좀 무리고, 그냥 마법사 과정이나 연금술 과정이 나을 것 같아."

리네가 피식 웃으며 고개를 저었다.

"연금술은 진짜 부자만 전공할 수 있는 돈 먹는 하마야. 일반 마법사 과정도 지금 내 사정으로는 무리고."

세쌍둥이는 이때다 하고 오히려 리네를 열렬히 설득했다.

"연금술은 몰라도, 일반 마법사 과정이라면 좀 무리하면 어떻게든 할 수 있잖아."

"맞아, 그쪽이 졸업 후에 돈을 벌 수 있다고."

"지금 좀 고생을 해도 졸업 후에가 더 중요하잖아."

"우리가 다 기사 되고, 누나는 마법사 하고, 그러면 우리 가문은 정말 확 좋아질걸?"

"요즘은 섹시 마법사가 대세래."

"그만!"

결국 리네는 세쌍둥이의 말을 막았다.

이렇게 말하면 세쌍둥이는 일절 말을 못하도록 어렸을 때부터 암묵적인 룰이 형성되어 있다.

하지만 딱 입을 다문 세쌍둥이는 강렬한 초롱초롱 눈빛 공격으로 리네에게 정신적 설득을 시도했다.

그때 디온이 나섰다.

"나도 사실은 리네가 정식 마법사가 되었으면 좋겠어. 이론마법이나 생활마법도 좋지만 리네는 자립성이 강해서 자기 직업을 가지고 싶어할 것 같거든."

"으응, 하기야."

디온의 말대로 리네는 조용히 시집을 가서 평생 집 안에서 살 마음은 없었다. 그렇다고 해서 리네네 집안이 사교계에 데뷔할 정도의 지위는 아니다.

"하지만 난 요리사가 되려고 하는데, 마법사 자격이 도움이 될까?"

"되지. 틀림없이 큰 도움이 돼."

"디온이 그렇게까지 말한다면 일단 한번 해볼게."

결국 리네는 생각을 바꿨다. 기회가 왔으니 마법사로서의 길도 진지하게 생각해 보기로 한 것이다.

그러자 세쌍둥이의 입이 툭 튀어나와 중얼거리듯 말했다.

"그런데 우리가 그토록 열심히 권할 때에는 못 들은 척하다가 디온 형이 한마디 하니까 휙 하고 마음을 바꾸는 거지?"

"둘이 사귀어?"

"하긴, 어울린다."

"마틴, 제이콥, 존!"

리네가 얼굴이 벌게져서 소리치자 세쌍둥이는 얼른 자리에서 일어났다.

"잘 먹었습니다."

"우린 방해하지 않을게."

"디온 형, 화팅!"

리네가 기가 막혀 잠시 멍해진 사이 그들은 도망치듯 요리 부 문을 나섰다.

디온은 그 모습을 보고 미소를 지었다. 형제가 없는 그였기에 리네와 세쌍둥이를 보면 참으로 부러움을 느꼈다.

새학기가 시작된 지 일주일이 지났다.

그런데 아직 던컨 선생님이 학교로 돌아오시지 않아 요리부는 여전히 활동을 못하는 상황이었다.

디온으로서는 상당히 괴로운 일로 원래 그는 요리를 배우기 위해 이곳 드라켄 제국으로 유학 온 몸이다.

그런데 목적했던 요리는 못 배우고 이미 뜻을 거둔 검이나 수련해야 하는 신세가 되었다.

학교의 선생들이 가르치는 검술이나 기사의 기본 소양들은 이미 오래전에 졸업한 디온이다.

강하기로 따지면 디온이 이 학교 내에서 최고일 가능성이 크다. 드라켄 제국 전체를 놓고 봐도 마스터는 네 명밖에 없으니까.

그래도 디온은 매일매일 요리부로 가서 스스로 정한 실습을 했다.

리네도 역시 매일 나왔고, 황태자 구스타프도 그랬다.

그러자 곧 다른 학생들도 모두 나올 수밖에 없었다. 황태자가 빠지지 않는데 그들이 결석할 수는 없는 법이다.

요리부실은 활기를 띠었지만 배움이 없는 활기다.

디온은 사막을 헤매는 부랑자처럼 요리에 대한 가르침에 목이 말랐다.

그날 저녁, 디온은 리네와 구스타프를 만나 서로 이 일에 대해 상의했다.

"어떻게 해야 하지?"

디온이 묻자 구스타프가 말했다.

"내가 알아보니까, 아무래도 던컨 선생님은 행방불명 상태가 되신 것 같아."

"아, 그럼 선생님께서 위험하다는 거야?"

"그건 잘 모르겠는데, 이번에 선생님이 유적탐사를 위해 가신 곳은 비잔티움 제국 내에 있는 리버스 오벨리스크 지역이거든. 거기가 원래 좀 위험한 곳이잖아."

"난 잘 몰라. 디온, 너는 리버스 오벨리스크 지역에 대해 알아?"

"들은 적이 있어. 과거 마왕이 출현했을 때, 그가 마계에서 부하로 쓸 아크데빌들을 소환한 네 군데 장소 중 하나라고 했어. 맞지? 구스."

"맞아, 그래서 지금도 거긴 가끔 마계의 틈이 열린다는 소문이 있거든. 몬스터도 많은 데다가, 그놈들이 다른 지역에 비해 훨씬 힘이 세고 흉악해. 가끔 알려지지 않은 몬스터도 나온다고 하고."

"선생님은 그런 곳엘 왜 가셨을까?"

"찾을 게 있으니 가셨겠지. 그 일대는 중요한 유적이 많아."

"아무튼 선생님께서 그곳에 가신 뒤에 연락이 끊겼대."

"아무래도 위험한 상황에 처하신 거 아닐까?"

사실은 위험한 상황 정도가 아니라 몬스터에게 당해 죽었을 가능성도 크다. 그러나 아무도 그렇게까지는 말하지 않았다.

그저 말 못할 불안감과 걱정으로 모두의 얼굴이 굳었다.

이윽고 디온은 강한 어조로 말했다.

"난 던컨 선생님을 찾으러 가야겠어."

"뭐? 디온, 거긴 위험하다고 했잖아."

"상관없어. 사실 난 나를 지킬 정도의 힘은 있다고."

"그래도 위험해."

"무엇보다 학교에서 허락을 안 해줄걸."

"그건 구스, 네가 어떻게 좀 해줘."

"윽, 내가?"

"난 던컨 선생님께서 안 계시면 이 학교에 남을 이유가 없어. 그러니 꼭 선생님을 찾으러 갈 거야."

"으음, 글쎄. 생각을 좀 해보자."

구스타프는 디온의 말에 전혀 다른 생각을 했다.

사실 남들은 모르지만 드라켄 황실은 지금 디온 때문에 비상이 떨어진 상태다.

암흑태자의 유학은 정말로 어떻게도 처리하기 어려운 일인 것이다. 하물며 마왕이 될지도 모르는 사람이라는 건 더욱 위험하다.

그래서 황태자인 구스타프가 이렇게 오늘도 열심히 디온의 비위를 맞춰가며 지내고 있지 않은가.

그런데 던컨 선생이 없으면 디온은 유학을 포기하고 돌아가겠다는 뜻을 비추었다.

'이건 차라리 던컨 선생님이 안 계신 게 나은 건가?

그렇게 생각하다 보니 또다시 다른 생각도 났다.

'아니지, 디온이 던컨 선생님을 그렇게 좋아한다면, 던컨 선생은 제국을 위해 있는 게 나아. 그리고 디온이 요리에 취미를 계속 가진 채 성장한다면 마왕이 안 될 가능성도 크고.'

역시 긍정적으로 생각하는 게 이모저모로 나을 것 같다. 구스타프는 천천히 고개를 끄덕이며 말했다.

"알았어. 이 일은 나한테 맡겨. 그리고 지금 말하는 건데, 나도 간다."

"엉? 구스 넌 황태자잖아. 그런 위험한 곳엘 가도 돼?"

"황태자니까 내가 같이 가는 게 나아. 일단 내가 갈 수만 있다면, 황궁의 비밀호위 기사단의 호위가 붙거든. 위험 지역에는 더욱 엄밀한 호위를 할 것이고, 그럼 너하고 난 훨씬 안전하게 던컨 선생님을 찾을 수 있어."

독을 먹으려면 접시까지 먹어라.

기왕 디온에게 잘 보이고, 던컨 선생을 꼭 찾아야겠다고 생각하니 구스타프는 자신이 직접 가기로 결심했다.

하지만 디온은 잠시 생각을 하다가 말했다.

"아니야. 아무리 선생님을 구하기 위해서라지만 황태자인 네가 움직이는 건 말이 안 돼. 자칫 잘못하면 큰 문제가 되니까, 넌 그냥 남아 있어."

네가 잘못되면 더 큰 문제다!

구스타프는 속으로 그렇게 외쳤지만 그걸 겉으로 말할 수는 없다. 그는 한숨을 삼키며 마지못해 고개를 끄덕였다.

"그, 그럼 나라도 같이 갈까?"

리네가 머뭇거리며 말했다.

"아니, 나도 리네랑 같이 가고 싶기는 한데 얼마나 위험할지 모르니까 그냥 학교에서 기다려. 내가 꼭 던컨 선생님을 찾아올게."

"그래도 너 혼자 가는 건 아니라고 봐."

"괜찮아. 혼자 가는 게 아니고 가문의 기사도 데려갈 거야. 내가 믿는 게 있으니 너도 날 믿어줘."

"으응, 알았어."

"그럼 디온 너 혼자 가는 걸로 하고, 내가 학교에 말해서 네가 휴학할 수 있도록 해놓을게. 유급 안 되게 말이야."

"고마워, 구스."

모든 일이 결정되었다. 디온은 마음속으로 굳은 결심을 하고 일행과 헤어져 집으로 돌아왔다.

"다녀오셨습니까, 디온님."

여느 때와 같이 라이번이 디온을 반겨주었다.

디온은 라이번에게 인사를 하고 집 안으로 들어갔다. 그의 방에는 여전히 투투가 계란을 깨고 있었다. 그래도 그동안 발전이 있었는지 계란이 약 5~6초 정도는 투투의 손가락 사이에서 안 깨지고 있는 게 보였다.

"이익, 익!"

팍.

누가 보면 전신의 힘을 집중해서 계란을 깨는 것으로 보이지만 알고 보면 투투는 사력을 다해서 계란이 안 깨지게 하는 것이다.

디온은 그런 투투를 보며 말했다.

"투투, 밖에 나가고 싶지?"

"투투, 나가고 싶다. 그런데 아직 계란 깨진다."

"괜찮아. 어디 갈 데가 있으니 같이 가자. 연습은 가면서도 할 수 있으니까."

"투투! 정말이냐?"

"그래, 그런데 너 혹시 리버스 오벨리스크에 대해 아는 거 있어?"

명색이 아크데빌이다. 디온은 마족과 관계된 곳이니 투투가 아는 바가 있으리라 기대했다.

그러나 투투는 투투다. 뇌가 있는지 없는지 의문이 가는 얼굴로 디온에게 대답했다.

"투투, 물질계 지명 모른다."

"아, 그런가?"

오히려 뒤에 있던 라이번이 따로 말을 했다.

"디온님, 던컨 선생님을 찾으러 가시는 겁니까?"

"응, 라이번도 던컨 선생님이 리버스 오벨리스크에 갔다는 걸 알고 있었구나."

"예, 혹시나 해서 조사를 해두었습니다. 그런데 그곳은 좀 많이 위험합니다."

여기서 위험하다는 것은 마스터라고 해도 위험하다는 뜻이다. 아무리 마스터라고 해도 무적은 아니다. 인간의 몸이기 때문에 대형 몬스터를 만나면 한 마리도 감당하기 어려울 수 있다.

특히 하늘을 나는 대형 몬스터는 위에서 벼락처럼 쏘아져 내려오는 데다가 수틀리면 그냥 몸으로 깔아뭉개니 피하기가 극히 어렵다.

"그래도 갈 거야."

디온은 단호하게 말했다. 그러자 라이번은 두말없이 허리를 굽혀 알았다는 표시를 했다.

"그럼 준비하겠습니다. 투투도 데려갈 건가요?"

“응, 아무래도 이 녀석은 아크데빌이니까 유사시 전력이
될 거야. 투투, 너 싸움 잘하지? 얼마나 잘해?”

“투투, 무조건 잘한다. 마왕님 빼곤 다 이긴다.”

“오, 그래? 그거 믿음직스럽군.”

“알겠습니다. 그럼 내일 새벽에 마차를 대기 시키겠습니
다.”

“참, 라이번도 갈 거야?”

“물론 저도 가야겠지요. 전 항상 디온님 곁에서 시중을 들
어 드려야 하니까요.”

“알았어.”

결국 디온, 라이번, 투투 이렇게 셋이 떠나는 걸로 하고 라
이번은 준비를 하러 나갔다.

디온은 투투에게 여행 중에 가능한 한 다차 안에서 나오지
말 것을 신신당부했다.

“그러니까 일단 데리고 가기는 가는데, 마차 안이 지금 이
집이나 마찬가지라고 생각해. 계란을 깨지 않고 쥘 수 있을
때까지는 마차 안에서 움직이면 안 돼. 알았어?”

“투투, 알았다.”

투투는 순순히 대답했다. 그리고는 곧 계란 쥐기에 집중했
다.

다음날, 디온은 라이번이 준비한 마차에 올라탔다.

투투는 마차 뒤쪽에 특별히 만든 전용 공간에 탔고, 라이번

은 따로 말을 준비했다.

그 외에 마부 한 사람과 잡일을 할 사람 둘까지 해서 모두 여섯 명으로 일행을 정했다.

그런데 막 출발하려고 할 때, 저쪽에서 엘미르 선생과 리네가 뛰어오는 게 보였다.

"디온!"

"어, 리네. 무슨 일이야? 엘미르 선생님도 안녕하세요."

"으응, 그게."

리네가 대답을 못하고 말을 얼버무리니 엘미르 선생이 밝은 목소리로 말을 이었다.

"응, 우리도 같이 가려고."

"예?"

"학교 측에서 어제 황태자 전하의 통보를 받고 회의를 했거든. 그런데 학교의 선생이 행방불명된 사건에 학생 한 명만 달랑 보내면 안 된다는 결론이 나왔어. 그래서 내가 가기로 했지."

"아니, 저, 이건 개인적으로 가는 건데요?"

"응. 난 학교의 명으로, 그러니까 공적으로 가는 거야. 월급에 위험수당까지 받는걸. 그런데 가는 길하고 목적이 같으니까 같이 가자는 거지."

"으, 선생님은 그렇다고 치고, 리네는 왜 가는 건데요?"

"케이크의 맹약이 있잖아. 리네는 앞으로 일 년간 하루도

빠짐없이 아침마다 나한테 케이크를 만들어줘야 해. 대신 난 한 시간씩 마법을 가르쳐 주기로 했고. 디온도 맹약을 맺을 때 같이 있었잖아."

"그것 때문에 그 위험한 델 데리고 가졌다고요?!"

디온이 약간 화난 듯한 목소리로 되묻자 엘미르 선생은 살짝 눈을 내리깔고 기어들어 가는 목소리로 말했다.

"맹약은 신성한 거야. 나도 이렇게 될 즐은 몰랐거든."

"으, 아무리 그렇다고 해도."

"괜찮아. 난 마법기사니까, 여차하면 리네 한 명 정도는 보호할 수 있다고. 비밀공간이라는 마법이 있는데, 유사시에 리네한테 그거 쓰면 절대 안전하다니까."

"호, 비밀공간 마법을 쓸 수 있으십니까?"

라이번이 수염을 살짝 쓰다듬으며 끼어들었다.

"라이번, 그 마법 알아?"

"고위 마법 중에서도 꽤 쓰기 어려운 종류로, 전에 들은 적이 있습니다. 확실히 비밀공간이라면 리네 양뿐만 아니라 여기 있는 사람 전원이 귀찮은 싸움을 피할 수 있겠군요."

"그래?"

"예, 그나저나 엘미르님은 굉장히 훌륭한 분이시군요. 마법기사시라고 들었는데 비밀공간 같은 고위 마법을 쓸 수 있다면 검술 실력도 상당하시겠습니다."

마법기사는 마법과 검의 실력을 거위 동등하게 수련해야

한다고 했다. 안 그러면 어느 순간 한쪽으로 무게추가 확 기울어서 다른 쪽은 노력해도 성취가 거의 없게 된다는 것이다.

그런데 엘미르 선생이 거의 대마법사 수준이 되어야 쓸 수 있는 비밀공간 마법을 쓴다고 하니 검 실력도 마스터의 문턱에 다다른 것으로 봐야 한다.

라이번은 천천히 고개를 끄덕이며 디온에게 말했다.

"일행 중에 마법사가 있으면 여행이 편해집니다. 하물며 엘미르 선생님은 검 실력도 뛰어나니 더욱 큰 도움이 될 것입니다. 디온님께서 괜찮으시다면 동행하도록 하죠."

"라이번의 의견이 그렇다면 난 상관없어. 단지 리네가 걱정될 뿐이야."

"난 괜찮아. 사실은 민폐가 될 것 같아서 안 가려고 했는데 엘미르 선생님이 무조건 가야 한다고 하시니까……."

"헤헷, 맹약은 신성한 거라니까. 리네가 안 가면 나도 못 가는 거라고."

"그래도 데려가 주면 가능한 한 도움이 되도록 노력할게. 다른 건 몰라도 밥은 잘할 수 있어."

"너한테 밥하라고 시키긴 좀 그런데. 하하하. 아무튼 같이 가자. 어떻게든 되겠지."

디온은 웃으면서 승낙을 했다.

위험하긴 해도 마스터가 두 명에, 마법기사가 한 명이다. 이 정도면 거의 기사단 하나에 준하는 무력 수준이라 할 수 있다.

거기에 정 급하면 투투까지 동원하면 되니 큰 문제는 없으리라.

"응, 고마워."

리네는 동행을 허락받자 정말로 기뻐했다. 아무것도 할 수 없는 자신이지만 그래도 던컨 선생님을 구하러 가고 싶었다.

"그럼 어서 떠나자. 첫 수업부터 다른 선생님 신세를 졌으니 얼른 돌아와야 해."

엘미르 선생은 활기차게 말하고 마차 위로 올랐다.

리네 역시 싸들고 온 짐과 함께 마차에 타니, 라이번은 마지막으로 점검을 한 번 하고 일행을 출발시켰다.

열 명도 안 되는 인원에 쌍두마차 하나, 승마용 말 한 필의 소규모 여행 집단이다. 보통 장거리 여행을 하려면 수행원과 호위대 등 사람들이 줄줄이 따라가는 게 귀족들의 여행 상식이지만 이들은 그런 건 신경도 안 썼다.

누가 보면 옆 도시에라도 가는 걸로 생각하겠지만 알고 보면 갈 길이 꽤 멀다.

여행 목적지는 드라칸 제국 내도 아닌 비잔티움 제국의 유적 리버스 오벨리스크인 것이다.

*   *   *

브로니카가 추격자들의 눈을 피해 브라켄 제국의 수도인 린드버그에 도착해서 보니 일행 중 여마법사 세레스와 롤랜드가 먼저 와 기다리고 있었다.

"너희들도 무사히 왔구나. 다행이다."

"훗, 언니. 내가 누군데 그런 추적 따위에 걸릴 것 같아요?"

"그래, 넌 마법사지."

"그럼요. 마법사는 숨으려고 마음먹으면 절대 못 찾는다니까요."

브로니카는 그냥 웃으며 세레스의 말에 동의했다. 마법사가 다 그런 건 아니지만 세레스가 숨으려고 한다면 아무도 못 찾으리라는 건 브로니카도 인정하는 바였다.

"그럼 이제 우리는 다른 사람들이 올 때까지 암흑태자의 정보를 확인하고 사냥할 위치와 시기를 정하자."

시간이 많지 않다. 아무리 미리 준비하고 연막을 쳤어도 곧 비잔티움과 드라켄의 추적대는 그들이 윈드버그에 들어와 있다는 것을 알아차릴 터이고, 그 뒤에는 마왕 헌팅이 몇 배는 힘들어질 것이다.

브로니카가 준비해 온 윈드버그의 지도를 테이블 위해 펼쳤다. 그리고 작은 핀으로 그들이 있는 장소를 꽂고, 다시 암흑태자가 다니고 있다는 아카데미의 정문과 후문 쪽에 각각 핀을 꽂았다.

"오면서 생각해 봤는데, 암흑태자가 신분을 숨기고 학교를 다닌다면 최소한 학교 내에서는 호위가 덜할 거야. 반면에 집으로 돌아가면 엄청난 비밀호위들이 대기하고 있을 가능성이 크고. 그러니까 결국 등굣길이나 하굣길에 방법을 강구해서 살짝 유인한 후에 일을 처리하는 게 좋겠어. 세레스 생각은 어때? 마법으로 유인할 수 있을까?"

미리 생각해서 준비해 온 터라 브로니카의 말은 거침이 없었다.

그러나 브로니카가 설명을 끝내고 세레스의 의견을 묻기 위해 바라보니 그녀는 묘한 표정을 짓고 있었다.

"저기, 언니."

"왜?"

"그 작전은 다 좋은데요. 사실은 저랑 롤랜드가 이미 조사를 좀 해보았거든요."

"그래서? 따로 얻은 정보가 있어?"

"예, 며칠 전에 암흑태자가 여행을 떠났대요."

"뭐? 지금 윈드버그에 없다고?"

"예."

"차라리 잘되었다. 윈드버그가 아니라면 우리도 움직이기 더 쉬울 수도 있어. 일행이 모두 오면 바로 추적하자. 그런데 어디로 갔는지 알아?"

"그게요. 비잔티움 제국으로 갔대요."

"뭐어!"

그때야 브로니카는 세레스가 왜 이렇게 묘한 표정을 짓고 있는지 이해할 수 있었다.

차라리 그냥 조용히 비잔티움 제국 내에서 대기하고 있었으면 일이 백 배는 쉬웠을 것이다. 그러면 제국에서 추방당하는 일도 없이 조용히 처리했을 가능성도 컸다.

"어떻게 하죠? 다시 비잔티움 제국으로 돌아갈까요?"

세레스가 묻자 브로니카는 의자에 털썩 주저앉아 두 손으로 머리를 감싸 안으며 대답했다.

"상식적으로 그게 가능하겠니? 아흐."

나오느니 한숨이요, 생각만 해도 절망이다.

Chapter 04

여행의 동료들

흑사자
마왕

　리버스 오벨리스크란 검은 돌로 된 탑을 땅에 거꾸로 박아 넣은 데서 유래된 이름이다.

　검은 돌탑의 표면에는 땅을 부정하게 하고 정령들을 미치게 만들며, 마나를 빨아들여 지하로 쏘아보내는 마법의 룬어가 각인되어 있다.

　그런 게 수백 개나 박혀 버린 평야지대는 완전히 마계나 다름없는 환경으로 변해서 아직까지 인간이 살 수 없는 땅이 되었다.

　그렇다고 해서 황폐해진 것은 아니다.

　오히려 기괴한 나무들이 급속도로 자라나 큰 정글지대를

형성했다.

안으로 들어가면 독성분이 있는 늪지대가 곳곳에 산재해 있고, 마찬가지로 다른 곳에서는 찾아볼 수 없는 독충들이 떼를 지어 날아다닌다.

하지만 무엇보다 무서운 것은 안쪽에 자리 잡고 있는 식인 식물이라고 몇몇 모험가들은 입을 모아 말한다.

식인 식물은 바로 정글 그 자체다.

정글 안으로 접어든 순간부터 그들의 입속에서 다니는 것과 마찬가지이니, 제대로 걸리면 도망가는 것 자체가 불가능하다는 것이다.

하지만 그런 식인 식물로부터 비교적 안전하게 몸을 피할 수 있는 마법이 있었으니, 그게 바로 비밀공간이다.

아공간으로 된 방을 만들어 그 속에 들어가 숨어 있으면 그동안에는 절대 안전하다.

단지 적이 이성이 있고, 비밀공간 마법에 대해 아는 경우엔 그 자리에서 떠나지 않고 다시 나타날 때까지 기다릴 것이다.

그래서 비밀공간 마법은 익히기 어려운 것에 비해 활용도가 낮다고 평가하는 사람도 있다.

하지만 이성이 없는 몬스터로부터 몸을 피하기엔 이보다 더 좋은 마법이 없다고 봐도 좋을 정도로 효과가 좋다.

여행 도중 라이번은 디온에게 이러한 사실을 자세히 설명해 주었다.

"그러니 엘미르 선생님 같은 마법사가 같이 가면 훨씬 안전하게 그곳을 여행할 수 있다는 것이지요."

라이번의 말에 안에 있던 엘미르 선생도 자신만만한 미소를 지으며 말했다.

"후훗, 알았어? 칼만 잘 쓴다고 되는 게 아니거든. 결정적으로 거긴 독충이 많은데, 내가 버그 배리어 마법을 쓰면 독충 중 대부분은 막을 수 있다고. 그러니까- 정글 지역에는 안내인 없이 들어가는 것보다 마법사 없이 들어가는 게 더 무모하다는 게 나의 생각이야."

"그렇군요. 전 여태까지 마법이 얼마나 도움되는지 생각을 안 해봤어요."

어떻게 보면 굉장히 무신경한 일이라고 디온은 쓴웃음을 지었다.

그의 모친은 바로 세계 최강의 흑마법사가 아닌가? 그런데도 디온은 마법에 대해 전혀 관심이 없었고, 모친인 사비너 여황도 디온에게 마법에 대해 전혀 가르치지 않았다.

지금 생각해 보면 사비너는 괜히 디온에게 마법을 가르쳤다가 마왕이 될 가능성이 더욱 커질까 봐 두려워했던 것 같다.

"참, 그런데 리네는 어때요? 마법사로서의 재능이 있나요?"

엘미르 선생은 디온의 질문에 과감하게 엄지손가락을 좌

악 꼽아 올렸다.

"최고야. 앤 대마법사가 될 재질이 있어."

"선생님, 그 정도는 아니에요."

"아니긴 뭐가 아니야? 네 재능은 내가 잘 알아. 너 같은 애가 생활이론마법 같은 거나 하고 있으면 국가적 손실이라고. 내가 학교에 추천해서 장학금을 받게 해줄 테니까 무조건 정규 마법학부에서 다녀."

"…예."

"잘되었네요. 리네가 마법사가 되면 요리에 도움되는 마법을 많이 개발할지도 모르지요."

"켁, 보통 마법사는 그런 거 잘 연구 안 해."

엘미르가 황당하다는 표정을 지었다. 그런데 정작 리네 본인은 디온의 말에서 크게 느낀 바가 있는 듯 빛나는 눈으로 말했다.

"저는 할 거예요. 생각해 보니 충분히 재미있을 것 같아요. 폭발력을 동반한 가열이나 급속 냉동이 가능하고, 또 모양의 변형이나 재료의 미세 혼합도 할 수 있을 테니까."

"그래그래, 그렇게 해서 더 맛있는 케이크가 나온다면야 얼마든지 연구해."

엘미르 선생의 모든 관심은 케이크로 귀결된다. 그녀의 케이크 예찬론을 듣는 것도 이제는 좀 지겨운지라 디온은 다시 살짝 화제를 바꿨다.

"그런데 리버스 오벨리스크 말인데, 그거 비잔티움에서 제거하지 않았나요? 그렇게 안 좋은 물건이 땅에 박혀 있다면 어떻게든 빼내서 정화시켜야 하잖아요."

이번에는 라이번이 대답했다.

"그게 쉽지 않은 모양입니다. 일단 리버스 오벨리스크는 시간이 지남에 따라 점점 땅속으로 파고들게 되어 있다는군요. 그래서 지금은 마법으로도 탐색하기 힘들 정도로 아주 깊은 곳까지 파고들어 간 것들이 꽤 있는 모양입니다."

"으음."

"거기에 오벨리스크 자체는 흑요석으로 되어 있는데, 주변의 마나를 흐트러뜨리고 정령력을 약화시켜서 마법도 잘 안 통한답니다."

"음."

"그래서 그걸 캐내려면 하나하나 대규모 공사를 벌여 인력으로 빼야 하는데, 가장 큰 문제는 오벨리스크가 공기와 닿으면 엄청난 폭발을 일으키게 되어 있다는 것이지요."

"끄응, 정말 철저하게 준비한 셈이군."

"그렇지요. 그래서 몇 개 못 캐내고 나머지는 거의 방치했다고 하더군요. 더군다나 요즘은 오벨리스크가 파고든 자리에 독성이 가득 찬 늪이 생겨서 더욱 작업하기 어렵다고 합니다."

"으음, 전대 마왕은 무슨 이유로 그런 짓을 했지? 물질계를 황폐화시키려고 했나?"

"아니다. 그냥 마족이 살기 좋은 환경으로 만들려고 한 거다."

"어, 투투, 너 리버스 오벨리스크에 대해 알아?"

분명히 출발할 때에는 모른다고 했는데 갑자기 뒤쪽에서 끼어드는 걸로 봐서는 뭔가 아는 모양이다.

투투는 칸막이 너머에서 웅크린 채 말했다.

"투투, 설명을 듣다 보니 생각났다."

"그래? 그럼 생각난 것 좀 말해봐."

"투투의 기억으로는 거길 마계와 비슷한 환경으로 바꾸고, 그 중앙에 마계로 통하는 틈을 만들려고 했던 거 같다."

"그래서, 성공했어?"

"거의 다 성공했다. 환경도, 틈도 만들었다. 그런데 싸우는 사이 틈이 다시 막혔다. 원래는 틈을 계속 벌려서 게이트를 만들어야 하는 건데, 게이트를 형성하지 못하면 다시 막히게 되어 있다."

"다행이군요. 투투님이 말씀하시는 게 어비스 게이트라면 큰일이 날 뻔했습니다."

"그러게. 물질계에 영구 어비스 게이트라니, 생각만 해도 끔찍하다."

"투투, 그거 별거 아니다. 게이트라고 해봐야 그냥 개구멍 수준이다. 그런 걸 만들려고 그 삽질을 한 전대 마왕이 불쌍

하다. 지금은 그냥 주인이 한마디만 하면 마왕도 자유롭게 드
나들 수 있는 초특급 게이트가……."

"투투, 설명은 이제 됐으니 계란을 계속 깨라."

"투투, 계란 깬다. 아니, 안 깬다."

디온은 겨우 투투의 말을 막을 수 있었다.

그가 마왕이라는 사실은 엘미르 선생이나 리네에게는 절
대 비밀인데, 말 한마디로 들통이 날 뻔했다.

"그런데 선생님은 그곳에 무엇을 조사하러 간 걸까? 지금
까지 들은 말로는 땅속에 박힌 오벨리스크와 정글밖에 없다
는 것 같은데."

"그건 아닙니다. 마왕군은 그곳에 성을 쌓고 따로 몇 개의
비밀기지나 창고도 만들었습니다. 마왕성이야 완전히 파괴
되어 지금은 잔해도 거의 남아 있지 않지만 밀림을 뒤지다 보
면 비밀기지를 발견하는 경우가 있지요. 위험하긴 하지만 운
이 좋으면 고대의 유적에 인연이 닿을 수 있어 실력있는 모험
가들이 많이 찾습니다."

"그렇군. 그럼 엘미르 선생님은 거기 가보신 적이 있으세
요?"

"아니, 거기 공기가 되게 나빠서 피부에 안 좋대. 난 산이
든 계곡이든 아니면 물속이라도 사양하지 않지만 공기 나쁜
곳은 딱 질색이거든."

"풋. 그럼 이번엔 학교의 지시로 억지로 가시는 거예요?"

"후후훗, 그것도 아니지. 내가 이번에 공기 정화 스피어란 마법을 개발했거든. 이제는 독구름 속에서도 청정 공기를 마실 수 있다니까."

"그것 대단하군요. 정화의 성질을 가지는 마법은 주로 치유사들의 능력인데, 마법으로 그런 효과를 낼 수 있다니요."

"어머, 라이번님은 마법에 대한 지식이 많으시네요. 맞아요. 제 주전공이 강화와 배리어, 그리고 정화인데요. 남들이 들으면 너 치유사냐? 하고 묻거든요. 호호호."

"그럼 공격마법은 별로 안 배우셨어요?"

"기본적인 건 다 배웠지. 그런데 난 마법기사라서 전면에서 싸우는 걸 기본으로 하거든. 그러니 가만히 멈춰 서서 공격주문이나 외우고 있으면 칼 맞아. 그래서 강화 쪽으로 주력한 거고."

"일반 마법사와 그런 차이가 있군요."

디온의 시선이 슬쩍 리네 쪽으로 향했다.

그러자 엘미르 선생은 디온이 무슨 생각을 하는지 눈치채고는 웃으며 말했다.

"염려 마, 리네한테는 일반 마법사용 마법을 가르칠 테니까. 안 그러면 검법까지 가르쳐야 되는데 그런 귀찮은 일을 할 리가 없잖아."

"풋. 저도 검법은 배우고 싶은 마음이 없어요. 아무래도 체력이 뛰어난 편도 아니고."

"그래도 마법을 검법에 응용하면 의외로 쓸 만한 데가 많아. 기본 검형이라도 꾸준히 연습한 마법사가 헤이스트 마법을 비롯해 각종 강화 마법을 쓴 채로 싸우면 상당한 전력이 된다니까."

"그거 쓸 시간에 그냥 공격마법 날리는 게 낫지 않을까요?"

"우웅, 리네 네 말도 일리가 있다. 호호호."

결국 엘미르 선생은 직접 손맛을 보고 싶었던 거다.

디온은 속으로 그렇게 중얼거렸다.

디온 일행이 비잔티움 제국의 경계선에 도착하니 전신에 하얀색의 갑옷을 입은 기사가 기다리고 있었다.

나이는 약 마흔 중반, 각진 얼굴에 콧수염이 멋있는 미중년이었다.

기사는 디온 일행을 발견하자마자 성큼성큼 다가와 인사를 했다.

"드라켄 왕립 아카데미에서 파견 나오신 엘미르 선생님이시지요? 저는 이번 유적 탐사 담당을 맡은 슈운입니다."

"앗, 화이트 나이트 슈운 경! 경 같은 높은 분께서 직접 나오실 필요는 없는데요."

엘미르 선생이 놀라는 것을 보니 슈운이라는 기사가 꽤 직위와 명성이 높은가 보다.

디온이 그렇게 생각하고 있을 때, 슈운이 잔잔한 미소를 지으며 말했다.

"아닙니다. 명성 높은 드라켄 왕립 아카데미의 선생님 한 분이 행방불명되신 사건이니 우리 성기사단도 가볍게 대처할 수는 없는 것입니다. 더군다나 리버스 오벨리스크 지역은 제가 젊었을 때 몇 번 들어가 봐서 대략 지리를 아니 안내하기엔 적격입니다."

슈운의 설명에 엘미르는 납득했다는 듯 고개를 끄덕였다. 하기야 그 지역은 보통 사람이 들어가기에는 조금 무리가 있다.

슈운은 시선을 돌려 디온과 라이번에게 말했다.

"디온 군입니까? 검술 실력이 아주 뛰어나다고 들었습니다. 같이 계신 분도 범상한 실력은 아닌 듯하니 도움이 될 듯하군요. 그런데 이 숙녀 분은……."

엘미르 선생이 나서서 대답했다.

"리네라고 해요. 제 제자인데 이번에 경험을 위해 데리고 왔어요."

"음, 그곳은 초보 마법사가 경험을 쌓으러 가기엔 너무 위험한 곳입니다만."

슈운의 말에 리네는 고개를 푹 숙였다. 지금까지 오면서 마음속으로 항상 걱정하던 부분을 정통으로 찔린 것이다.

안전한 곳에서의 여행이라면 그나마 조금이라도 도움이

되려고 노력할 수 있다. 하지만 정말 위험한 곳에 가면 그녀처럼 스스로를 지킬 수 없는 사람이 얼마나 민폐가 되는지 모르는 리네가 아니다.

그런데도 굳이 엘미르 선생은 리네를 반강제적으로 데리고 왔다.

케이크의 맹약 어쩌고저쩌고 해도 상식적으로 이해가 가지 않는 리네였기에 슈운의 지적에 뭐라고 대답해야 할지 알 수 없었다.

그러나 엘미르 선생은 자신만만한 목소리로 말했다.

"리네의 안전은 제가 책임을 질 수 있으니 염려 마세요."

"그렇습니까? 엘미르 선생님께서 그렇게 말씀하신다면 괜찮겠지요."

슈운은 더 이상 리네에 대해 말하지 않고, 앞으로의 일정과 리버스 오벨리스크 지역에 들어갔을 때의 주의점 등을 설명하기 시작했다.

그렇게 한 사람의 동행이 더 불어난 채로 일행은 비잔티움 제국 내로 들어섰다.

그날 밤, 리네는 엘미르 선생에게 조심스럽게 말했다.

"선생님, 저는 그냥 정글 외곽에 남을게요. 아무래도 저까지 밀림 안으로 들어가면 안 될 것 같아요."

엘미르 선생은 자상한 미소를 지으며 물었다.

"무섭니?"

"에, 무섭긴 한데 그것 때문은 아니에요. 정말 위험한 상황이 닥쳤을 때 저 때문에 다른 사람이 다치기라도 하면 정말 견디기 힘들 거 같아서요."

"괜찮단다. 넌 충분히 도움이 될 수 있어. 물론 가장 중요한 케이크 공급 말고도 말이야. 네가 걱정하는 일은 절대로 벌어지지 않을 테니까 염려 말고 나를 믿고 같이 들어가자."

"정말 제가 도움이 될까요?"

"솔직히 말해서 오늘 합류한 슈운 경보다 네가 더 도움이 될걸? 어쩌면 네가 없으면 안 되는 상황이 벌어질지도 모르고."

"그 상황이 어떤 것인지 제가 알면 안 되나요?"

"응, 지금 말해줄 수는 없어. 하지만 내가 케이크 때문에 거짓말을 하는 게 아니라는 건 약속할 수 있어. 난 네가 이 모험에 꼭 필요한 존재라고 생각해서 데려온 거야."

리네가 보니 엘미르의 표정은 아주 진지했다.

정말로 거짓말이나 농담이 아니라 그녀가 밀림 안에서 어떤 도움이 될 거라고 생각하는 게 틀림없는 것 같았다.

그게 무엇일까?

리네는 잠시 생각을 해보았다.

하지만 리버스 오벨리스크 지역에 가보기는커녕 어떤 곳인지도 거의 모르던 리네에게 별다른 생각이 날 리 없다.

잠시 후, 리네는 천천히 고개를 끄덕이며 말했다.

"그렇군요. 그럼 같이 갈게요."

"잘 생각했다. 네가 지금 가장 신경 써야 할 것은 체력이야. 여행이라는 것이 은근히 사람을 약하게 만드는데, 이게 스스로 전혀 인식하지 못하다가 어느 날 갑자기 쓰러진다거나 하는 식으로 나타날 수 있거든. 그러니 넌 항상 마음을 편하게 가지고 쉴 수 있을 때에는 무조건 쉬어. 알았지?"

"예."

체력이라면 리네도 어느 정도 자신은 있었다. 하지만 엘미르 선생의 말을 듣고 보니 확실히 이 중에서 가장 체력이 떨어지는 사람은 그녀 자신이었다.

지치거나 아프면 안 돼, 일단은 그거라도 신경 쓰자.

리네는 마음속으로 다짐했다.

엘미르 선생은 그런 리네의 다짐을 아는지 더욱 자상한 미소를 지었다.

사람을 구하러 가는 길이니 쉬엄쉬엄 갈 수도 없다. 디온 일행은 며칠 동안이나 강행군에 가까운 여행을 했다.

다행히도 마차가 있었기에 리네를 비롯해 일반적인 체력을 가진 사람들은 번갈아가며 마차에서 휴식을 취할 수 있었다.

디온은 같이 따라온 고용 하인들도 마차에 들어가서 쉬도록 했기에 하인들은 하나같이 그에게 감사해했다.

슈운은 의외라는 눈으로 그걸 유심히 보다가 길을 가는 도중에 슬쩍 한마디 했다.

"디온님은 귀족 자제답지 않게 평민에게 친절하시군요."

"예? 아, 굳이 차별을 할 필요는 없으니까요. 비잔티움 제국에서는 귀족과 평민의 차이가 심하나요?"

"그렇지는 않습니다. 우리 비잔티움 신성제국은 천신을 모시는 교황이 다스리는 곳이라 신분의 격차가 다른 왕국이나 제국에 비하면 그렇게 엄격하지 않지요. 저만 해도 평민으로 태어났지만 성기사가 되면서 단승귀족의 권리를 얻었고, 몇 가지 임무를 수행한 후에는 정식으로 계승작위를 받았습니다."

"그렇군요. 슈운 경은 뛰어난 분이시니 충분히 그럴 만한 자격이 있어 보입니다."

"허허허, 말씀은 고맙습니다만 제 능력보다는 운이 좋았다고 해야겠지요."

옆에서 듣고 있던 엘미르가 살짝 끼어들었다.

"슈운 경께서는 겸양의 말씀을 하시네요. 소문에 의하면 당대 비잔티움 제국의 십대성기사 중에 슈운 경의 이름이 끼어 있다고 하더군요."

"오, 이제 보니 비잔티움 제국의 십대성기사 중의 한 분이셨군요! 몰라 봬서 죄송합니다."

십대성기사가 있다는 것은 디온도 안다. 그것은 대륙의 양

대강국 중 하나인 비잔티움 제국에서 검으로 열 손가락 안에 든다는 소리이다.

마스터의 경지에 도달한 것은 아닐지라도 거의 그 문턱에 도달한 최상급의 기사, 천신의 이적을 직접 행하고 강력한 성검을 소지한 자인 것이다.

슈운은 디온이 감탄한 표정으로 말하자 미소를 지으며 말했다.

"그렇게 대단하게 보지 않으셔도 됩니다. 지금은 그냥 여러분들을 안내하러 온 사람이라고 생각해 주십시오."

"어떻게 그럴 수가 있겠어요."

디온이 여전히 놀란 표정이자 슈운은 재차 고개를 저으며 별것 아니라는 듯 다시 걸음을 옮겼다.

그러면서 슈운은 생각했다.

'겸양의 말이 아니라 난 정말로 당신들을 안내하는 임무를 맡았다. 하지만 이해할 수가 없구나. 아무리 드라켄 제국 왕립 아카데미의 선생이 행방불명되었다고 해도 내가 직접 이들을 안내하며 수색을 해야 한다니.'

생각하면 생각할수록 이상했다. 비록 이 임무가 쉬운 것은 아니라고 해도 상급 성기사인 그가 직접 나설 만한 일은 아니다.

사실 그는 제국 직속의 기사단 중 하나인 화이트윙 기사단의 단장이기도 하다. 그런데 기사단 전체의 임무가 아닌 단독 임무라니?

단독 임무 따위는 지난 십 년간 없었다. 그것도 종자 하나 없이 무조건 혼자 가서 안내역을 맡으라고 했다.

원래 이러한 말도 안 되는 임무는 거절해도 된다. 십대성기사이자 화이트윙 기사단의 단장이라는 직위는 막강한 실력과 명성을 토대로 쌓아올린 것. 어울리지 않는 임무를 거부할 권리는 있다.

하지만 교황의 직인이 찍힌 명령서를 들고 하이프리스트 중 가장 덕이 많다고 소문난 훼일 경이 직접 슈운을 찾아오니, 차마 거부할 수가 없었다.

무엇보다 호기심도 일었다.

어째서 이들의 모험에 자신이 끼어야 하는가.

디온 일행 중에 명성이 있는 자는 없다. 아카데미의 선생이라는 엘미르도 슈운은 들은 바가 없다.

그런데 교황과 하이프리스트가 이들에게 지대한 관심을 보이는 것이다.

'같이 모험을 하다 보면 차차 알게 되겠지, 이번 임무의 내면에 있는 비밀에 대해.'

슈운은 느긋하게 마음을 비우고 이들을 안내하기로 했다. 리버스 오벨리스크 안으로 들어가는 임무는 최고로 위험한 것이지만, 슈운은 살아남을 자신이 있었다.

또한 그동안 여행을 하면서 대충 살펴보니 아주 실력이 없는 자들은 아니다. 엘미르의 제자라는 리네만 빼고 말이다.

이들을 보호하며 그곳에 들어가는 일은 쉽지 않겠지만 그렇다고 해도 암담할 정도는 아니니 해볼 만하다고 판단이 섰다.

결심을 하니 옛날 젊었을 때의 생각이 나서 오히려 기분이 좋아지는 슈운이었다. 마치 처음 임무를 받고 미지의 모험을 떠날 때의 느낌이었다.

"이곳이 마지막 휴식처입니다. 안쪽으로 들어가면 곧 리버스 오벨리스크 지대가 나오지요. 이다음부터는 길이 없으니 마차는 가져갈 수 없습니다."

"마차는 더 이상 사용할 수 없군요."

"그렇습니다. 그러니 일단 충분한 휴식을 취하고 남을 사람은 이곳에서 기다리도록 합시다.'

슈운의 설명에 일행은 알았다는 듯 고가를 끄덕였다. 지금까지는 여행이었지만 이제는 모험을 해야 한다.

"던컨 선생님의 행방도 이곳에서 알 수 있을까요?"

"당연합니다. 여길 통하지 않고 리버스 오벨리스크로 들어가는 길은 없으니까요. 적어도 마지막으로 밀림에 들어간 게 언제인지, 또 어느 쪽으로 갔는지 정도는 쉽게 알아볼 수 있을 겁니다."

"그렇군요."

디온은 알았다고 대답을 하고는 마차 뒤쪽을 보았다.

그동안 투투는 마차 뒤쪽에서 조금도 나오지 않고 하루 종일 계란만 깼다. 그런데도 아직 완벽하게 계란을 쥘 수 없는 모양이다.

이제 마차를 두고 가야 하는데, 전에 한 말이 있으니 투투를 마차에서 나오라고 해야 할지 잘 판단이 서지 않았다.

디온은 살짝 걸음을 돌려 마차 뒤로 갔다.

투투가 웅크리고 바구니 안의 계란을 노려보고 있는 게 보였다. 그 역시 마차에서 내리고 싶은데 아직 자신이 없는 모양이다.

이제 계란도 몇 개 안 남은 것이 휴식처에 도착하면 다시 구해야 할 것 같다.

디온은 잠시 투투를 바라보다가 한숨을 한 번 내쉬고는 말했다.

"투투, 내 팔목을 잡아라."

"투투? 주인 팔목 부서진다."

"내 팔목은 계란보다 강하다. 충분히 버틸 수 있어."

"계란이 아니라 바위도 부서진다."

"괜찮아. 바위보다도 강하니까. 명령이니까 잔말 말고 잡아."

"투투, 알았다."

명령이라고 하자 투투는 긴장된 표정으로 천천히 손을 뻗어 디온의 팔목을 잡았다.

그러자 정말 믿기 어려울 정도로 엄청난 압력이 디온의 팔목을 죄어왔다.

"웃."

디온은 짧은 신음성을 내며 급히 전신의 기운을 팔목에 집중시켜 그 압력을 막아냈다.

상상 이상이었다.

마스터의 경지에 이른 디온은 전신의 힘을 손가락 끝에 집중시키는 것이 가능하다.

또한 오러의 힘을 몸에 발현시킬 수도 있으니 이렇게 힘을 주면 단두대의 칼날이 떨어져도 손목이 잘리는 것을 막을 수 있다.

그러나 집이 무너지는 것을 사람이 두 손으로 받칠 수는 없듯, 디온의 팔목은 견디지 못하고 곧 부러질 듯 묘한 소리를 냈다. 어쩌면 부러지는 정도로 끝이 나지 않고 부서질지도 모른다.

부드드.

"크으으."

"투투, 위험하다."

투투는 얼른 손을 놓았다.

"후우, 쉽지 않군."

디온은 안도의 한숨을 쉬며 부서질 뻔한 팔목을 주물렀다.

겨우 통증이 가신 디온은 반대편 손을 내밀며 말했다.

"투투, 계란을 잡듯 가능한 한 살살 잡고 내 기운에 반발해서 더 강한 힘을 쓰지 마라. 넌 그래도 계란을 몇 초는 쥐고 있었으니 할 수 있을 거다."

"투투, 살살 잡는다. 주인 힘에 반발 안 한다."

투투는 다짐하듯 말하며 다시 조심스럽게 디온의 팔목을 잡았다.

이번에는 확실히 투투가 조심을 하는지 처음에는 거의 압력이 느껴지지 않았다. 이에 디온은 과감하게 먼저 팔목에 힘을 주었다.

"웃!"

역시 사람이든 마족이든 밀면 반사적으로 힘을 주게 되어 있나 보다.

디온은 폭발적으로 조여오는 힘에 다시 엄청난 고통을 느껴야 했다. 그러나 억지로 버티며 신음성이 섞인 목소리로 말했다.

"반, 반발하지 마라."

"투투, 힘 뺀다."

투투는 화들짝 놀라 얼른 손에 힘을 뺐다.

디온은 약해지는 압력에 찡그린 얼굴에서 억지로 미소를 지으며 말했다.

"의외로 힘 조절이 되잖아? 좋아. 계속하자고."

“투투, 계속 힘 뺀다.”

투투의 이마에서 한 줄기 땀이 흘러내렸다. 입을 꽉 다물고 자신의 손에 시선을 고정시킨 채 필사적으로 노력하는 것이 느껴졌다.

디온 역시 극도로 긴장한 채 힘을 유지했다.

그렇게 시간이 흐르면서 디온은 투투의 힘 조절에 대한 문제점을 알 수 있었다.

투투는 이미 힘 조절을 할 수 있었다. 그런데 계란이 왜 깨지는가.

집중을 하면 힘 조절을 할 수 있다. 반대로 말하면 집중력이 흐트러지는 순간 무의식중에 힘이 들어가 버리는 것이다.

지금도 몇 분에 한 번씩은 강한 압력이 느껴진다. 하지만 디온은 계란과는 다르게 오러로 몸을 보호하여 잠시나마 버틸 수 있다.

디온이 신음성을 내면 투투는 놀라서 다시 집중하니 결국 팔목이 부서지는 사태는 막을 수 있었다.

잠시 후, 디온은 웃으며 말했다.

“되잖아. 이제 곧 너무 집중하지 않아도 힘을 빼고 있을 수 있을 거야.”

“투투, 힘 빼고 있을 수 있다.”

“좋아. 그럼 마차에서 내려.”

“투투, 내린다.”

　마침내 디온의 허락이 떨어지자 투투는 정말 기쁜 표정을 지었다. 마치 10년간 감옥에 갇혀 있다가 풀려난 죄수 같은 느낌이었다.

　땅에 내려선 투투는 이리저리 몸을 비틀며 나름대로 굳어진 육체를 부드럽게 푸는 시늉을 했다.

　그 광경을 본 슈운과 엘미르는 눈을 크게 뜨고 그를 보았다.

　"저렇게 큰 사람이었나."

　슈운이 중얼거리듯 말했다.

　"그러게요. 마차에서 한 번도 안 내려서 몰랐네요."

　슈운의 체격도 남들에 비해 머리 반 개 정도는 큰 편인데, 투투는 거기서 다시 머리 하나만큼 컸다.

　뿐만 아니라 옆으로도 충분히 퍼져서 사람이라기보다는 작은 오우거처럼 보일 지경이었다.

　곧 슈운은 디온과 투투에게 다가가 물었다.

　"이 전사의 이름은 투투라고 합니까? 무기는 무엇이지요?"

　"투투, 무기 없다. 주먹으로 때려가며 싸운다."

　"오, 무투가셨군요."

　과연 투투는 보통 전사나 기사들이 입는 갑옷도 걸치지 않았다. 그냥 털 달린 가죽옷을 입고 신발도 신지 않은 맨발이다.

말투조차 이상하니 아마도 원주민 무투가 정도 되나 보다.

무투가라면 전력이 된다. 그들은 맨주먹으로 강철로 된 무기와 맞서 싸울 수 있을 정도의 실력을 쌓는 자들.

슈운은 어느 정도 안심이 되어 다시 몇 마디 하고는 제자리로 돌아갔다.

그 뒤로 엘미르 선생이 리네와 함께 와서 호기심에 가득 찬 눈으로 디온에게 말을 걸었다.

“디온, 이 무투가 분 나에게 소개해 주지 않을래? 그동안은 마차에서 내리지 않으시니 정식으로 인사도 못했네.”

“아, 엘미르 선생님. 이쪽은 제 부하인 투투예요. 투투, 인사해라. 이쪽은 엘미르 선생님이고, 이쪽은 리네.”

“투투, 안녕하냐.”

디온이 하란다고 넙죽 인사하는 투투는 덩치에 걸맞지 않게 순박해 보이는 구석이 있었다. 그것이 반말이라는 것은 이미 투투의 말투를 들은 바 있기에 그저 그러려니 했다.

리네는 웃으면서 말했다.

“투투님, 반가워요. 저는 리네예요. 일단 지금은 일행의 요리를 담당하고 있으니 드시고 싶은 게 있으면 말씀하세요.”

“투투, 밥 먹는다. 뭐든지 밥이다.”

“예에, 딱히 좋아하시는 게 없으면 제가 알아서 많이 만들어 드릴게요.”

“투투, 아주 많이 먹는다.”

그거야 덩치만 봐도 미루어 짐작할 수 있다. 리네는 그렇게 생각하며 다시 미소를 지었다.

그런데 그때 엘미르 선생이 살짝 인상을 찡그리며 말했다.

“그런데 투투님의 몸에서 약간 안 좋은 냄새가 나네요.”

“투투도 엘미르 선생 몸에서 안 좋은 냄새난다.”

“투투, 레이디에게 실례야.”

디온이 놀라서 말하자 투투는 손으로 뒷머리를 긁적이며 더 이상 말하지 않았다.

디온은 얼른 엘미르 선생에게 사과를 했다.

“죄송합니다, 선생님.”

“아니, 괜찮아요. 내가 먼저 실례한 거니까.”

말은 괜찮다고 했는데 표정은 안 괜찮아 보인다. 엘미르 선생은 간단하게 인사를 하고 다시 앞쪽으로 갔다.

디온이 걱정스러운 얼굴로 리네에게 물었다.

“괜찮을까?”

“나중에 내가 케이크를 만들어 드리면서 기분을 풀어드릴게.”

“풋, 그러면 되겠다. 고마워, 리네야.”

“아니, 별것도 아닌데 뭘.”

리네는 살짝 웃고는 다시 말했다.

"그런데 투투님 의외로 성격이 있네. 엘미르 선생님한테서 안 좋은 냄새가 난다고 받아칠 줄은 몰랐어."

"그러게. 하아."

디온은 한숨을 내쉬며 투투를 어떻게 할까 고민했다.

그런데 생각을 해보니 투투의 몸에서도 별로 냄새 같은 건 안 났다.

'선생님이 예민한 건가?

그동안 여행하면서 그런 느낌은 전혀 안 받았다. 이상한 기분에 투투를 보니 그는 여전히 엘미르 쪽을 노려보고 있었다.

"투투, 너 앞으로 엘미르 선생님한테는 좀 조심해라. 가능하면 말도 나누지 말고."

"투투, 알았다."

디온이 명령을 내리자 투투는 대답하며 그때야 시선을 돌렸다.

그 뒤로 엘미르 선생과 투투는 정말 말 한마디 안 했다. 서로 가까이 가려고도 안 하는 게 천성적으로 뭐가 안 맞는 것 같았다.

리네가 케이크를 써서 둘을 화해시켜 보려 했지만 엘미르 선생은 잔잔한 미소를 지으며 그냥 자신이 화가 난 게 아니라고 대답할 뿐이다.

어쨌든 서로 대놓고 싸우는 게 아니니 별문제없이 여행은 계속되었다.

마지막 휴식처에서 행적을 찾으니 슈운이 장담한 대로 던컨 선생이 밀림의 어느 쪽으로 향했는지를 거의 정확하게 알 수 있었다.

던컨 선생이 간 곳은 세 번째 리버스 오벨리스크인데, 현재 확인된 오벨리스크 중 세 번째로 크고, 일대에 몇 개의 유적이 발견된 지점이라고 했다.

그런데 유적을 발굴하다가 뭔가를 잘못 건드려서 하나가 통째로 무너지는 사고가 있었는데, 그 뒤로 리버스 오벨리스크가 갑자기 지상으로 솟아오르고 있다고 한다.

슈운이 접촉한 정보꾼은 이 일에 대해 꽤 자세히 알고 있는 듯 세세한 부분까지 설명했다.

"전문 탐사꾼들은 그 일대에 또 다른 대규모 유적이 숨겨져 있을 가능성이 크다고 하더군요. 그러니까 무너진 유적과 세 번째 오벨리스크가 그 대규모 유적의 입구를 열게 하는 장치와 연동되어 있을 거라는 분석입니다."

"대규모 유적이라고요?"

"예, 하지만 아직 입구를 찾지 못했기 때문에 모험가들이 계속 일대를 뒤지고 있는 형편입니다."

슈운이 말했다.

"그런데 그걸 왜 신전에 알리지 않았소?"

"성기사님, 알 만한 분께서 왜 이러십니까. 유적이 발견되면 안에 있는 걸 싹 털어먹을 때까지 절대 다른 곳에 알리지 않는 게 이 바닥의 룰이라는 거 아시면서. 안 그러면 한 달도 못 되어 제국 내외에 있는 한다 하는 모험가들이 모두 이리로 몰려올 겁니다. 또 신전에서는 당연히 성기사단을 보내겠죠. 그럼 모험이고 뭐고 쫑이고……."

정보꾼의 말에 디온은 속으로 과연이라고 중얼거렸다. 확실히 모험가들이 이런 정보를 확산시키려 할 리가 없다. 슈운도 그런 사실을 잘 알고 있는지 별다른 말을 하지 않았다.

애송이 성기사라면 발끈할 만한 내용이었지만 슈운은 정보꾼들이 신전에 호의적이지 않을 수도 있다는 사실을 충분히 이해하고 있었다.

슈운이 별말을 않자 정보꾼은 설명을 계속했다.

"아무튼 그때 이곳에 있던 모험가 그룹이 셋 있었는데, 그 뒤에 여길 찾은 두 그룹까지 총 다섯 그룹이 밀림 안으로 들어간 겁니다."

"그중에 던컨 씨도 계신 거군."

"던컨 씨야 몇 번이나 혼자 그쪽 일대를 탐사하셨습니다. 그런데 얼마 전 준비를 단단히 하고 들어간 후 안 나오시더군요."

"뭔가 발견한 건가?"

"그건 모릅니다. 그럴 가능성이 크기 때문에 다른 모험가들도 던컨 씨를 찾고 있습니다."

"알았네."

대화를 마친 슈운은 디온에게 말했다.

"아무래도 던컨 선생님께서는 유적의 단서를 발견한 것 같습니다. 서둘러야겠군요."

만약 살아 있다고 해도 다른 모험가가 먼저 던컨 선생님을 찾으면 그것도 문제가 될 수 있다.

비밀유지를 위해 언제든지 타인을 제거할 수 있는 것이 바로 모험가들이다. 결코 좋은 사람만 있는 것은 아니다.

디온은 슈운의 말에 얼굴을 굳히며 말했다.

"그런 일이 있어서는 안 됩니다. 당장 그곳으로 가죠."

디온의 말대로 이 일은 한시가 급하다. 이미 늦었다면 모르지만, 아직 구할 기회가 있다면 빠르면 빠를수록 그 확률이 늘어날 것이다.

일행은 곧 준비를 끝내고 다시 길을 떠났다.

동행했던 사람들 중 고용 하인은 이곳에 머물게 하고, 디온과 라이번, 슈운, 엘미르 선생, 리네, 투투, 이렇게 여섯 명이 새롭게 파티를 짰다.

치유사도 없고, 유적 탐사를 전문으로 하는 탐색꾼도 없지만 일단 무력 면으로는 더할 나위 없이 강력하다.

또한 엘미르 선생이 약간이나마 치유사와 비슷한 마법을

사용하고, 슈운이 경험으로 탐색꾼의 역할을 하기로 했다.

앞에서 기다리고 있는 리버스 오벨리스크 지역은 물질계에 자리 잡은 마의 영역이지만 그들의 발걸음에 주저함은 없었다.

Chapter 05
검의 이름

흑사자
마왕

“언니, 아무래도 우리가 여기 있다는 걸 눈치챈 거 같아요.
사냥개 놈들이 돌아다니고 있어요.”

“으음.”

세레스의 말에 브로니카는 침중한 신음 소리를 흘렸다. 사
냥개란 비잔티움의 이단심문관 휘하의 현장 조사원들을 말한
다.

데몬 헌터와는 다르게 사람을 추적하는 전문가. 교황 직속
의 피도 눈물도 없는 살인기계다.

세레스 정도 되니까 그들에게 걸리지 않고 오히려 찾아낼
수 있었지, 브로니카를 비롯한 다른 사람이라면 틀림없이 꼬

리를 달고 이곳으로 돌아왔을 것이다.

그러면 마왕도 아닌 사람과 싸워 피를 흘려야 한다.

"제기랄. 어떻게 이단심문관이 마왕 편을 들 수 있는 거지?"

롤랜드가 기가 막힌다는 듯 혀를 차며 중얼거렸다. 원칙대로라면 서로 힘을 합쳐 마왕을 함정으로 유인해야 할 터였다.

브로니카는 일행을 보며 말했다.

"지금부터는 세레스를 제외한 사람들은 이곳에서 나가면 안 돼. 세레스, 넌 아직 오지 못한 사람들이 약속장소로 오면 표식을 이용해 포인트 삼으로 이동시켜. 절대로 꼬리가 붙은 대원을 이곳으로 데려오면 안 돼."

"알았어요."

"애들에게 꼬리가 붙었을까?"

"모르지. 하지만 사냥개가 깔린 이상 모두가 무사히 올 수 있으리란 생각은 버려야 해."

"그럼 꼬리가 붙은 애들은 버려야 하나요?"

"아니, 일단 포인트 삼에 대기시켜 놓은 후 마치 그곳이 원래 모이는 장소인 것처럼 꾸며. 그러면 사냥개 놈들도 내가 그곳에 나타날 때까지 손을 안 쓸 테니까 말이야."

세레스는 브로니카의 의도를 이해했다는 듯 고개를 끄덕였다.

"알았어요. 그럼 전 미리 포인트 삼에 빠져나갈 구멍을 만들어놔야겠네요."

"응, 너한테 위험한 일을 맡겨서 미안해."

"그 정도는 위험한 축에도 못 끼죠. 뭐."

"누님, 그럼 우린 언제까지 이 안에서 다 기해야 하나요?"

"암흑태자가 이곳으로 돌아올 때까지, 돌아오는 순간 수도 외곽에서 손을 쓴다. 그때 포인트 삼에 대기하고 있던 애들도 합류해서 같이할 거야."

"한순간에 승부를 보자, 이거군요."

"그래. 일단 싸움이 끝나면 사냥개 놈들이 오든 말든 상관 없어. 여력이 있으면 도망가고, 아니면 잡히는 거지."

"좋아요. 어차피 암흑태자와 싸우고 멀쩡할 것 같은 생각 은 안 드니까. 그 자리에서 끝장을 보죠."

세레스도 브로니카의 결의에 다시 한 번 동의했다. 이들은 마왕인 암흑태자를 처치한 후엔 모두 미래가 없다고 생각하 고 있었다.

＊　　　＊　　　＊

"엣취! 아, 공기가 나빠서 그런가. 또 재채기가 나오네."

디온은 갑자기 크게 재채기를 한 것이 좀 부끄러워 애꿎은 공기 탓을 했다.

하지만 정말 이곳의 공기는 최악이었다. 마치 한여름에 열대 우림 지역에 들어간 느낌이랄까. 숨을 쉬는 것도 힘들고, 피부로는 엄청난 습기가 느껴졌다.

"진짜 장난 아니네요."

리네가 손수건으로 땀을 닦으며 말했다. 다른 사람은 아직까지는 크게 영향을 받지 않는 듯했지만 보통 소녀인 리네는 정말 죽을 지경이었다.

"호호호, 리네야. 조금만 더 참아. 내일부터는 내가 내성 마법을 걸어줄게."

"예? 괜찮아요. 이 정도는 참을 수 있어요."

"그게 이 정도로 안 끝날 것 같아. 저기 늪을 보면 부글부글 끓고 있지? 지하에서 무섭게 열이 올라오는 거야. 그건 그렇고."

엘미르 선생은 주변의 나무들을 돌아보며 말했다.

"어떻게 나무에서도 열이 뿜어져 나오니."

"그러게요. 다 처음 보는 나문데, 나무 그늘이 오히려 더 더운 것 같아요."

슈운이 웃으며 끼어들었다.

"다른 곳에는 없는 종류입니다. 마계의 식물이 아닌가 하는 마법사들의 이론이 있습니다."

"정말 마계의 식물이라고 해도 믿겠어요."

리네는 고개를 절레절레 저었다. 저런 나무 한 그루만 있으면 한겨울에도 상당히 따뜻하게 지낼 수 있을 것 같았다. 그런데 이곳은 겨울에도 이렇게 덥다고 하고, 나무를 캐내 밖으로 빼가면 곧 죽어버린다고 한다.

"그런데 의외로 몬스터들이 잘 안 나타나네요."

"그건 우리가 강하기 때문일 거야. 몬스터들은 상대의 강함을 귀신같이 알아내거든. 상대가 강하면 죽어라고 도망가거나 숨고, 만만하면 집요하게 노리지."

"그런 거였군요."

"응. 그래서 억울하면 강해지라고 하는 말도 있잖아. 또 강한 사람과 같이 여행을 하면 자잘한 몬스터들은 다 알아서 꼬리를 말아버리니까 편해."

"그렇다면 우리 앞에 모습을 드러내는 몬스터는 그만큼 강하다는 소리도 되는 건가요?"

"응, 그러니까 조심해야 돼. 특히 기습당하지 않도록 말이야."

재빠르고 영리한 몬스터는 일행 중 가장 약한 사람을 노려 순식간에 채서 달아나 버리는 수가 있다. 지금 같아서는 리네가 표적 일 순위다.

엘미르 선생은 살짝 겁을 주듯 그 사실을 리네에게 말해주었다. 리네는 놀란 표정을 지었지만 곧 그건 어쩔 수 없다는 듯 한숨을 내쉬었다.

"어쨌든 몬스터가 나타나면 놀라지 말고 침착하게 내가 말하는 대로 움직이면 돼. 알았지?"

“예.”

“그런데 리네 양의 말을 듣고 보니 정말 너무 몬스터가 안 나오는군요. 아예 지능이 없는 놈도 있어서 이 정도 들어오면 한두 번은 마주쳐야 하는데 말입니다.”

슈운이 약간 이상하다는 듯이 말했다. 그러자 투투가 코웃음을 쳤다.

“투투, 어떤 미친놈이 주인과 나 있는데 오냐? 부르면 몰라도 절대 안 온다.”

디온이 살짝 고개를 돌려 투투가 더 이상 말을 못하게 했다. 다른 사람들은 투투가 멍청해서 슈운의 말을 제대로 이해 못하고, 또 자신의 강함을 자신해서 한 말이라고 생각했다.

하지만 디온이나 라이번은 투투의 말에 담긴 의미를 정확히 이해했다.

마왕과 상급마족이 지나가는데 덤빌 몬스터는 없는 것이다.

‘그러고 보니 이건 좀 편하네.’

디온은 자신과 함께라면 리네가 안전할 거라는 생각에 약간은 안심이 되었다. 이대로 몬스터가 하나도 안 나온다면 가장 좋은 일이 아니겠는가.

그런데 갑자기 또 코가 근질근질해졌다.

“엣취. 이거 참.”

다른 사람은 멀쩡한데 자기만 재채기를 하니 왠지 모르게 쑥스러웠다.

"디온은 의외로 민감한 체질인가 보네. 좀 기다려, 공기 정화 마법하고 열내성 강화 마법을 걸면 좀 나을 거야."

"아뇨, 그건 괜찮은데 왜 재채기가 나으는지 잘 모르겠어요."

디온이 쓸쓸하게 웃으며 대답했다. 솔직히 육체를 완전히 제어할 수 있는 마스터가 재채기를 한다는 것부터가 문제다.

그때 라이번이 작은 목소리로 말했다.

"습격입니다. 다시 경계하세요."

어느새 라이번은 검을 뽑아 들고 리네의 왼쪽에 가 서 있었다. 곧 디온의 감각에도 그것이 잡혔다.

"하늘!"

머리 위로부터 뿌연 무엇인가가 급속도로 내리꽂히고 있었다.

디온은 주저앉듯 무릎을 굽히고 검을 뽑으면서 전신을 스프링처럼 팅겨 위로 솟아올랐다.

"차앗!"

파칵.

캬아오오오오.

괴물의 비명 소리와 함께 뿌연 안개가 팍 하고 분출되며 안쪽에서부터 본체가 드러났다.

그것은 와이번과도 비슷하게 생긴 익룡이었는데, 날개 부분을 제외한 전신에 손가락만 한 구멍이 숭숭 뚫려 있는 점이 특이했다. 그곳에서 흐릿한 안개와 같은 것이 흘러나오고 있었는데, 디온이 몸을 베자 숨을 내쉬듯 그걸 주변에 뿜은 것이다.

디온은 반사적으로 숨을 멈추고 기를 모아 피부도 보호했다.

그러자 엘미르 선생도 급히 주문을 시전했다.

"공기정화!"

촤아아아악.

빗자루로 먼지를 쓸어내듯 엘미르 선생으로부터 나온 빛이 안개를 밀어냈다. 그러면서 중간중간 파란 스파크가 튀었다.

"역시 독이야. 조심해!"

슈운이 외쳤다.

"살카스! 위험한 놈입니다. 나무 아래쪽으로 피해서 싸웁시다."

그사이 살카스란 몬스터는 다시 하늘로 날아올라 가버렸다. 디온에게 벤 곳이 급소는 아니었는지 전광석화 같은 속도가 전혀 느려지지 않았다.

문제는 하늘 높이 올라가 버리자 독 연기 때문에 아예 모습이 사라진 것처럼 보였다. 하늘의 구름 조각과 섞여 버린 꼴이었다.

라이번이 눈살을 찌푸리며 말했다.

"상대하기 쉽지 않겠군. 언제 공격을 해올지 전혀 알 수 없어."

슈운이 보충하듯 말했다.

"집요하기로 이름 높은 놈입니다. 표적을 잡기 전에는 삼 일이고 사 일이고 하늘에 뜬 채 내려오지 않지요. 단지 노린 표적을 바꾸지 않기로도 유명하니, 이번에 노려진 사람이 누군지 알면 대응하기 편할 것입니다."

"지금 노린 건 누구지? 디온 너니?"

엘미르 선생이 디온에게 물었다. 공격을 한 것이 디온이니 아무래도 노린 것이기 쉽다고 판단한 듯했다.

그러나 디온은 고개를 저으며 말했다.

"선생님이에요."

"켁, 저놈이 날 노렸단 말이야?"

"예."

"그러고 보니 살카스는 마법사를 좋아한답니다."

"쳇. 기왕이면 미녀를 좋아한다거나 하면 좋잖아. 하필이면 마법사야."

엘미르 선생은 투덜대며 검을 뽑았다. 그리고는 등 뒤로부터 작은 막대기를 꺼내 검의 손잡이에 연결했다.

그러자 검이 짧은 창처럼 변했다. 손잡이가 검날과 거의 비슷한 길이라서 두 손으로 잡고 찌를 수도 있고, 한 손으로 휘두를 수도 있는 형태였다.

"하늘에 뜬 놈을 상대하려면 이게 편하지. 이거 던질 수도 있거든."

엘미르 선생은 창의 중간을 잡고 붕붕 돌리며 말했다. 그 모습을 보니 일류기사의 기백이 느껴졌다.

"좋아요. 일단 엘미르 선생님께서 스스로를 보호하실 수 있으니 그사이 우리는 공격을 하도록 하죠."

"으, 디온 너 의외로 냉정하다. 날 미끼로 쓸 생각을 하다니."

"죄송해요. 가능한 한 선생님께 위협이 가기 전에 처리할게요."

"쉽지 않을 것 같습니다. 방금 전만 해도 거의 가까이 올 때까지 기척을 알아차리지 못했으니 조금만 반응이 느리면 반격하지 못했을 겁니다."

라이번이 진지한 얼굴로 말했다. 방금 전 디온과 라이번은 제대로 반응했지만 슈운이나 엘미르는 한 템포 늦었다.

살카스의 공격은 너무나도 빠르고, 독 연기에 둘러싸인 움직임은 아주 은밀했다. 아무래도 몸에서 뿜어대는 독 연기가 보호색의 역할뿐만 아니라 다른 기척도 지워주는 모양이다.

"그런데 신기하네요. 그렇게 고속으로 움직이는데 독 연기가 벗겨지지 않나요?"

"그게 살카스의 신기한 점입니다. 독 연기를 품고 고속으로 나는 겁니다. 거기다가 먹이를 낚아챔과 동시에 독 연기를 뿜어버리니 보통 모험가들은 아예 표적을 버리고 가버리는 경우도 많을 정도지요.”

“와, 그럼 나 버려지는 거야?”

“설마요. 충분히 막을 수 있으니 염려 가세요, 선생님.”

디온은 엘미르를 안심시키고 투투 쪽을 보았다.

“투투, 넌 살카스를 상대할 방법이 있니?”

“투투, 살카스, 주먹으로 때리면 죽는다.”

“그렇겠지. 알았어.”

투투의 주먹으로 때릴 수만 있다면 죽긴 죽을 것이다. 문제는 이놈이 투투가 아닌 엘미르 선생을 노린다는 데에 있다.

투투와 엘미르는 가능한 한 서로 떨어져서 걷고 있다는 분위기를 노골적으로 풍기고 있기 때문에 투투에게 엘미르 선생을 보호하라고 말하기도 좀 그랬다.

디온은 일단 투투는 그냥 놔두기로 했다.

그런데 투투 쪽에서는 아직 말이 끝나지 않았다.

“투투, 그런데 이상하다.”

“뭐가?”

“아까도 말했다, 나하고 주인 있는데 살카스가 덤비는 건 말도 안 된다.”

“그런가?”

“투투, 그렇다.”

“음.”

생각해 보니 투투의 말이 옳다. 아무리 살카스가 지성이 없는 맹금이라고 해도 본능이 마왕의 일행에게 덤비는 것을 허락하지 않을 터, 그렇다면?

“무엇인가에 조종당하고 있을 가능성은?”

“투투, 있다. 살카스 멍청해서 말 잘 듣는다.”

“그렇군.”

디온은 슈운을 보며 말했다.

“아무래도 살카스를 조종해서 우리를 공격하는 자가 있는 모양입니다.”

“살카스를 조종한다고요? 그런 일이 가능한 줄은 몰랐습니다.”

살카스뿐만 아니라 이 지역에 있는 모든 몬스터는 어떤 방법으로든 길들일 수 없다고 알려져 있다.

슈운은 놀란 얼굴로 디온과 투투를 번갈아 보았다.

라이번도 고개를 갸웃거리며 디온에게 살짝 말했다.

“흑마법으로도 이곳의 몬스터를 조종하는 건 거의 불가능합니다. 이 지역은 마왕의 낙인이 찍혀 있기 때문에 안에 사는 몬스터들도 모두 마왕의 소유물과도 같기 때문이라고 합니다.”

“어, 그래? 투투, 어떻게 하면 이곳의 몬스터들을 조종할 수 있지?”

"투투, 간단하다. 이쪽 마왕군에 편입하면 된다. 아니면 이쪽 마왕의 징표 같은 걸 지니고 있으면 잡것들은 알아서 굽힌다."

"마왕의 징표, 그게 나타났다면 살카스를 조종할 수 있겠군요."

슈운도 동의했다.

"와, 그렇다면 누군가 벌써 유적을 털었다는 소리네?"

엘미르 선생이 끼어들었다. 그녀의 말대로 마왕의 징표가 출현했다면 유적에서 발굴되었을 가능성이 크다.

"좋지 않군요. 마왕의 물건은 대부분 저주받은 것들이라 소유자를 현혹시킨다고 합니다. 그걸 얻은 자가 마왕의 저주를 이겨낼 정도의 정신력을 지니고 있으면 좋겠지만."

"한마디로 미쳤을 가능성이 높다는 거근."

"제 생각은 그렇습니다."

"미쳤으니까 살카스를 조종해서 다른 모험가들을 공격하는 거고."

"그럼 우선 그자를 찾아야 하는 거예요?"

"그래야 할 거 같아."

디온은 고개를 끄덕이며 천천히 걸음을 옆으로 옮겼다. 그리고는 단숨에 뛰어오르며 검으로 허공을 갈랐다.

파칵.

쿼에에에에에에!

쿵.

모습을 드러낸 살카스가 디온의 공격을 먹어 날개 한쪽이 잘라진 채 땅에 떨어졌다.

"앗! 어느새?"

슈운이 놀라 외쳤다.

그러면서 보니 라이번 역시 디온과 반대쪽 방위를 점하고 준비를 하고 있었다.

라이번이 한쪽을 막고, 디온이 방심한 듯한 모습으로 있자 살카스가 디온의 머리 위쪽으로부터 쏘아져 내려와 엘미르 선생을 노린 것이다.

"좋았어. 역시 단순한 놈한테는 함정이 최고군."

디온은 성공을 기뻐하며 다시 검을 휘둘러 살카스의 목을 베어냈다.

엘미르 선생은 당연하다는 듯이 공기 정화 마법을 사용하여 독 연기를 몰아내었고, 그렇게 살카스는 완전히 정리가 되었다.

슈운은 아직도 디온의 실력을 믿지 못하는 듯한 눈을 하고 있었다.

아까는 단순히 감이 좋아서였다고 생각했지만 이제는 확실히 알 수 있었다.

살카스의 가죽과 뼈는 강철처럼 단단해서 도끼로 내려찍어도 쉽게 잘라지지 않는다. 그런데 허공에 뜬 상태로 단숨에 잘라냈으니, 이건 반응이 빠르거나 감이 좋다고 되는 게 아니다.

'혹시?'

믿을 수 없지만 디온이 보인 실력은 마스터에 거의 필적한 수준이다.

원래부터 상상을 불허하는 천재라는 정보를 받고 왔지만 이 정도일 줄은 몰랐다.

십육칠 세의 소년이라고는 상상도 할 수 없는 경지!

슈운이 한참 속으로 놀라고 있을 때, 엘미르 선생은 겉으로 대놓고 놀라고 있었다.

"디온아, 너 정말 대단하다. 어떻게 저런 거대한 놈의 날개를 한칼에 날릴 수 있니? 난 네가 마스터인 줄 알았어."

"예? 하하하."

디온이 말을 얼버무리자 엘미르는 다시 말했다.

"그 검 좀 보여주라. 언뜻 봤지만 검을 휘두를 때 마력의 잔광이 장난 아니게 흐르는 게 틀림없이 아티팩트일 거야. 그치?"

"아, 예. 가문에 내려오는 마법검이거든요."

"보여줘, 보여줘."

엘미르 선생이 몇 번이나 재촉하자 디온은 마지못해 허리의 검을 풀어 넘겼다.

엘미르 선생은 조심스럽게 검을 반쯤 뽑으며 감정주문을

시전했다.

"진실의 눈이여, 현자의 속삭임이여. 이 아이에게 숨겨진 아름다움을 나에게 가르쳐 주렴. 내가 진심으로 이 아이를 칭찬할 수 있게 말이야."

파앗.

엘미르 선생의 양손에서 하얀 빛이 일어나 검을 덮었다. 그러자 엘미르 선생은 참지 못하고 크게 함성을 질렀다.

"와아아아아아아!"

"선생님, 좋은 거예요?"

리네가 참지 못하고 물었다.

"좋고 나쁘고가 문제가 아니야, 이건 진짜 프라임 급 아티팩트잖아!"

"어머, 진짜요?"

프라임 급 아티팩트라면 제국에도 한두 개 있을까 말까 하는 물건이다. 웬만한 왕국에는 메이저 아티팩트를 제일 국보로 삼고, 프라임 급이면 그야말로 왕국의 자랑이 될 만하다.

그런데 백작가의 한 소년이 그런 검을 들고 있는 것이다.

디온은 아차 하는 심정이 되었다.

'이게 급수가 그렇게 높았나?

디온이 이걸 사비너 여황에게 선물받을 때에는 정식 명칭과 기능만 들었을 뿐이다. 급수가 어떻다는 건 따로 듣지 않았다.

+10 트리플 블레스드 샤프니스 엘레멘탈로드 미스릴 콜드 아이언 롱소드 오브 헤이스트!

관심이 있는 사람은 명칭과 기능만 들어도 급수가 나오겠지만, 디온은 보물에 관심이 전혀 없었기에 이 검은 그저 '어머니가 선물해 준 강력한 마법검' 일 뿐이다.

자신이 마스터의 경지에 든 검사라는 것을 알리기 싫어 마법검을 보인 것인데, 생각해 보니 이게 더 큰 문제가 될 수도 있겠다.

세상에서 프라임 아티팩트는 마스터나 아크메이지보다 수가 적다.

이런 게 나타나면 전쟁까지도 벌어지는 경우가 있다. 실제로 속없는 왕국의 왕이 제국의 황제에게 보물 자랑을 했다가 멸망한 일도 있다.

그런데 그걸 일개 '소년' 이 들고 있다? 아마 이 근처의 모든 모험가들이 마왕의 유적탐사를 뒷전에 두고 디온을 노릴 가능성이 크다.

디온이 어떻게 대답을 해야 할까 고민할 때, 라이번이 나서서 점잖은 목소리로 말했다.

"그 검이 훌륭한 것이기는 하지만 프라임 급은 아닙니다. 단지 디온님 가문의 피와 연동해서 최대한의 능력을 낼 뿐이지요."

"어, 그런가요?"

피와 연동한다는 것은 일종의 저주일 수도 있다. 검을 사용할 자격을 얻는 대신 무엇인가 희생된다고 보면 된다. 그것이 수명인지, 아니면 다른 어떤 것인지는 몰라도 그런 제약이 있다면 프라임 아티팩트라고는 하기 어렵다.

라이번은 엘미르 선생의 놀란 눈에 천천히 고개를 끄덕였다.

"그렇습니다. 아마 엘미르님께서 쓰시면 반의반도 능력을 발휘하지 않을 것입니다."

"헤에. 지독한 검이었군요."

성검을 제외한 어떤 검이 주인에게 몇 배나 강한 힘을 부여한다면 그만큼 반대급부도 강할 터, 엘미르 선생은 꺼림칙한 눈으로 검을 보았다.

라이번도 그걸 부정하지는 않았다.

"예. 하지만 디온님의 가문은 그 검 때문에 확고부동한 작위와 영지를 확보할 수 있었다고 할 수 있습니다. 정당한 소유자에게 강화마법까지 걸어주는 검입니다. 가문의 적자이신 디온님께서 나이를 뛰어넘는 실력을 발휘하는 것을 보면 아실 것입니다."

"그러고 보니 그렇네. 헤이스트 마법이 저절로 걸리는 검이라니. 디온, 넌 이 검을 들면 정말 사기적으로 강해지는 거구나."

"그럼 프라임 급은 아니에요?"

리네가 다시 묻자 엘미르 선생이 고개를 저으며 말했다.

"리네야, 프라임 아티팩트 급 무기라면 대륙에 몇 개 없어. 그러니까 우리 드라켄 제국의 황제를 상징하는 용검 발로트하고, 신성제국 비잔티움의 교황께서 쓰시는 천상홀 파로나스 정도?"

"아, 그런 거예요?"

"하기야 넌 아직 부여술에 대한 수업을 듣지 않았지? 내년쯤 되면 수강할 수 있을 테니 꼭 들어. 대륙에 존재하는 아티팩트들은 대부분 배울 수 있을 거야."

엘미르 선생은 열심히 설명하다가 문득 생각이 났다는 듯이 디온을 보며 물었다.

"그런데 그 검은 이름이 뭐야? 내가 모르는 걸 보니 미등록 아티팩트겠네?"

"예, 아마 등록이 안 되어 있을 거예요. 이름은."

대답을 하려다가 생각해 보니 이 검의 정식 이름은 디온도 모른다. 여황 사비너가 그냥 건네준 것으로, 마법검이라는 건 알아도 따로 이름이 있다고 들은 바는 없다.

그런데 원래 아티팩트들은 고유의 이름과 역사가 있다. 숨겨진 무구라도 에고가 있으니 당연히 이름이 있을 것이다.

'이거 이름이 뭐지?

디온은 생각하느라 말을 멈췄다.

그러자 엘미르 선생은 디온의 의도를 잘못 이해하고는 웃으며 말했다.

"역시 가문의 숨겨진 무구라 이름도 알릴 수 없나 보구나. 곤란해하지 않아도 돼."

"아, 예. 하하하. 죄송해요."

그렇게 검에 대한 논란이 마무리 지어졌다. 그동안 꽤 빠른 속도로 이동을 해서 이제는 살카스를 죽인 곳으로부터 상당히 멀어졌다.

다행히 그동안 다른 몬스터는 나타나지 않았기에 일행은 적당한 장소를 찾아 휴식을 취하기로 했다.

슈운은 태양의 위치를 살피고는 말했다.

"동쪽으로 조금 더 가면 작은 유적이 있을 겁니다. 이미 발굴이 다 되어 있지만 건물의 잔해가 남아 있어 휴식을 취하기에 좋은 곳이지요."

"그럼 거기까지 가서 쉬어요. 사방이 트인 곳보다는 천장이 있는 건물 안이 좋으니까요."

"그럽시다."

역시 슈운은 안내자를 자처할 정도로 이곳의 지리에 정통했다. 그의 말대로 10분쯤 걷자 유적이 나왔고, 생각보다 꽤 괜찮은 장소였기 때문에 일행은 아예 이곳에서 밤을 보내기로 했다.

모닥불을 피우고, 엘미르 선생이 결계를 쳤다.

엘미르 선생의 공간 결계는 아주 훌륭한 것으로, 공기가 맑

아지니 숨을 쉴 때마다 걸으면서 쌓였던 독기가 빠져나가는 듯한 느낌이 들 정도였다.

또한 경계 마법도 곳곳에 걸어놓고, 유적의 천장에도 작은 마법 보석을 올려놓아 하늘로부터의 위협이나 건물 자체의 문제점에 대한 위험도 미연에 방지할 수 있게 했다.

"철저하시네요."

결계 설치를 돕던 리네가 감탄하자, 엘미르 선생은 말했다.

"마법사는 기사에 비해 아무래도 반응력이 떨어져. 그래서 급작스럽게 일이 터졌을 때 가장 위험하고, 고생하는 건 바로 마법사거든. 이건 누굴 위해서가 아니라 마법사 자신을 위해서야. 물론 난 그렇게 느리지 않지만 배울 때 이렇게 배워서 습관이 된 거지."

"그렇군요. 저도 항상 대비는 철저하게 해야겠네요."

"오래 살고 싶으면 그래야 하는 거지."

엘미르 선생은 미소를 지으며 품속에서 하나의 스크롤을 꺼내 리네에게 건넸다.

"이건 기본 마법서에는 없는 변형마법인데, 주로 보호과 결계에 대한 주문이야. 이걸 쉬운 거부터 하나씩 익히도록 해."

"선생님, 이 귀한 걸!"

리네는 놀라서 말했다. 기본 마법이 아닌 비전으로 전해지는 변형마법은 보통 제자 중에서도 후계자가 될 단 한 사람에게만 전하는 경우가 대부분이다.

리네가 보기에 엘미르 선생의 보호, 강화, 결계 마법은 독특한 경지에 올라 있는데 그걸 이렇게 아무렇지도 않게 전해줄 줄은 꿈에도 생각지 못했다.

"괜찮아. 고급 마법이 아니라 중하급 마법이니까. 거기 적힌 개인용 호흡보호라던가 냉열내성 같은 건 네가 조금만 연습하면 쓸 수 있을 거야. 그러면 혹시라도 내 결계로부터 벗어나는 상황이 벌어져도 너 스스로 최소한의 생존은 할 수 있잖니. 상황이 별로 안 좋으니 조금이라도 위험을 줄여야 하거든."

"그래도."

"받을 거니, 말 거니?"

엘미르 선생은 약간 화난 표정을 지으며 다그치듯 말했다. 기껏 생각해서 비전의 변형마법을 전해주는데 그걸 거절하는 건 마법사의 기본 자세에 어긋나지 않는가.

리네는 엘미르 선생의 눈을 보고는 속으로 한숨을 삼키고 정중하게 인사했다.

"선생님의 은혜를 잊지 않을게요."

"그걸로 됐어. 그럼 어서 가서 익혀."

엘미르 선생의 명령에 리네는 네, 하고 대답하고 자신의 잠자리 쪽으로 걸어갔다. 주문서를 받았으니 밤을 새워서라도 일단 주문을 다 암기해야 했다.

엘미르 선생은 그런 리네의 뒷모습을 바라보다가 피식 웃음을 지으며 중얼거렸다.

"너한테 무슨 일이 생기면 저 마왕님께서 사고를 칠 가능성이 아주 높거든. 그러니까 열심히 배워라."

디온은 라이번과 함께 주변 정찰을 하고 있었다. 원래는 둘 중 한 사람은 야영지에 남아 있어야 하지만 라이번이 눈짓으로 디온에게 신호를 보냈기에 일단은 같이 나왔다.

그래도 디온은 엘미르 선생과 리네, 그리고 슈운과 투투만을 놔두고 온 것이 마음에 걸리는지 자꾸 뒤를 돌아보았다.

"아무래도 야영지가 마음에 걸려. 할 말이 있으면 어서 하고 난 돌아가 있을게."

"예, 그렇게 하십시오. 혹시라도 투투님이 말썽을 일으키면 제어할 사람은 디온님밖에 없으니까요."

"그런데 왜 불러낸 건데?"

"그 검 때문입니다."

"아, 이거? 맞다. 이거 이름이 뭐야?"

"이름이 아직 없습니다."

"응? 이런 아티팩트라면 우리 제국에서도 최고 보물에 속할 텐데 이름이 없다고?"

다른 사람들에게는 저주받은 물건으로 대가를 치르고 혈통의 종속을 했다고 했지만 디온 자신은 알고 있다. 이 물건은 그런 안 좋은 기능은 전혀 없는, 엘미르의 감정마법에 나온 대로 진짜 오리지널 특특 프라임 급 아티팩트인 것이다.

그런데 그런 특특 보물에 이름이 없다는 건 상식적으로 말이 안 된다.

디온의 의문에 라이번은 태연하게 대답했다.

"그 검은 디온님의 아버님 되시는 분께서 디온님의 10세 생일을 기념해서 만들어주신 선물이라고 알고 있습니다. 그러니 이름이 필요하시면 지금 디온님께서 지어주시면 됩니다."

"뭐? 내 아버님? 난 아버지가 없……."

디온은 순간적으로 말을 멈췄다. 아버지가 없는 인간은 없다. 디온 역시 아버지가 있다. 단지 어렸을 때에는 그게 누군지 몰랐을 뿐이다. 지금은 안다.

바로 마신 팔라시온이 디온의 친부다.

"그, 그러니까 이게 그분이 주신 거라는 말이지?"

"사비너님께 그렇게 들었습니다. 직접 만들어주신 거라고 하시더군요."

"으, 어쩐지 듣도 보도 못한 검이라고 생각은 했었지만."

디온도 제국 내의 주요 보물에 대해서는 배운 바 있다. 그런데 이 검은 그 리스트에 포함되어 있지 않았다.

황가 비전의 검인가 보다 했더니, 만들어진 지 몇 년 되지 않는 신품 프라임 아티팩트였던 것이다.

놀라서 입만 벌리고 있는 디온에게, 라이번은 별것 아니라는 듯 말을 이었다.

"부친의 지위가 있으니 하나뿐인 아들에게 이 정도는 줄 수 있으시겠지요. 부담 가지지 말고 쓰시는 게 좋겠습니다. 제국으로서는 이런 보물 하나가 다 소중한 재산 아니겠습니까."

"어휴, 알았어."

"어떻게 하시겠습니까? 이름을 지어주시겠습니까?"

"그러네. 일단 이름은 있어야겠지? 그래도 아티팩트니까."

디온은 허리에서 검을 풀어 손에 들고는 이리저리 살폈다. 겉으로 보기에 아주 화려할 정도는 아니지만, 그래도 몇 개의 보석으로 우아하게 장식이 붙어 있다. 검집의 재질은 금속도 나무도 아닌 어떤 생명의 뼈나 뿔을 통째로 갈아서 만든 것처럼 보였는데, 디온으로서는 처음 보는 것이었다.

디온은 잠시 고민하다가 손가락을 딱 하고 튕기며 말했다.

"틸리아, 틸리아가 좋겠어."

라이번도 고개를 끄덕였다.

"고대어로 친인으로부터 받은 선물, 혹은 징표를 의미하는 단어로군요. 어울립니다."

"좋아. 지금부터 이 검의 이름은 틸리아야."

"그럼 나중에 황실 학사에게 그렇게 기록해 놓도록 하겠습니다."

"응."

디온은 대답을 하며 검을 쓰다듬었다. 그의 입가에는 미소가 지어져 있었다.

어쨌거나 이건 부친으로부터의 선물이다. 디온을 위해 만들어진 검이고, 디온 자신이 이름을 붙였다. 그렇게 생각하니 무척이나 친밀감이 들었다.

그런데 그 순간, 갑자기 검에 변화가 일어나기 시작했다. 정확하게는 검만 변화하는 것이 아니다.

하늘이, 땅이, 그리고 대기가 모두 움직였다.

우르르르릉.

갑자기 하늘에 떠 있던 달과 모든 별이 사라지며 하늘 높은 곳으로부터 뇌성이 울려 퍼졌다.

방금 전까지 맑은 밤하늘이었는데 갑자기 비라도 오려는 것일까?

디온이 하늘을 올려다본 순간 하늘로부터 수백 개의 번개가 소나기처럼 대지를 향해 떨어져 내렸다.

콰르르르르르르릉.

놀랍게도 그 번개들은 모두 검은색이었다. 그리고 번개가 떨어져 내리는 지점은 오직 한 곳, 디온이 들고 있는 검이었다.

"우와아앗!"

파파파파파.

수백, 수천의 검은 번개가 일거에 디온의 검인 틸리아에 내리꽂혔다. 검은 불똥이 사방으로 튀며 디온을 감쌌다.

동시에 대지가 거세게 흔들리기 시작했다. 지진을 경험해 본 적이 없는 디온으로서는 땅이 흔들리는 건 정신을 차리기 어려울 정도로 놀라운 일이었다.

또한 대기가 요동치며 점점 뜨겁게 달궈졌다. 가뜩이나 안 좋은 공기가 아열대 지방에서의 그것처럼 디온조차 호흡하기 힘들 정도가 되었다.

"이게 어떻게 된 거지?!"

디온은 놀라 외치며 라이번 쪽을 보았다. 그런데 라이번은 처음 번개가 떨어질 때 불똥에 튕겨 의식을 잃은 채 한쪽에 쓰러져 있었다.

"라이번!"

디온은 더욱 크게 놀라 라이번의 이름을 부르며 그쪽으로 다가가려 했다. 라이번에게 무슨 일이 있다면 정말 스스로를 용서할 수 없을 것 같았다.

말이 집사지, 라이번은 디온이 가장 존경하는 전설의 명장이자 제국 최고의 기사인 것이다.

그러나 디온은 걸음을 옮기지 못했다. 무엇인가 거대한 힘이 느껴져 경거망동할 수 없었다.

고개를 돌려 하늘을 보니 마치 어둠이 구름처럼 뭉쳐지고 있었다. 그것은 거대한 여인의 형상이었다. 그것도 아주 아름다운, 풍만한 육체에 옷도 하나 입지 않은 나체였다.

곧 여인의 형상은 눈을 떴다. 눈동자가 붉은 불꽃처럼 빛났다. 귀화라는 말이 어울릴 정도다.

여인의 형상은 디온을 향해 입을 열었다. 공포에 전 대기의 정령이 그 소리를 옮겼다.

[처음으로 주인님을 뵈어요. 저는 헬메이든 틸리아, 저에게 이름을 지어주신 것을 감사드립니다.]

디온은 퍼뜩 정신이 들어 외쳤다.

"너는 이 검의 에고인가?"

[그런 셈이에요. 저는 주인님의 영원한 하녀이자 호위입니다. 이제 제가 깨어났으니 그 무엇도 주인님을 해할 수 없을 거예요.]

헬메이든 틸리아는 미소를 지었다. 어둠이 뭉쳐진 형상이라 실루엣밖에는 볼 수 없지만 눈동자와 입만큼은 보았다. 상당히 매혹적인 미소여서 사람을 현혹시키는 힘이 있었다.

하지만 디온은 전혀 영향받지 않았다. 오히려 이 급작스러운 주변 환경의 변화의 이유를 알았기에 냉정을 되찾았다.

"나를 보호한다고? 그럼 지금까지와는 또 다른 힘을 발휘한다는 뜻인가?"

[호호호호호호, 그건 당연하지요. 주인님이 저를 한 번 휘두르시면 대지가 갈라지고 공간이 일그러질 거예요. 눈에 보이는 모든 생명체를 단숨에 죽일 수도 있고, 반대로 만 명의

적이 공격을 해도 주인님의 털끝 하나 다치게 할 수 없어요. 그것이 화살이든 마법이든 공성병기든 말이에요.]

"으, 그럼 이건 이미 검이라고 할 수 없는 물건이잖아."

[이건이라니요. 주인님께서 지어주신 이름을 불러주세요, 틸리아라고. 어쨌든 검은 검이지요. 단지 마신께서 스스로의 힘 일부를 할애하신 마신기라는 점이 일반 고철덩이들과의 차이랄까요?]

"마신기! 미치겠군."

너무나도 강한 무구를 얻은 것에 디온은 오히려 기분이 안 좋아졌다.

어린아이라고 해도 이걸 소유하면 무적이 된다.

그렇다면 지금까지 디온이 목숨 걸고 수련한 것은 뭐가 되겠는가? 합리적이라고는 할 수 없지만 감정적으로 마검 틸리아에 대해 원망하는 마음까지 생겨났다.

틸리아는 그런 디온의 심정을 모르는 듯 여전히 미소를 지은 채 말했다.

[주인님께서 인간이든 마왕이든 저는 주인님의 것입니다. 마왕이 되면 좋겠지만 인간의 몸으로도 충분히 물질계를 지배하실 수 있을 거예요.]

"아, 저기. 난 딱히 물질계 지배 같은 건 생각없거든."

암흑제국이야 황태자로 태어났으니 황의를 이으면 성심성의껏 황제 노릇을 할 마음이 있다. 하지만 그렇다고 해도 다른 왕국이나 제국을 침략할 마음은 별로 없는 디온이었다.

따지고 보면 디온 자신의 탄생 또한 강대국의 침략으로부터 일어난 일이다. 그렇지 않았다면 이런 이상한 숙명이 아닌 평범한 인간의 몸으로 태어났을 것이다.

지금 상황을 딱히 싫어하는 것은 아니지만 현재 디온은 평범한 인간 쪽에 마음이 기울어 있는 상황이다.

어쨌든 강압적으로 다른 왕국을 쳐서 멸망시키는 일은 업보가 뒤따른다는 것을 디온은 몸으로 증명하고 있는 셈이다.

하지만 틸리아는 그런 디온을 이해하지 못했다.

[호호호호, 그건 말이 안 돼요. 디온님께서 생각없으셔도 마신의 적자로 태어나신 이상 물질계의 모든 생명체는 디온님께 꿇어 엎드릴 것입니다. 신분은 타고나는 것. 현재 물질계에서 가장 고귀한 분이시니 정점에 서셔야만 하는 것이지요.]

"그러니까, 그게 말이야. 어휴."

디온은 틸리아의 말을 전적으로 부정하지 못했다. 확실히 그는 황태자로 태어나 자연스럽게 제국을 이어받는 상황이다. 그 위에 다시 세상을 지배할 운명이라고 해도 새삼스러울 것은 없다.

디온은 고개를 절레절레 흔들며 작은 목소리로 중얼거렸다.

"그것이 나의 친부라는 마신의 의도인가?"

괴로웠다. 무엇인가 정해진 인생, 그것도 자신이 원하지 않는 길을 걷기는 싫었다.

마왕이 되고 싶지 않다고 생각하는 데에도 그런 이유가 컸다. 어쨌거나 디온 자신이 원해서 이루는 게 중요했다.

전에는 그게 검이었고, 지금은 요리다.

지배하라고 하면 할 수는 있다. 그런데 별로 내키지 않는다. 지금도 충분히 할 거 다 하며 살 수 있는데 뭐 하러 억지로 모든 것을 지배할 필요가 있단 말인가?

디온은 별로 야망에 불타오르는 성격이 아니었다. 사람 부리는 것을 즐기지도 않고, 오히려 혼자 노는 걸 좋아했다.

디온은 고개를 들어 헬메이든 틸리아를 보았다. 그리고 다시 자신이 손에 들고 있는 마검 틸리아를 보았다.

그토록 강한 검이고, 이제는 진짜 말도 안 되는 힘을 지닌 것을 알았지만 왠지 모르게 싫어졌다.

하녀는 디온 자신의 성격과 기분을 잘 이해하고 맞춰주는 사람을 뽑고 싶었다.

검도 마찬가지.

주인에게 무엇인가를 당연하다는 듯이 강요하는 검은 아니다.

'그렇다고 버리거나 봉인할 수도 없고.'

어쨌거나 친부가 준 선물이 아닌가. 디온은 복잡한 심정이 되었다.

그런데 그때, 서쪽으로부터 하얀 빛 덩어리가 하나 생겨났
다. 그것은 급속도로 가까워져 왔는데, 놀랍게도 생각보다 훨
씬 커서 천공에 떠 있는 헬메이든 틸리아보다 몇 배나 커 보
였다.

빛 덩어리 안의 형상은 거대한 맹수였다. 전신에 줄무늬가
있는 고양이과의 맹수. 크기가 수백 미터는 되어 보였다.

크아아아아아아앙.

맹수의 울부짖음이 대기와 함께 어둠을 찢었다.

헬메이든 틸리아의 몸이 폭풍 속의 깃발처럼 거세게 흔들
리며 일그러졌다.

[아아아, 이런 힘이!]

틸리아는 너무나도 놀란 목소리로 외쳤다. 저항하려 해도
할 수가 없는 모양이다.

거대한 하얀 빛의 맹수는 그대로 달려와 앞발로 틸리아의
몸을 후려쳤다.

퍽.

[끼아아아아아아!]

단 한 방, 그 한 방에 틸리아의 몸이 산산이 부서졌다. 스스
로 무적인 것처럼 장담한 것치고는 상당히 의외의 결과였다.

'허풍이었나?

디온은 어이가 없었다.

어둠의 파편이 사방으로 흩어지며 그 사이로 별빛이 드러

났다.

어둠이 깨어지자 시원한 대기의 바람이 불어왔다.

그때야 디온은 지금 그의 주변으로 거대한 결계가 쳐져 있었다는 것을 깨달았다.

쩌저적.

검에서 소리가 났다. 디온이 보니 검날에 미세한 금이 잔뜩 나 있었다.

"어, 이런! 검에 금이 가다니."

이렇게 금이 간 걸로 봐서 이 검은 깨어지기 직전이다. 쓸 수 없는 고철이 된 것이다.

하기야 에고인 틸리아가 그렇게 당했으니 몸체에 해당하는 검도 타격을 입을 터이다. 그러나 이렇게 허무하게 깨어지면 마신기의 이름이 아깝다.

[크르르르.]

맹수의 목울림 소리가 들려왔다. 디온은 긴장한 채 맹수를 보았다. 이건 인간의 힘으로 어떻게 할 수 있는 상황이 아니다. 맹수가 디온을 죽이려고 하면 막을 수 있는 방법이 없었다.

맹수는 디온을 보고 말했다.

[버릇없고 요사스러운 년은 제거했다.]

"너는 누구지?"

디온은 맹수가 자신을 해할 마음이 없다는 것을 깨달았다.

오히려 굉장히 친밀한 느낌마저 들었다.

　그대는 아직 나를 모른다.
　나의 이름을 부르지 못한다.
　나는 그대가 나를 기억해 내기를 바란다.
　나를 소유하기를 원한다.
　그때까지 나는 계속해서 잠을 자리라.

　그것은 마치 주문처럼 디온의 머릿속을 파고들었다. 디온은 맹수가 정말로 간절히 자신을 원한다는 것을 알았다.
　이유는 알 수 없지만 자신만이 이 하얀 빛의 맹수를 다룰 수 있다는 것을 깨달았다.
　"알았어. 언젠가는 너를 소유할게."
　디온이 고개를 끄덕이자 맹수는 입을 다물고 그를 잠시 물끄러미 바라보더니 하늘을 향해 크게 울부짖었다.
　[크와아아아아아아앙.]
　대지가 울릴 정도로 커다란 소리가 사방의 거추장스러운 것들을 쓸어버리듯 퍼져 나갔다. 동시에 맹수의 모습이 점점 흐려지더니 환상처럼 사라져 버렸다.
　어쩌면 처음부터 그것은 환상일지도 모른다는 생각이 들었다.
　그러나 손에 쥔 검을 다시 보아도 여전히 금이 잔뜩 가 있

다. 또한 한쪽 구석에 쓰러져 있는 라이번은 아직도 의식을
되찾지 못하고 있다.

"라이번!"

디온은 얼른 라이번을 깨웠다. 다행히도 라이번은 큰 부상
없이 의식만 잃었던 모양으로 흔들어서 깨우니 곧 일어났다.

"어떻게 된 것입니까?"

"나도 몰라. 그러니까……."

디온이 그동안 있었던 일을 설명하니 라이번은 이해하기
어렵다는 눈으로 잠시 디온을 보았다.

"혹시 그 하얀 줄무늬의 맹수에 대해 짐작 가는 것이 전혀
없으십니까?"

"없어, 진짜로 조금도 없거든."

"음, 그럼 여황님께 문의해 보아야겠군요."

"그래야겠지? 그런데 이 검을 어떻게 할까?"

"그 검은, 후우… 나중에 돌아가면 여황님께 보내 고칠 수
있는지 알아봐야겠군요. 일단은 여분의 검을 쓰셔야겠습니
다."

"알았어. 그런데 라이번의 몸은 괜찮아?"

"사실은 전신에 기력이 없습니다. 아무래도 오늘은 이대로
야영지에 돌아가서 휴식을 취해야겠군요."

"그게 좋겠어."

두 사람은 천천히 걸음을 옮겼다.

디온은 걸으면서 깊은 상념에 잠겼다.

'마신기라… 이게 그러니까 프라임 아티팩트보다 좋은 거란 소린데, 그럼 그걸 한 방에 뽀개는 그놈은 정말 뭐지?'

마왕 중 한 명일까? 지금 디온이 생각할 수 있는 것은 그 정도다. 디온은 생각할수록 머리가 아파오는 듯한 느낌에 가끔 한숨을 내쉬었다.

엘미르는 리네와 함께 유적의 안쪽 방에 자리를 잡았다. 그리고는 리네가 마법 주문서를 읽고 이해되지 않은 부분을 질문하면 대답을 해주곤 하는 중이었다.

그러던 중 엘미르는 갑자기 신음 소리를 내며 두 손으로 머리를 움켜잡았다.

"아아아, 이런 고위 영격체가!"

"선생님! 괜찮으세요?"

리네가 놀라 묻자 엘미르는 여전히 두통을 느끼는 듯 괴로워하면서도 손을 흔들어 리네를 안심시켰다.

"별거 아니야. 괜찮아."

"안 괜찮아 보여요. 슈운 경을 불러올게요."

엘미르는 얼른 리네의 손을 잡았다.

"괜찮아. 휴우, 이제 정말 괜찮아졌어."

"진짜 괜찮아요?"

"응, 갑자기 두통이 온 것뿐이야."

"그래도."

"주변 마나가 급격히 요동쳐서 그런 거니 신경 쓰지 마. 참, 그리고."

"네."

"이거 빌려줄 테니까, 만약의 경우 네가 써."

엘미르 선생은 배낭 속에서 하나의 완드를 꺼내 리네에게 내밀었다.

리네가 보니 그것은 상아와 비슷한 재질을 가진 50㎝ 정도의 막대기인데, 한쪽 끝에 다이아몬드인지 수정인지 알 수 없는 보석이 박혀 있었다.

화려하지는 않지만 은은한 마나의 흐름이 느껴지는 것이 상당한 수준의 마법물품 같았다.

"이건 뭐예요?"

"응, 이건 큐어 마인드 능력을 가진 완드야. 이름은 정신봉이라 하고."

"정신봉이요? 큐어 마인드라는 마법은 처음 들어봐요."

"그러니까 현혹을 당했거나 흥분을 했다거나 하는 식으로 제정신이 아닌 사람은 이걸로 머리를 한 대 때리면 무조건 정신을 차리는 거야. 냉정하게 이성적으로 생각할 수 있게 되는 거지."

"아, 그런 효과가 있군요. 그런데 이걸 왜 저한테 빌려주시는 거예요?"

"우리가 싸우느라 정신없을 때, 너도 뭔가 역할이 있어야 하잖아. 그러니까 이거라도 하라고."

"헤헤헤, 그렇죠. 이런 거라도 시켜주시면 전 고맙죠."

리네는 엘미르 선생의 배려가 고마운지 귀엽게 웃으며 두 손으로 정신봉을 받아 들었다. 무조건 머리를 때리기만 하면 된다고 하니 이 정도 역할은 쉽게 할 수 있을 것 같았다.

그러나 엘미르 선생은 고개를 살살 저으며 말했다.

"생각보다 쉽지 않을지도 몰라. 만약에 누군가 버서커 마법에 걸려 날뛰고 있을 때 그 사람의 머리를 두드리는 게 얼마나 위험할지 생각해 봤어?"

"아! 그, 그렇네요. 그럼 어떻게 하죠?"

"그럴 경우엔 내가 어떻게든 그 사람을 붙잡고, 그사이에 네가 두드리는 거야. 알았지? 당황해서 타이밍을 놓치면 상당히 위험해져. 나도 그렇고 너도 말이야."

"예에."

"그렇게 자신없어할 필요는 없어. 당황해서 몸이 굳어버리거나 하지 않으면 충분히 여유가 있을 테니까. 날 믿으라고."

"예."

리네는 그제야 안심이 되는 듯 고개를 끄덕였다.

엘미르 선생은 그런 리네에게 상냥한 미소를 지어 보이고는 다시 주문을 외우라고 시켰다.

곧 리네는 주문암기에 집중했고, 엘미르 선생은 리네를 지켜보았다.

'하아, 미안, 리네야. 사실은 나가 해야 하는데, 방금 그런 놈이 튀어나오면 정말 자신없어서 그래. 너만 믿는다.'

엘미르 선생은 속으로 한숨을 삼켰다.

Chapter 06
마왕의 유물

흑사자
마왕

디온이 야영지로 돌아와서 안 것은, 그가 본 소나기 같은
벼락이나 하늘의 별들이 모두 사라진 현상, 땅이 울리는 지진
같은 것은 이곳에서는 전혀 알지 못한다는 사실이었다.

'환상이었나?

아무래도 그런 것 같았다. 틸리아가 결계를 친 후에 환상을
보여준 모양이다. 만약 그렇다면 틸리아는 허세가 심한 타입
일지도 모른다.

디온은 피식 웃었다.

'그럼 그 맹수는 뭘까?

생각해 봐도 답은 없다. 그 일 이후로 유일하게 변한 것은

바로 검에 금이 가버렸다는 점뿐이다.

"쩝, 결국 좋은 일은 하나도 없었잖아."

디온은 비쥬얼만 화려하고 결과는 초라한 이 상황이 별로 마음에 들지 않았다. 그래도 어디 하소연할 데도 없으니 그냥 자리에 누워서 잠을 청했다.

다음날 아침, 라이번이 새로운 검을 들고 왔다.

"여분의 검 중에는 이게 가장 좋은 것입니다. 미스릴이 섞였고, 내구력 강화마법과 칼날 복원 마법이 걸려 있어 장기간 사용해도 날이 상하지 않지요."

"오, 좋네."

디온은 검을 받아 들었다. 솔직히 미스릴 함유에 이중 인챈트 마법검이라면 마법검 중에서는 상위에 해당하는 것이니 이 정도면 아주 쓸만하다고 할 수 있다.

그런데 막상 디온이 검을 받아 들어 뽑아보니 허리에 있던 틸리아가 미세하게 진동하기 시작했다.

우우우웅, 쩌정.

"억, 검이!"

디온이 손에 든 미스릴 함유 검이 소리를 내며 산산조각으로 부서졌다. 동시에 틸리아의 진동이 더욱 강해지며 어느 순간 스스로 검집에서 뽑혔다.

챙.

"뭐야?"

디온은 놀라서 얼른 뽑히는 틸리아의 손잡이를 잡았다.

그리고 나서 보니 틸리아의 검신에 나 있던 미세한 금이 모두 사라져 있었다.

신품처럼 묘한 광채를 내며 빛나는 검신은 나 아직 죽지 않았어요, 하고 주장하는 듯했다.

"질투, 하는 거냐?"

우우우웅.

틸리아가 다시 떨렸다. 그렇다고 시인하는 분위기다.

나 이외의 검을 쓰지 말아욧!

헬메이든 틸리아가 나타나 이렇게 말하는 기분이 들었다.

"음, 틸리아 너 아직 살아 있단 말이지?"

우우우웅.

"그런데 어젯밤처럼 모습을 드러낼 수는 없는 거냐?"

우우우웅.

"알았다. 그럼 널 계속 쓸 테니까 일단 검집에 들어가 있어라."

철컥.

검을 검집에 다시 집어넣자 이제는 더 이상 떨리지 않았다.

디온은 한숨을 내쉬며 라이번에게 말했다.

"얘가 성질이 더럽네. 아깝게 마법검 하나 날렸잖아."

라이번은 수염을 쓰다듬으며 말했다.

"그러고 보니 강력한 에고를 가진 검은 주인으로 선택한 자가 다른 검을 쓰는 것을 좋아하지 않는다는 소리를 들은 적이 있습니다. 그래서 주인에게 현혹마법을 걸거나 이처럼 아예 검을 파괴해 버린다고 하더군요."

"헐, 무서워서 에고 검 쓰겠나."

"그래도 다른 검을 파괴할 정도의 힘을 가진 검이니 좀 까탈스러워도 쓰시는 게 좋을 것 같습니다."

"알았어. 하기야 친부에게 선물받은 걸 봉인해 버릴 수는 없으니 써야지. 그나마 다행이네. 얘가 밖으로 나오지는 못하는 거 같아."

"그건 정말 다행이군요. 그녀가 정말로 나타난다면 문제가 이만저만 큰 게 아닐 겁니다."

"응. 나도 그렇게 생각해."

어쨌거나 디온은 고쳐져 버린 틸리아를 계속 쓰기로 했다.

그사이 리네가 아침 식사를 준비해서 모두가 다 같이 식사했다.

슈운은 가볍게 빵과 음료만으로 식사를 끝내고 일행에게 오늘의 일정을 설명했다.

"우리가 일차로 정한 유적지는 오늘 저녁에 도착할 것입니다. 최대한 위험하지 않은 경로로 이동하겠지만, 지금부터는 늪지대를 지나야 하기 때문에 항상 발걸음에 주의를 해주시기 바랍니다. 가능하면 제가 밟는 곳만 밟으면서 이동할 것을 부탁드립니다."

"드디어 늪지대군요. 오늘부터는 아예 공기정화 결계를 치고 이동할게요."

"그래 주신다면 감사하겠습니다. 확실히 늪에서 올라오는 유독가스는 마시지 않는 편이 좋으니까요."

안내자가 있고, 마법사도 있으니 이렇게 편하다.

식사가 끝난 후, 일행은 일렬로 서서 이동했다.

가장 앞에 슈운이 서고, 그 뒤로 라이번, 디온, 엘미르 선생, 리네, 투투의 순으로 섰다.

투투는 디온의 명으로 가능한 한 입을 열지 않고 있었다. 그저 묵묵히 디온이 시키는 대로 이동하라면 하고, 멈추라면 멈췄다.

그러면서도 이제는 계란 두 개를 각각 양손에 쥐고 깨지지 않게 유지할 수 있었다. 가끔씩 깨지기는 했지만 이전보다는 훨씬 좋아진 셈이다.

"살카스는 더 이상 안 나타나나?"

디온이 심심한 표정을 지으며 중얼거리니 일행은 한숨을 내쉬었다.

"디온아, 말이 씨가 된다고 그러다 몬스터가 나타나면 난 널 원망할지도 몰라."

"윽. 선생님, 제가 잘못했어요."

디온은 얼른 사과했다. 아무리 심심해도 일행을 위험에 빠뜨릴 수는 없다.

슈운이 웃으면서 디온을 위로하듯 말했다.

"이제 곧 유적입니다. 다행히도 살카스 이후 큰 위험은 없었군요."

그러자 라이번이 살짝 고개를 갸웃거리며 말했다.

"이상하군요. 제가 조사한 바로는 아무리 조심해도 몇 번은 몬스터와 만나게 될 거라고 했습니다만, 아무래도 주변에 몬스터가 모두 사라진 듯합니다."

아무리 디온이 마왕이라고 해도 둔감한 몬스터들은 디온을 인식하기까지 시간이 걸린다. 그러면 반대로 디온이나 라이번이 그것들의 기척을 잡아냈어야 한다.

그런데 라이번의 감각에는 몬스터가 하나도 잡히지 않았다. 독충도 없을 정도니 공기만 빼고는 이곳이 리버스 오벨리스크인지 아닌지도 의문스러울 지경이다.

슈운도 그 점은 이상하다고 생각했는지 안색을 굳혔다.

"그러고 보니 몬스터들이 모두 사라진 것 같군요."

"지금 생각해 봐야 진실을 알 수는 없으니 일단 우리 할 일이나 해요."

"그게 좋겠습니다."

일행은 불안한 마음이 조금씩 강해져서 자신도 모르게 걸음을 서둘렀다. 그러자 예상보다 훨씬 빨리 목적지인 유적지에 도착할 수 있었다.

꽤 멀리서도 뾰족한 유적의 첨탑과도 같은 지붕이 보였다.

슈운이 손가락으로 그 지붕을 가리키며 말했다.

"저곳입니다. 결계로 인해 숨겨져 있다가 약 30년 전에 결계를 발견한 마법사가 발굴해 낸 곳입니다."

"저곳에 던컨 선생님이 계실까요?"

"리네 양, 그건 알 수 없습니다. 일단 던컨 씨가 마지막으로 목표로 한 곳이 저곳이라는 것은 틀림없습니다."

"저곳에서 단서를 찾아보면 틀림없이 뭔가 발견할 수 있을 거야."

디온은 확신하듯 말하며 앞으로 나아가려 했다. 이제는 늪지대도 벗어나 일렬로 가지 않아도 된다.

그런데 막상 앞으로 나아가려고 하니 왠지 모르게 걸음이 무거워졌다. 또한 코가 근질근질해지며 참을 수가 없이 재채기가 나왔다.

"엣취! 엣취!"

"어머, 디온 너 코가 나쁘긴 나쁜가 보다. 가끔씩 재채기를 하네."

엘미르 선생이 걱정스러운 눈으로 디온을 보며 말했다.

그러자 디온은 고개를 저으며 대답했다.

"틀려요. 선생님 앞에 뭔가가 있어요. 으리를 노리고 있다고요."

"응? 뭐가?"

디온은 이제 깨달았다. 살기가 코끝에 느껴졌다. 누군가가 디온에게 살기를 품으면 디온은 그걸 느끼고 재채기를 하는 것이다.

'이것도 능력의 발현 중 하나인가? 하필이면 재채기가 뭐람.'

디온은 속으로 투덜대며 검을 뽑았다.

칭, 사아아아아아.

검을 뽑자마자 검으로부터 회오리바람과도 같은 기운이 나선형으로 돌며 퍼져 나갔다.

그것은 눈에 보이지 않는 작은 실과 같았는데, 실에 닿는 모든 것은 검을 통해 디온에게 전해졌다.

정면! 거대한 무엇!

디온은 급히 앞으로 쏘아져 나가며 외쳤다.

"뒤로 물러서요!"

콰콰쾅.

갑자기 허공에서 폭발이 일어났다. 디온은 검을 몸과 얼굴의 정중앙에 놓고 오러를 뿜어냈다.

파악, 파파파파팍.

순간적으로 형성된 오러막이 폭발의 파편을 튕겨냈다.

다음 순간 디온은 검을 높이 들어 올리며 허공으로 뛰어올라 아래로 내려쳤다.

파캉.

투명한 무엇인가가 깨어지며 안에서 거대한 괴물이 나타났다.

그것은 뚱뚱한 오우거처럼 생겼는데, 전신이 썩어 있었고, 살 중간중간에 다른 생명체들이 반쯤 박혀 있었다.

그중에는 모험가의 시체로 보이는 것들도 상당수 있었는데, 모험가의 시체는 언데드가 되어서 자신이 들고 있는 무기를 되는대로 휘두르고 있었다.

자세히 보면 시체들이 뭉쳐서 오우거의 형상처럼 되어 있다는 것을 알 수 있다.

"바칸! 이놈이 어째서 여기에!"

슈운이 놀라서 외쳤다. 바칸은 리버스 오벨리스크에 존재하는 몬스터들 중에서도 보기 드물게 강한 축에 속한다.

속성은 언데드이지만 알고 보면 중앙에 있는 사람 머리만한 크기의 임프 비슷한 것이 시체를 모아 조종하는 것이다.

강력한 힘과 마법까지 구사하고, 또 전신에 시체가 썩어 만들어진 독물로 채워져 있기에 검으로 베면 오히려 독물을 뒤집어쓰게 된다.

모험가들이 가장 혐오하는 몬스터 중 한 가지로 구분되는 바칸이 이곳에 나타난 것은 슈운으로서는 도저히 이해할 수 없는 일이었다.

"언데드란 말이지! 나한테 맡겨요. 순백의 빔!"

번쩍.

엘미르의 검으로부터 하얀 광선이 발사되어 바칸의 머리에 꽂혔다. 그러자 팍 하는 소리와 함께 바칸의 머리가 통째로 날아가 버렸다.

그러나 바칸은 비명조차 지르지 않았다. 금세 몸통으로부터 새로운 머리가 튀어나와 흉측한 입을 벌리며 포효했다.

쿠오오오오.

소리가 문제가 아니다. 이건 냄새 브레스라고 해도 될 정도로 지독한 입 냄새가 일행을 덮쳤다.

다행히도 공기정화 결계가 쳐진 상태라서 일행은 무사할 수 있었다. 하지만 완전히 정화가 된 것이 아니라서 일순간이나마 악취가 그들의 코를 괴롭혔다.

"으, 이 더러운 괴물이."

엘미르 선생은 참을 수 없는 분노를 느끼는 듯 손으로 코를 가리고 중얼거렸다.

"더럽고, 냄새까지 독한 괴물은 딱 질색이야."

엘미르 선생은 다시 중얼거리며 검을 앞으로 내세웠다.

"콜드 링!"

위이이이잉.

검 주변에 파란 빛의 고리가 생겨나더니 점점 커졌다.

엘미르 선생은 그 상태로 검을 양손으로 잡고 상단 자세를 취한 후 앞으로 뛰어나가 괴물을 베었다.

파파팍.

검이 벤 자리가 얼어붙었다. 또한 파란 링이 부딪쳐 깨지며 괴물의 전신을 서리로 뒤덮였다.

"이제 독물도 안 튀고 냄새도 덜 날 거야."

"고마워요, 선생님."

디온은 그사이 바칸의 뒤로 돌아가 등 뒤를 노렸다.

라이번과 슈운이 양쪽 옆을 맡았다. 사방에서 베어 들어가니 괴물의 살점이 뚝뚝 떨어져 나갔다.

확실히 엘미르 선생의 말처럼 독물이 얼어붙은 샤베트처럼 변해 튀지를 않았다. 베는 느낌도 사각사각하고 특이했다.

그런데 디온은 여전히 코끝이 찡한 느낌을 받았다. 무엇인가가 더 있다!

디온은 본능이 지시하는 대로 몸을 맡겼다. 몸을 날려 바칸의 어깨 위까지 뛰어오른 후, 그것을 밟고 반대편으로 뛰었다.

화르르르륵.

디온의 검에서 붉은 화염이 일어났다. 이것은 디온이 뜻한 바는 아니었는데 검이 알아서 화염의 기운을 일으킨 것 같았다.

화염의 검날은 디온이 감지한 이상한 허공을 갈랐다.

파캉.

쿠오오오오오.

"앗! 또 한 마리가!"

슈운이 놀라 외쳤다. 인비지블 코트로 몸을 감싼 바칸이 한 마리 더 나타난 것이다.

더군다나 그놈은 몸이 녹색이었다. 늪의 독기를 충분히 흡수했다는 증거다.

바칸은 입을 크게 벌리더니 몸속에 고여 있던 썩은 물을 폭포처럼 토해냈다.

촤아아아아.

"그건 못 막아! 피해!"

엘미르 선생이 급히 외치며 리네의 허리를 잡고 옆으로 뛰었다.

다른 사람들도 제각기 살기 위해 독액을 피했다. 독액은 처음 나타난 바칸을 중심으로 주변에 전부 뿌려졌다.

그러자 놀랍게도 상처 입은 바칸의 살점이 녹아내리면서 상처를 메웠다. 이것도 일종의 치유라면 치유일까?

"으, 이 더러운 놈들."

디온은 혀를 찼다. 그런데 다시 보니 모두가 독액을 피한 건 아니었다.

투투, 그는 디온이 싸우라고 명하지 않았기에 그냥 그 자리에 서 있었다. 독액이 정면에서 쏟아져도 피하지 않았다.

그 때문에 하반신이 독액을 뒤집어썼다.

투투는 인상을 쓰며 말했다.

"투투, 이런 쓰레기가 나한테 침을 뱉는다."

파팍.

투투가 양손에 쥔 계란이 동시에 깨어졌다.

'아, 투투가 있었지.'

디온은 그때야 투투의 존재를 생각해 내고는 얼른 외쳤다.

"투투, 그놈들을 처리해!"

"투투, 뽀갠다."

투투는 대답을 함과 동시에 한 걸음 앞으로 나갔다. 동시에 투투의 왼쪽 주먹이 바칸의 가슴을 노렸다.

펑.

"저, 저럴 수가!"

모두가 놀라 움직임을 멈췄다.

투투의 주먹에 맞은 바칸의 몸통 중앙에 사람 셋은 들어갈 만한 구멍이 뚫렸다.

투투는 다시 오른쪽 주먹으로 바칸의 남은 상체를 때렸다. 펑 하는 소리와 함께 상체 부분이 완전히 사라져 버렸다.

물 담긴 풍선이 터지듯 독액이 쏟아졌지만 투투는 눈도 깜박이지 않았다.

"투투, 다음 놈 뽀갠다."

이어지는 원투, 결과는 동일했다. 하반신만 남은 바칸은 조금 버둥거리다가 곧 움직임을 멈춰 버렸다.

악취가 사방으로 퍼졌지만 곧 공기정화 결계의 힘으로 깨끗해졌다.

“투투, 처리했다.”

투투는 독액을 털어낼 생각도 하지 않은 채 디온에게 보고했다.

디온은 조금 황당했지만 고개를 끄덕이며 말했다.

“수고했어. 그런데 넌 독액이 묻어도 괜찮아?”

“독, 맛없어서 안 먹는다.”

“아, 그래? 알았어.”

괜찮은 모양이다. 디온은 적당히 대답하고는 주변 사람들을 보았다.

이제 이 상황을 어떻게 설명해야 할까 고민할 차례다.

슈운이 여전히 놀란 눈으로 디온을 보고 있었다. 엘미르 선생은 인상을 찡그린 채 외면하고 있었다. 리네는 방금 상황이 얼마나 대단한 건지 잘 실감하지 못하는 듯 눈만 껌벅였다.

디온은 억지로 웃으며 말했다.

“보시다시피 제 호위는 좀 특이합니다.”

라이번이 살짝 말을 이었다.

“하프 오우거로 마탑의 실험체였다가 디온님의 구원으로 풀려난 후 충성을 맹세한 자이지요. 마스터의 경지에 도달한 체술과 오우거의 완력, 그리고 마법실험으로 인한 강력한 내성까지 지닌 궁극의 생체병기라 할 수 있습니다.”

“하프 오우거!”

“마탑에서 키운 궁극의 생체병기!”

리네와 슈운이 거의 동시에 외쳤다.

디온은 얼른 맞장구를 쳤다.

"응. 그래서 투투는 말도 어눌하고 성격도 보통 사람들과는 좀 달라. 하지만 좋은 녀석인 건 틀림없어."

"흐음, 그렇군요. 하프 오우거를 마탑에서 마법으로 강화했다니."

역시 말을 이것저것 가져다 붙이면 상대방은 알아서 납득한다. 왜냐하면 그렇게라도 스스로를 납득시키지 않으면 이 상황을 이해할 수 없기 때문이다.

특히 마탑의 마법실험이 나온 이상 서상에 불가능은 없어진다. 나중에 슈운이 마탑에 문의를 해도 틀림없이 투투에 대한 실험기록이 있을 것이다.

라이번이 끼어들어 설명했다는 것은 이미 그렇게 다 철저한 준비를 했다는 걸 의미하니까.

디온은 눈짓으로 라이번에게 감사의 인사를 보냈다. 그러면서 속으로 의외로 라이번이 거짓말을 잘 꾸며대는 능력이 있다고 감탄했다.

"아무튼 투투님이 계시면 웬만한 몬스터는 충분히 감당할 수 있겠군요. 마음이 든든합니다."

"투투, 다 뽀갤 수 있다."

"꼭 그런 것만은 아니에요. 전에 살카스처럼 속도가 빠른 놈의 경우에 투투는 스스로를 지킬 수는 있지만 다른 사람을 보호하기는 쉽지 않거든요."

"그런가요? 확실히 그럴지도 모르겠군요."

"어쨌든 이런 놈들이 왜 유적지대에 어슬렁대고 있는지 알아봐야겠어요. 만약 던컨 선생님께서 이놈들에게 당한 거라면……."

디온은 화난 눈으로 바칸의 잔해를 보았다. 상상하고 싶지는 않지만 바칸의 몸 일부에 던컨 선생님이 쓰였을지도 모른다는 생각이 들었다.

디온은 억지로 머리를 흔들어 불길한 생각을 털어내고는 앞장서서 유적 안으로 들어갔다.

이미 발굴이 끝난 유적이기에 문은 아예 달려 있지 않고, 함정들도 모두 해체가 된 상황이다.

그런데 그동안 바칸들이 이 안에서 지낸 듯 사방에 썩은 살덩이들이 묻어 있었다.

"슈운 경, 바뀐 게 있나요?"

"지금까지는 없는 것 같습니다."

"그럼 아래층만 확인하고 주변을 뒤져 보죠."

"그렇게 하는 게 좋겠습니다."

이 유적은 지하 일층까지가 끝이다. 위로는 전혀 없고 지하가 거대한 창고로 되어 있다고 했다.

처음 발견됐을 때에는 지하창고의 각 방마다 진귀한 보물들이 가득 들어 있었다는 소문이 있었다. 물론 쓸 만한 것은 마법사가 다 빼돌리고 남은 것만 공개가 되었는데도 그 정도였다.

그 사건 이후로 마탑의 자금력이 크게 성장하였다는 소문도 있었다.

디온 일행이 아래로 내려가니 역시 아래쪽도 텅텅 비어 있는 그대로였다.

여기까지는 바칸이 내려오지 않은 모양인지 그렇게 더럽지도 않았다.

그런데 엘미르 선생이 몸을 부르르 떨며 가장 안쪽 방을 가리켰다.

"저쪽에서 사악한 기운이 느껴지네. 마나의 흐름이 거센 걸 보면 강력한 마법결계가 쳐져 있는 거야."

"그걸 알 수 있어요?"

"별로 숨기려는 생각도 없나 봐. 마법사라면 누구나 알아볼걸. 그렇지, 리네야?"

"예. 저도 알 수 있어요."

"으음, 그렇다면 어쩌면 함정일지도 모르겠군요."

"마법사를 끌어들이는? 그럼 일단 엘미르 선생님은 여기 계세요."

"아니야, 나도 갈게. 어떤 경우에도 충분히 대응할 수 있으니 염려 마."

"그럼 가요."

일행은 만반의 준비를 한 채 조심스럽게 마지막 구석방으로 들어갔다. 과연 엘미르 선생의 말처럼 방 안쪽에는 커다란 마법진이 그려져 있었는데, 이게 바닥뿐만 아니라 천장과 벽에도 있는 것이 범상해 보이지는 않았다.

"삼중입체 마법진, 고위마법을 위한 거니 조심해."

"마법진만 있나요? 사람은 없어요?"

"지금 확인할게. 스캔!"

파앗.

엘미르 선생의 손에서 초록색 빛이 빛나 사방을 훑고 지나갔다.

"없어. 저걸 만든 자는 지금 없는 모양이야."

"저게 무슨 효과를 가지는지는 모르시고요?"

"글쎄. 난 마법분석에는 좀 약해서. 그리고 고위급 입체 마법진은 워낙에 복합적인 요소가 많아서 해석하기가 쉽지 않아."

"일단 부수는 게 나을까요?"

"사악한 기운이 느껴지니 그게 나을 듯해."

"알았어요."

디온은 결심하고 검을 뽑은 채 앞으로 걸어나갔다.

틸리아로 바닥을 긁으면 웬만한 마법진을 파괴되리라.

"조심해. 고위마법진은 파괴하려고 하면 방어결계가 작동하는 경우도 많아."

"괜찮아요."

디온은 틸리아의 힘을 굳게 믿었다. 이름을 정해주기 전에도 마법에 대한 저항력을 강화시켜 주는 성질이 있었던 만큼 지금은 더욱 강할 터이다.

디온은 투투를 보고 말했다.

"혹시 모르니 넌 리네를 보호해라."

"투투, 리네를 보호한다."

투투는 리네 앞을 가리듯이 섰다.

이제 준비가 끝났다.

디온이 앞으로 나서니 슈운도 검을 뽑으며 걸음을 나란히 했다.

"본인도 돕겠습니다. 성검의 힘으로 마법의 함정을 상쇄시킬 수 있을 겁니다."

말이 끝남과 동시에 슈운의 검이 백광을 뿜어대기 시작했다.

홀리 소드!

성기사에게만 허락된 천신의 기적이다. 검에 깃든 신성력은 모든 사악한 것을 파괴하고 마법을 무효화시킨다.

"성검의 힘이라면 확실히 도움이 되겠네요. 그럼 저는 바닥의 마법진을 파괴할 테니 슈운 경은 벽 쪽을 맡아주세요. 천장은 그 뒤에 처리하도록 해요."

"알겠습니다."

“부수려면 셋을 동시에 파괴하는 게 좋을 겁니다. 천장은 제가 맡지요.”

“라이번이? 음, 알았어.”

세 사람은 호흡을 맞추었다.

부수려면 동시에 부수는 게 좋다고 라이번이 말한 이상 이유가 있을 것이다.

“그럼 셋 하고 갑니다.”

“준비되었습니다.”

“하나, 둘, 셋!”

파파팍.

세 개의 검이 동시에 마법진이 그려진 바닥과 벽, 천장에 파고들었다.

그러자 마법진이 일그러지며 공간 한가운데에서 비명 소리가 들려왔다.

“꺄아아아악!”

마법진의 중앙 공간에 붉은 피부를 한 마족의 아이가 모습을 드러냈다. 임프와는 다르게 통통한 몸을 웅크리고 우는 모습이 머리에 뿔과 피부색만 아니면 인간의 아이와 구분하기 어려웠을 것이다.

아이는 눈에서 녹색 피를 흘리며 크게 울었다.

디온과 라이번, 그리고 슈운은 놀라서 뒤로 물러나며 서로를 보았다.

"어떻게 된 거지? 마법진이 파괴된 건가?"

뒤에서 엘미르가 외쳤다.

"그 아이를 죽여요. 마족의 아이예요! 이건 마계의 마족 아이를 소환하는 소환진임이 틀림없어요."

"그런 사악한! 차압!"

슈운이 성기사답게 크게 분노하며 단숨에 달려나가 아이를 베었다. 아이는 슈운의 홀리 소드에 두 쪽이 나더니 사방에 녹색의 피를 퍼뜨리며 점점 모습이 사라졌다.

엘미르는 놀람을 진정시키지 못한 눈으로 중얼거렸다.

"온전한 마족의 아이를 소환시키려 하다니, 아예 어렸을 때부터 물질계에 적응시켜 마인으로 성장시킬 속셈인 건가?"

"위험한 일입니까?"

"그러니까 일반 마족 소환이 아니라, 갓 탄생하는 마족을 소환하는 거예요. 그러면 셋 중 둘은 그냥 죽어버리지만 남은 하나는 물질계에 적응을 해요. 물질계에 적응한 마족을 마인이라 부르는데, 가장 사악하고 무서운 몬스터라 할 수 있어요."

"음, 본인은 성기사로 있으면서도 그런 일은 들어보지 못했습니다."

"마족을 소환하는 것보다 마족의 아이를 소환하는 게 훨씬 더 어려워요. 아마 이건 마왕의 이름으로 권족이 되는 마족의 아이를 소환하는 거예요. 큰일이군요."

"마왕의 유물을 손에 넣은 자가 부하를 소환하려 하는 겁니까?"

"단순히 부하가 아니라, 백 년, 이백 년 후에 쓸 손과 발을 구하려는 거예요. 누군지는 몰라도 아주 용의주도하게 준비를 할 생각인 것 같아요."

"으음, 백 년 후를 대비한다라… 무서운 일이군."

"어쩌면 마왕의 유물에 현혹당한 게 아니라 오히려 그걸 이용하여 자신의 야망을 이루려는 자일지도 모르겠군요."

"그럴 가능성이 큽니다."

라이번도 엘미르 선생의 말에 동의했다.

그런데 그때, 옆에서 누군가의 웃음소리가 들렸다.

"크크크, 옳은 소리다. 난 애초에 이 유물을 찾으러 이곳에 왔고, 마침내 손에 넣었다. 이제 세상은 나의 것이나 다름없지. 영원한 생명, 무한한 마력, 마계의 지식이 모두 나한테 모였으니 백 년 후에 이 물질계는 모두 나의 발아래 꿇어 엎드리리라."

"누구냐?"

디온이 보니 파괴된 마법진 안에 검은 후드를 쓴 마법사가 한 명 나타나 있었다.

"기척없이 텔레포트를 하다니?"

엘미르 선생이 놀란 눈으로 중얼거렸다.

"기척없이 이동하는 것이 신기한가? 이 마법진 안은 아공

간 결계로 되어 있다. 소환진은 깨어졌어도 아공간 결계는 남
아 있지. 내가 모습을 드러내려 하지 않았다면 너희들은 끝까
지 내 존재를 알아차리지 못했을 것이다."

"아공간 결계! 그럴 수가! 아공간 결계 안에서 이쪽을 살필
수 있다는 거냐?"

"당연하지. 그 정도 효능이 없다면 내가 왜 이 가면을 그토
록 애타게 찾아 헤맸겠느냐?"

마법사는 후드를 벗었다. 그러자 맨 얼굴이 아닌 검은 해골
이 모습을 드러냈다.

가면이라고 하는데, 디온이 보기엔 글자 그대로 해골이었
다.

"스컬 마스크! 넌 리치가 되었군."

"이걸 알아보는군? 마왕의 유물 중 마왕의 권위와 마력을
상징하는 것이지. 그렇다. 네 말대로 난 인간의 몸을 버리고
불멸의 육체를 얻었지. 이 가면은 나와 일체화되어 완전히 나
의 소유가 되었다. 크하하하하하."

디온은 슬쩍 엘미르 선생에게로 다가가 작은 목소리로 물
어보았다.

"선생님, 저게 무서운 거예요?"

"마법사가 저걸 쓰고 마왕과 계약하면 그 즉시 마왕의 대
리인이 될 수 있어. 산 사람을 순식간에 리치로 만드는데, 일
반 리치와는 다르게 뇌만큼은 언데드가 아닌 살아 있는 상태

가 되어 끊임없는 연구를 가능하게 하지.”

“으음, 약점은 없고요?”

“없어. 강력한 신성마법으로만 타격을 입힐 수 있는데, 그걸로도 치명적인 효과는 볼 수 없어. 저놈이 저렇게 자신있게 나타난 걸 보면 우리를 잡아 세뇌를 시켜 수하로 거두려는 거야.”

“크크크크. 세뇌씩이나 할 필요는 없지. 이 해골의 마력으로 너희들을 생전과 거의 똑같은 능력을 지닌 언데드로 만들어주마. 이른바 데스 나이트지.”

말이 끝남과 동시에 리치는 얼굴과 마찬가지로 뼈만 남은 한쪽 손을 앞으로 내밀었다.

쏴드드드등.

손가락 마디마디마다 전격이 일어나 모두 다섯 줄기의 라이트닝이 일행을 공격했다.

그러자 슈운은 성검을 앞에 세워 전격을 튕겨내고, 라이번은 놀랄 만한 움직임으로 피해 버렸다.

디온 쪽으로 온 전격은 그냥 소리없이 사라졌고, 엘미르 선생은 마법 배리어로 전격을 흩어냈다.

투투와 리네를 노린 전격은 투투의 가슴에 정통으로 맞았는데, 그냥 파직하는 소리와 함께 투투가 인상을 살짝 찡그리는 것으로 끝났다.

예상과는 다르게 공격이 전혀 효과를 보지 못하자, 리치는 매우 기분이 나쁜 듯한 목소리로 말했다.

"이것들, 보통 놈들이 아니었구나."

"죽어!"

카캉.

상대의 반응을 무시하고 공격한 디온의 검이 마법진에 닿는 순간 튕겨 나왔다.

이어서 가해진 슈운의 홀리 소드 공격 역시 마법진의 아공간 결계를 깨기에는 역부족이었다.

라이번이 오러 소드를 발동시켜 리치가 아닌 마법진을 파괴하려 했지만 역시 소용이 없었다.

"흥. 헛짓을 하는군. 너희들이 아무리 강하더라도 이 공간 결계는 힘의 크기와는 관계가 없는 것. 공간을 무너뜨리는 힘이 없으면 절대로 깨어지지 않는다."

리치가 의기양양한 목소리로 말했다. 일단 공격을 당할 염려가 없으니 차분하게 한 놈씩 처리하면 된다.

디온 일행이 강하면 강할수록 리치에게는 이익이라 할 수 있었다. 데스 나이트를 만들었을 때 그 힘이 그대로 반영될 테니까.

"일단 도망가지 못하게 해야겠군."

리치는 천천히 주문을 시전했다. 그러자 마법진 중앙으로부터 붉게 빛나는 선이 거미줄처럼 뻗어 나와 방 전체를 감쌌다. 그것은 곧 아주 촘촘해져서 거의 빈틈이 없어져 버렸다.

디온 일행이 들어온 문은 어느새 사라지고, 밀폐된 공간처럼 변해 버렸다.

"이런, 마법 그물이에요. 바닥을 조심해요. 그물을 끊지 않으면 발이 달라붙어 거동이 힘들어질 겁니다."

엘미르 선생이 주의를 주자 디온과 라이번은 얼른 검으로 바닥에 그려진 붉은 선을 그어 끊었다.

파파팍 하는 소리와 함께 붉은 선에서는 핏줄이 터지듯 피가 흘러나왔다.

디온은 투투를 보며 외쳤다.

"투투, 저놈을 공격해!"

"투투, 때린다."

카아아아앙.

주먹질 한 번에 방 안 전체가 흔들린다. 확실히 투투의 주먹은 디온이나 라이번보다 훨씬 파괴력이 강했다.

그러나 아공간 결계를 깰 정도는 아니었는지 리치에게는 전혀 영향을 주지 못했다.

"놀라운 힘이구나. 네놈이야말로 가장 강력한 데스 나이트가 될 것이다. 크크크크."

"투투, 데스 나이트 같은 하급 언데드 마족은 안 된다. 나를 뭐로 보고 하는 소리냐."

캉캉캉캉.

투투는 모욕을 받은 것이 화가 나는 듯 연신 주먹질을 해댔다. 세상에 아크데몬인 그에게 데스 나이트가 되라는 것이 말이나 되는가? 이건 고위귀족보고 작위를 버리고 평민이나 되라고 하는 것과 같다.

투투의 주먹과 아공간 결계가 부딪치자 충격파가 유적 전체에 미쳤다. 다른 사람은 두 손으로 귀를 막아야 했다.

리치는 의외라는 듯 투투를 보며 말했다.

"네놈은 정말 대단하구나. 그래 봐야 인간이겠지만. 크하하하하."

"우, 투투, 진짜 화났다."

투투는 한 걸음 물러섰다. 그의 양 주먹이 손등까지 보라색 오라로 감싸졌다. 두꺼운 장갑을 낀 것 같은 느낌이랄까?

이건 좋지 않다. 디온은 투투가 이 이상 힘을 써서는 안 된다고 판단했다. 아무리 마탑의 생체병기 출신이라고 둘러대도 한계가 있다.

그때 디온의 머리에 핑 하고 떠오르는 것이 있었다. 디온은 얼른 엘미르 선생에게 말했다.

"선생님, 비밀공간 마법을 저 아공간 결계에 겹쳐 쓰면 어떻게 돼요?"

"그거 좋은 생각이다. 비밀공간!"

엘미르 선생은 즉시 비밀공간 마법을 시전했다.

비밀공간 역시 아공간 결계를 쳐서 자신만의 방을 만드는 마법, 지금 리치가 쓰고 있는 정도의 효능은 없지만 엄연히 근본은 같다.

팟, 콰콰콰콰쾅!

두 개의 결계가 부딪치며 엄청난 폭발이 일어났다.

그 틈에 투투의 주먹이 안으로 파고들어 정확하게 리치의 머리를 때렸다.

깡.

"끄아아아아아아악!"

해골보다 더 큰 주먹이 얼굴 전면을 때리자 금속이 부딪치는 소리와 함께 리치의 몸이 뒤로 날아갔다.

충격을 이기기 어려운지 자신의 아공간 결계를 뚫고 뒤쪽 벽에 부딪쳤는데, 벽이 함몰되고 리치의 팔과 다리도 으스러졌다.

그러나 신기하게도 직접 주먹에 맞은 얼굴은 멀쩡했다.

"어? 안 뽀개졌다. 투투."

투투가 의외라는 듯이 리치와 자신의 주먹을 번갈아 보았다.

"괜찮아!"

디온은 틸리아를 양손으로 잡고 리치의 정수리를 수직으로 내려쳤다.

위잉, 퍽.

이번에는 검이 제대로 박혔다. 해골의 절반 정도까지 파고든 검은 곧 파란 섬광을 번뜩 하고 뿜어댔다.

"끄으으으, 가면이, 내 머리가, 내 생명이!"

리치는 믿을 수 없다는 듯 조각난 팔다리를 버둥거리며 중얼거렸다. 그러면서 점점 두 눈의 인광이 약해져 갔다.

디온은 틸리아가 리치로부터 무엇인가를 계속 빨아먹고 있다는 것을 손으로 느낄 수 있었다. 그것은 사악한 마나이자 리치의 생명력이었다.

곧 리치는 정말 해골이 되어버렸고, 해골은 틸리아의 힘을 이기지 못하고 파삭 부서졌다.

그리고 검에 박힌 채 남아 있는 것은 바로 해골 모양의 검은 마스크였다.

"휴, 겨우 처치했네."

"마법을 쓸 시간을 안 줘서 다행이군요. 이놈이 아공간 결계에 방심해서 여유를 부리다가 맥없이 당한 겁니다."

"라이번 경의 말씀이 옳아요. 아무래도 이자는 살아생전에 그다지 강한 마법사는 아니었을 거예요. 아공간 결계가 무적이라고 믿고, 다른 대비를 거의 안 한 것을 보면 확실해요."

고위마법사일수록 세상이 얼마나 무서운지 처절하게 느낀다고 한다. 그래서 고위마법사가 되면 거의 위험한 일을 안 하고, 꼭 해야 할 때에는 정말 몇 개나 되는 구명 수단을 준비한다는 것이다.

이 리치는 원래는 뛰어난 마법사가 아니었다가 가면을 쓴 후에 강력한 마법을 쓸 수 있게 되었지단, 그걸 효율적으로 사용하지는 못한 모양이다.

"빨리 처치한 게 정말 다행인 거였군요."

"맞아. 이대로 이놈이 숨어서 백 년간이나 힘을 길렀으면 아마 대륙 전체에 큰 재앙이 되었을 거야."

"그런데 이 가면은 어떻게 하죠?"

디온은 틸리아를 들어 검날에 박힌 가면을 뽑으며 말했다.

그것을 본 엘미르 선생이 급하게 외쳤다.

"앗, 디온! 그건 함부로 만지면 안 돼."

"예? 아."

이미 늦었다. 손으로 잡는 순간 가면으로부터 무엇인가가 디온의 몸으로 침투해 들어왔다.

"뭐지? 아, 마왕의 유물이 날 침식하는 건가!"

디온은 얼른 의식을 집중시켰다.

느낌상 육체적인 변화가 아닌 정신적인 저주를 퍼부으려고 하는 것 같았다. 어쩌면 현혹을 시켜서 마왕의 의지에 따르도록 하려는 건지도 몰랐다.

그렇게 조금 지나니 변화가 시작했다.

몸이 변하는 게 아니라, 침투해 오던 안 좋은 기운이 어깨에서 머리로 올라오지를 못하고 다른 쪽 어깨와 팔을 통해 틸리아 쪽으로 흘러갔다.

동시에 전날 들었던 틸리아의 목소리가 디온의 머릿속에 작게 울렸다.

[오호호호호, 겨우 힘을 조금 되찾았네요. 다행히도 적절한 영양분을 공급받아서 틸리아는 살았어요.]

"헉."

생각해 보니 그렇다. 틸리아는 말하자면 마신의 유물이다. 마왕의 유물보다는 격이 높으니 그런 기능만 있다면 충분히 그 엑기스를 빨아먹을 수 있다.

틸리아는 이제 완전히 기분이 좋아져서 연신 디온에게 말을 걸었다.

[주인님은 정말 친절하세요. 제가 그 흉악한 놈에게 당한 걸 보시고 절 구하려 하신 거군요.]

"아니, 저."

디온은 대답을 하려다가 얼른 멈췄다. 지금 틸리아의 목소리는 그밖에는 들을 수 없을 터, 여기서 잘못 말하다가는 혼잣말하는 사이코가 된다.

디온은 그냥 입을 다물고 가만히 서 있었다. 가면의 힘을 틸리아가 완전히 흡수할 때까지는 경거망동하지 않기로 했다.

그런 디온을 엘미르와 라이번이 걱정스러운 눈으로 보았다. 그들의 눈에는 디온이 필사적으로 가면의 저주와 싸우고 있는 것으로 보였다.

리네가 조심스럽게 엘미르의 곁으로 다가오며 말했다.

"선생님, 저 이거 쓰면 디온에게 도움이 되지 않을까요?"

“아! 정신봉이 있었지. 그래, 어서 그걸로 디온의 머리를
때려.”

“정말요? 세게 때려야 돼요?”

“강하면 강할수록 좋아. 사정 보지 말고 때려. 어서!”

“예, 옛.”

리네는 엘미르 선생의 어투로부터 상황이 급하다는 것을
깨닫고는 입술을 질끈 깨문 채 디온에게 달려갔다.

“어, 리네야. 그게 무슨?”

“미안!”

퍽.

“아아아아아아아아악!”

[꺄아아아아아아아아악!]

파칵.

디온은 믿을 수 없을 정도의 고통이 머리로부터 발끝까지
관통하는 느낌에 참을 수 없이 비명을 질렀다.

더불어 머릿속으로 틸리아의 비명 소리도 들려왔다.

마왕의 가면이 산산조각 나서 깨어진 것도 그때였다.

믿을 수 없는 파워였다.

피하려면 피할 수 있었는데, 리네가 작은 막대기로 머리를
때리려고 하니 무슨 일인가 해서 그냥 맞아준 것인데, 충격이
너무나도 커서 눈에는 눈물이 핑 돌았다.

“아, 디온, 괜찮아?”

디온의 비명 소리에 놀란 리네도 두 눈에서 눈물을 글썽이며 물었다.

그러자 뒤쪽에서 엘미르 선생이 말했다.

"괜찮아. 그나저나 큰일날 뻔했네. 고통이 크다는 건 그만큼 강력한 힘이 디온을 괴롭히고 있었다는 거야. 리네, 네가 디온을 구한 거라고."

"그, 그런가요?"

확실히 디온은 죽을 정도로 아파하는 게 여실히 보였다.

리네는 약간 기분이 좋아져서 얼른 손으로 자신이 때린 디온의 머리 부위를 어루만져 주었다.

"디온, 괴로웠구나. 이제 괜찮을 거야."

"으, 그게."

가까스로 정신을 차린 디온은 뭐라고 설명해야 할지 알 수 없었다.

확실히 그의 몸속에 들어왔던 기운은 마왕의 사념 같은 것이라 강력하기 그지없었다. 그러나 그 기운은 왼손으로 들어와 오른손으로 나가는 중이라 디온에게는 전혀 해를 끼치지 못했다.

오히려 틸리아가 순식간에 기운을 되찾고 디온에게 열심히 아부를 하던 중이 아니었던가.

그런데 정신봉 막대기질 한 번에 모든 게 깨어져 버렸다.

디온의 몸 안에서 흐르던 기운이 펑 하고 터지고, 틸리아

쪽으로 들어간 기운 역시 사정없이 화려한 폭발을 일으켰다.

몸속과 검속의 일이라 겉으로는 보이지 않아도, 디온은 눈으로 보고 손으로 만지듯 확실하게 알 수 있었다.

틸리아의 목소리는 더 이상 들리지 않는다. 아까의 비명으로 보아 거의 빈사 상태인 듯하다.

검날의 묘한 빛깔도 사라진 지 오래다.

사람으로 따지면 전신에 붕대를 둘둘 말고 팔다리에 부목을 댄 정도랄까.

"하아."

이것도 틸리아의 운명인 것인가? 그래도 이번에는 검날에 금까지 가진 않았으니 괜찮겠지.

디온은 속으로 중얼거리며 검을 검집에 넣었다.

Chapter 07
데빌 아머

흑사자
마왕

　사건의 원흉인 리치와 마왕의 유물로 보이는 가면은 처리했다. 그러나 디온 일행의 목표는 세상의 평화와 악의 배제가 아닌 스승 던컨을 찾는 것.

　"이제 어떻게 하지?"

　디온이 라이번에게 묻자 라이번도 조용히 고개를 저었다.

　슈운은 잠시 고민하다가 말했다.

　"스승님이신 던컨 선생을 찾는 것도 중요하지만, 이번에 일어난 일은 보통 일이 아닙니다. 아무래도 저는 신전으로 돌아가 보고를 해야 할 것 같군요."

　"아, 가시려고요?"

　리버스 오벨리스크 지역을 혼자 다니는 것은 정말 위험하다. 디온은 걱정스러운 눈으로 슈운을 보았다.

　엘미르 선생도 비슷한 생각인지 슈운에게 말했다.

　"보고를 하는 것도 그렇지만, 이 일의 진상을 끝까지 추적하는 것도 중요해요. 성기사이신 슈운 경이 계시면 위험과 맞닥뜨렸을 때 조금 더 효과적으로 대처할 수 있으니 당분간은 저희와 같이 다니는 게 어때요?"

　"지금 이 순간에도 모험가들이 이곳으로 몰려들고 있을 겁니다. 시간이 흐르면 흐를수록 점점 많이 말입니다."

　"그러니까 모험가들이 오기 전에 위험요소를 완전히 제거하자는 거예요. 일단 리치를 처치했으니 다른 몬스터들은 비교적 쉽게 처리할 수 있잖아요. 근원을 처리할 가능성이 없다면 몰라도 충분히 가능할 것 같으니 일단 이곳에서 힘을 모아요."

　"음, 엘미르님께서 그렇게 말씀하시니 며칠은 더 있도록 하겠습니다."

　슈운이 생각을 바꾸자 엘미르 선생은 미소를 지으며 마법진 쪽으로 다가갔다.

　"이걸 조금 더 자세히 알아봐야겠어요. 분명히 마족의 소환마법진인데, 아공간 결계도 쳐지고 또 리치가 이곳으로 텔레포트도 했잖아요."

　"알아보실 수 있겠습니까?"

라이번이 묻자 엘미르 선생은 고개를 끄덕였다.

"전공은 아니지만 일단은 마법사니까요. 한번 자세히 살펴볼 테니 못 알아보더라도 비웃지는 마세요.'

"그럴 리가 있겠습니까."

곧 엘미르 선생은 집중해서 바닥에 있는 마법진부터 하나하나 해석해 나갔다. 배낭에서 빈 책을 하나 꺼내 메모를 하면서 가끔씩은 뭐라고 알 수 없는 주문을 오우기도 했다.

나머지 사람들은 마법의 룬어를 해독할 능력이 안 되니 그저 멍하니 구경만 할 뿐이다.

리네는 살짝 디온의 옆으로 다가가 작은 목소리로 말했다.

"아까는 미안했어. 많이 아팠지?"

"으, 솔직히 죽는 줄 알았어. 그게 뭔데 그렇게 아프지?"

"이거? 엘미르 선생님께서 주신 건데, 현혹마법이나 이성을 잃은 사람의 머리를 때리면 사악한 기운을 몰아내고 제정신이 들게 하는 효과가 있대."

"어, 그런 효과였어? 확실히 그 정도 충격이면 웬만한 정신마법은 다 깨지겠더라."

"그게, 대상이 걸린 마법이나 저주의 효과가 강할수록 아프다고 하셨어. 그러니까 아까 디온이 무지하게 아픈 건 그만큼 저주가 강했다는 뜻이래."

"아하, 그럴 수도 있겠네."

디온은 그때야 납득을 했다. 저주를 몰아내면서 고통이 발생하는 원리라면 마왕 급의 저주는 확실히 죽을 정도로 아픈 게 맞다.

'어, 그러면 이 완드는 마왕의 저주도 풀 수 있는 물건이란 소리잖아!'

디온은 놀라운 사실을 깨달았다.

세상에 마왕의 저주를 단번에 풀 수 있는 마법 물품이 몇 개나 될까?

하나? 둘? 어쩌면 하나도 없을지도 모른다.

그렇지 않으면 마왕이 마왕이라고 하기엔 너무 비참하니까.

'아니지, 모라님이 준 약도 내 힘을 제어했지. 그러면 의외로 이 정도의 힘을 가진 마법물품은 꽤 있는 걸까?'

말이 된다.

길거리에 있는 연금술사도 마왕의 힘이 발현하는 현상을 억제하는 약을 파니, 아카데미의 선생 정도라면 마왕의 저주를 풀 수 있는 완드를 지니고 있을 수도 있다.

"그럴 리가 없잖아!"

디온은 자신도 모르게 소리내어 중얼거리며 머리를 세차게 흔들었다.

몇 가지 특이한 상황에 상식이 흔들리면 안 된다. 그 정도의 마법물품은 암흑제국의 황궁 보물 창고에도 없다.

일반 마법사의 저주도 쉽게 풀기 힘든 세상인데, 하물며 마왕의 힘이 그렇게 쉬울 수는 없다.

디온은 의심스러운 눈으로 엘미르 선생을 쳐다보았다.

'저 선생님의 정체가 뭐지? 일반적인 아카데미 선생의 수준을 훨씬 웃도는 실력, 듣도 브도 못한 마법물품. 으음……'

의심을 하려니 끝이 없다. 하지만 곧 디온은 생각하는 것을 포기했다.

'신경 쓰지 말자. 어차피 사람은 모두 자기 사정이 있는 법이고, 숨기고 싶은 사연도 있을 테니까.'

그런 사정 중 가장 황당한 걸 고르라면 바로 디온 자신이 아니겠는가.

엘미르 선생이 디온과 리네에게 잘해주는 것은 의심할 여지 없는 사실이니 그걸로 엘미르 선생을 믿기로 했다.

"찾았어요."

갑자기 엘미르 선생이 소리를 지르자 디온은 상념에서 깨어나 마법진 쪽을 보았다.

"이야, 이거 정말 대단한 마법진이에요. 텔레포트 서포트 기능이라니, 이건 마탑에도 없는 기능이라고요."

"텔레포트 서포트 기능? 그게 뭡니까?"

"원래 텔레포트는 고위마법인데다가 도착지점이 확실하지 않으면 실패 확률도 높아져요. 이 마법진은 그 실패 확률을 거의 없게 만들고 마법 자체도 훨씬 간단하게 쓸 수 있게 해줘요. 그러니까, 신전의 귀환 마법과 비슷한 효과를 낸다고 보면 될 거예요."

"마법진으로 이곳을 귀환처로 만든 것이군요."

"그래요. 그런데 이게 대단한 점이 여기뿐만 아니라 다른 몇 개의 귀환처를 만들 수 있다는 점이에요."

"그럴 수가 있단 말입니까?"

슈운은 놀라서 엘미르에게 물었다. 귀환마법은 고위 성직 자나 치유사가 자신의 거처로 텔레포트할 수 있게 해주는 긴급회피 마법이다. 그런데 이걸 거처뿐만 아니라 각 요소요소 에 마법진을 만들어 마음대로 오갈 수 있게 한다면 정말 대단 한 일이 아닐 수 없다.

엘미르 선생은 고개를 끄덕이며 말했다.

"그래요. 이건 적어도 두 개 이상의 지점을 연결하는 일종 의 게이트예요. 최고 수준의 고위마법진이라고 할 수 있지 요."

"으음, 다른 지점의 위치를 알 수 있습니까?"

"그건 알 수 없어요. 단지 마법진을 가동시키면 그쪽으로 이동할 수는 있을 것 같아요."

"엘미르 선생님은 텔레포트 마법도 아세요?"

"훗! 리네야, 그게 이 선생님의 비장의 한 수란다. 내 한 몸 은 언제든지 빼낼 수 있다는 여유! 그게 얼마나 큰 자신감이 되는지 아니?"

"하하하, 그것 잘됐네요. 선생님, 저를 이동시켜 주세요."

"디온, 위험해."

"디온님, 위험합니다."

"괜찮을 것 같은데 말이야. 그런데 선생님, 한 번에 한 명씩밖에 못 보내나요?"

"응, 텔레포트 마법은 마나가 정말 많이 소모돼서 그거 한 번 쓰면 난 내일까지 다른 마법 못 써. 그러니까 내일까지 푹 쉬면 한 명이나 두 명 정도 더 보낼 수 있어."

"그렇군요."

"그럼 어떻게 하지? 내일까지 기다릴까?"

"선생님, 지금 마법을 안 쓰면 내일 세 명 보낼 수 있지 않아요?"

"아니, 내 마나량이 그렇게 안 돼. 최대 두 명이 한계야."

"그럼 오늘 한 명, 내일 두 명이라는 소리네요."

"응."

디온은 잠시 고민했다. 저쪽에 어떤 위험이 있을지 모른다. 만약 혼자 갔다가 리치 같은 놈이 또 있다면 그건 정말 죽으러 간 것과 같다.

리치가 아니더라도 그전에 나왔던 바칸만 해도 혼자 상대하기 쉽지 않다.

디온의 판단으로는 자신이 가는 게 그나마 낫다고 여겨졌다. 하지만 라이번이 결코 허락하지 않을 것 같았다.

억지를 쓸까? 아니다. 지금 그렇게 무리할 필요는 없다. 건너편에 던컨 선생님이 계시다는 보장도 없으니까.

디온이 고민할 때, 갑자기 투투가 손을 들며 말했다.

"투투, 간다."

"엉? 투투, 네가 간다고?"

"투투, 안전하다. 혼자서도 다 뽀갠다."

"아, 그러고 보니 넌 그럴 만하지."

투투의 존재가 슬슬 익숙해질 만도 한데, 문득문득 잊어버리고는 한다. 아무래도 겉모양이 사람과 같아서 그렇게 생각이 되는가 보다.

"그래, 투투가 가는 게 좋겠다. 그런데 투투야, 너 가서 웬만하면 싸우지 말고 그냥 조용히 있어야 돼. 알았어?"

"누가 먼저 투투 안 때리면 투투도 안 때린다."

"좋아. 그럼 엘미르 선생님, 투투를 보내주세요."

"으응, 그럼 그럴게."

엘미르 선생은 투투의 가까이에 가는 것도 좋은 기분은 아닌지 마지못한 표정으로 걸음을 옮겼다. 그리고는 재빠르게 주문을 시전했다. 가만히 보니 숨을 참고 들이쉬지 않는 것 같았다.

"텔레포트!"

파앗.

엘미르 선생의 왼손에서 하얀 빛이 나오며 마법진의 중앙

부분과 연결되었다. 동시에 다른 손으로부터 나온 빛의 가루
는 투투의 머리 위부터 뿌려졌다.

그러자 빛의 가루가 떨어져 내리며 투투의 몸이 스르륵 하
고 사라져 버렸다.

"하아, 보냈어."

엘미르 선생은 그때야 참았던 숨을 들이쉬며 말했다. 정말
로 그녀에게는 투투의 몸에서 이상한 냄새가 나는가 보다.

"그럼 우리는 여기서 쉬어요. 일단 저하고 라이번이 주변
을 한 번 둘러볼게요."

"그래라."

엘미르 선생은 과도한 마나의 소비르 피로함을 느끼는지
구석에 자리를 잡고 편한 자세로 쉬기 시작했다.

슈운은 엘미르 선생과 조금 떨어진 곳으로 가서 검과 갑옷
을 손질했다. 성기사답게 경건한 모습이었다.

디온은 라이번과 함께 방을 나와서 지상으로 올라갔다.

그런데 그때, 머릿속에서 투투의 목소리가 들려왔다.

[투투, 주인, 투투다.]

"어!"

"디온님, 무슨 일이십니까?"

라이번이 물었다.

"투투의 목소리가 들렸어."

[투투, 주인, 듣고 있냐? 대답해라.]

"대답을 하라는데 어떻게 해야 할지 모르겠네."

"머릿속으로 들려오는 겁니까?"

"응."

"텔레파시 마법이군요. 상대가 마법적으로 능숙한 사람이라면 상호텔레파시를 걸었을 테니, 그냥 머릿속으로 생각하면 대화가 가능할 것입니다. 아니면 디온님은 그 마법을 시전할 수 없기 때문에 대화가 불가능할 겁니다."

"윽, 머릿속으로 대답을 해봤는데 안 들리나 봐."

"그럼 투투님은 상호텔레파시 마법은 모르나 봅니다."

"으그, 쓸려면 좀 제대로 쓰지."

디온은 혀를 찼다. 그러는 사이에도 투투는 애타게 디온을 불렀다.

그러다가 결국 제풀에 지친 투투는 텔레파시를 끊었다.

다음번에 만나면 이 상황을 잘 설명해 주고 그냥 할 말을 하라고 해야겠다고 디온은 결심했다.

다음날이 되자, 엘미르 선생은 침낭에서 나와 상쾌한 기분으로 리네가 만들어준 생크림 케이크와 홍차를 마셨다.

"좋았어. 이제 마나가 만땅이니 텔레포트를 두 번 연속해서 쓸 수 있어. 문제는 그 뒤엔 거의 마법을 못 쓸 거야."

"마법을 쓰지 못하는 건 좀 문제긴 하지만 이런 경우에는 어쩔 수 없네요. 그럼 저하고 라이번한테 써주세요."

"그럼 나하고 리네하고 슈운 경은 하루 더 여기 남아야겠네? 알았어."

곧 마법이 시전되고, 디온과 라이번은 공간이 일그러지는 느낌과 함께 전혀 새로운 곳으로 이동되었다.

그곳 역시 엘미르 선생이 설명한 것 같이 마법진이 그려져 있었는데, 방 한쪽 구석에 투투가 웅크리고 앉아 있는 모습이 보였다.

"투투, 외로웠다. 주인, 대답도 안 한다."

"이봐, 투투. 나하고 대화를 하려면 상호텔레파시 마법을 써야지. 난 마법을 못 쓴다고."

"…투투, 그거 못 쓴다. 그래서 내 밑에 있었던 놈들은 다 알아서 대답을 했다. 안 그러면 죽었다. 내 위에 계신 분들은 당연히 썼다."

투투는 열심히 변명했다. 괜히 디온단 원망한 게 조금 켕겼나 보다.

"으그, 그럼 답없네. 어쨌든 난 마법을 못 쓰니까, 조금 답답해도 네가 참아라."

"투투, 참는다."

"그런데 투투 경, 이 방 밖으로는 안 나가보셨습니까?"

"안 나갔다. 주인이 돌아다니지 말라고 했다."

"그렇군요. 그럼 이상한 소리나 느낌은 없었습니까?"

"있다. 저쪽에 언데드, 그러니까 어제 만난 살덩어리가 세 마리 있고, 저쪽에 사람이 있다."

"어, 투투야. 너 방 밖으로 안 나갔다면서 어떻게 그걸 알아?"

"투투, 보통은 안 하지만 좀 신경 쓰면 반경 100m 안의 것은 감지할 수 있다. 기다리기 지루해서 신경 썼다."

"오, 그거 일종의 드래곤센스잖아."

드래곤은 눈으로 보이지 않는 벽 뒤나 방 안의 것들도 바로 옆에서 보는 것처럼 느끼고 냄새 맡고 소리까지 들을 수 있다고 한다. 그러한 신비스러운 능력은 마법으로도 얻기 힘든 것으로, 브레스와 함께 드래곤의 가장 특이한 능력으로 친다.

그런데 투투가 그런 입체적인 전방위 센스를 가지고 있다니, 디온으로서는 투투의 능력을 재발견한 기분이었다.

하지만 투투는 드래곤에 비교된 것이 기분 나쁜 듯 뚱한 표정으로 말했다.

"투투센스다. 드래곤센스 별로다."

"알았어, 알았어. 자식, 자존심 세기는."

디온은 손으로 투투의 어깨를 툭툭 두드리다가 문득 생각이 나서 물었다.

"그럼 너 드래곤보다 센 거냐?"

투투는 발끈했다.

"투투, 마왕 빼곤 다 뽀갠다. 드래곤 로드는 마왕하고 동급이니 예외고, 나머진 다 내가 밟을 수 있다."

"진짜? 하긴 어제 힘쓰는 거 보니까 서 긴 세더라."

"어제는 힘 제대로 못 썼다. 드래곤하고 싸우려면 변신해야 한다. 지금 몸으로는 투투포를 못 쓴다."

"변신?"

"지금은 인간으로 폴리모프한 상태다. 본래 힘의 10분의 1밖에 못 쓰고, 하늘도 못 날고, 투투포도 못 쓰고……"

"아, 그렇구나. 너 본 모습은 날개도 달리고 머리에 뿔도 달리고 그런가 보지?"

"그렇다. 날개 다섯 장, 뿔 열두 개 있다."

"흐미, 많구나."

"날개하고 뿔이 많은 건 지위가 높다는 증거다. 내 밑에 놈들 중 나보다 뿔 많은 놈들은 다 내가 뽑아버렸다."

"하하하하, 그런 거니? 그럼 마왕은 뿔이 제일 많겠네."

"기본이 백 개다."

"뿔이 무슨 머리카락이냐, 백 개씩 ㄴ게."

"대신 평소엔 몸 안에 감추고 다닌다. 주인도 정식으로 각성하면 뿔을 백 개는 만들어야 밑에 놈들 자존심이 산다."

"어휴, 지금까지 들은 마왕의 권리와 의무 중 그게 가장 무서운 거 같다."

디온이 한숨을 쉬면서 고개를 절레절레 흔들었다. 마왕이 되고 싶다가도 싹 마음이 달아날 것 같은 느낌이었다.

그러다가 지금 중요한 게 그게 아니라는 걸 상기하고는 천천히 방문을 열고 밖으로 나갔다.

방 바깥쪽은 이동하기 전의 유적과 비슷한 구조의 복도였는데, 규모는 세 배 정도 커서 수십 개의 문이 보였다.

이상한 것은 벽과 바닥이 먼지 하나 없이 아주 깔끔하게 정리되어 있다는 점이다.

라이번이 콧수염을 쓰다듬으며 말했다.

"아무래도 여긴 발굴되지 않은 유적인 것 같습니다."

"옷, 미발굴 유적! 그럼 보물이나 마법물품들이 잔뜩 있을까?"

"리치가 그대로 놔두었다면 그럴 겁니다. 아니면 다른 장소에 숨겨져 있을지도 모르지요."

"좋았어. 투투, 혹시 보물이 어디 있는지는 알 수 있어?"

"있다. 30분만 기다려라."

"아니, 됐어. 그냥 하나하나 뒤지자."

아무래도 투투가 집중을 해서 투투센스를 발동시키는 데에는 30분이라는 시간이 걸리는 듯하다.

디온은 그걸 기다리느니 그냥 방을 하나하나 확인하기로 했다.

"우선 언데드가 있는 쪽이 이쪽이라고 했지? 그럼 대충 이 방이겠네."

"맞다."

"그럼 여기부터 처리하자. 투투, 준비해라."

“투투, 언제든지 뽀갠다.”

투투가 두 주먹을 들어 보이자, 디온은 조심스럽게 문을 열었다. 그러자 과연 투투의 말대로 바칸이 세 마리나 서 있는 것이 보였다.

크와와와왕.

바칸은 디온이 문을 열자마자 움직이기 시작했다. 디온은 얼른 뒤로 물러나며 투투에게 외쳤다.

“투투, 가라.”

“투투, 간다.”

대답과 함께 움직이는 투투의 발걸음은 덩치와는 다르게 고양이처럼 빠르고 가벼웠다. 그의 양 주먹에 파란 오러가 맺혀 팔뚝에까지 올라왔다.

“투투, 펀치!”

위잉, 펑!

쿠오오오오!

“투투, 더블 펀치!”

퍼펑!

꾸어어어어어!

“투투, 스매쉬 펀치!”

부지지지직.

꾸르르르르르.

“끝났다.”

안에서 투투의 목소리가 들리자 디온과 라이번은 방 안으로 들어갔다.

그곳에는 이미 바칸은 형체도 거의 찾아볼 수 없고, 사방에 녹색 독액과 살덩어리, 박살 난 뼛조각들만 보였다.

시체 썩는 냄새와 독액의 악취가 견디기 힘들 정도였지만 디온과 라이번은 오러로 전신을 살짝 감쌌다.

이렇게 하면 잠시 동안은 악취와 독기로부터 몸을 보호할 수 있다.

"뭐 별다른 건 없나?"

바칸이 세 마리나 지키고 있다면 보물창고일 가능성이 크다. 디온은 주의 깊게 사방을 살폈다.

라이번 역시 같은 생각인지 살점으로 얼룩진 벽을 세밀하게 조사했다.

"여기군요."

라이번이 한쪽 벽 틈에 난 돌조각을 살짝 돌려 뽑으니 그그궁 하고 벽 한쪽이 문으로 변해 열렸다.

"오오오오옷!"

디온은 자신도 모르게 함성을 질렀다. 눈을 부시게 만드는 광채가 입을 벌어지게 만들었다.

확실히 이곳은 오리지널 보물창고였다.

황금은 물론이고 각종 보석들이 종류별로 상자에 담겨 진열되어 있었다. 뿐만 아니라 좌측의 벽에는 때깔부터가 마법

물품임을 여실히 보여주는 각종 무기와 갑옷, 악세서리 등등
이 차곡차곡 쌓여 있다.

디온은 암흑제국의 황태자인만큼 황궁 보물창고에도 들어
가 본 적이 있었다. 이곳에 있는 보물들이 황궁보다 많다고
할 수는 없지만 그래도 사람의 혼을 쏙 빼놓을 정도는 되었
다.

"대박이네. 이거 어떻게 들고 가지?"

디온은 방 안으로 들어가 보물 중 하나를 집으려 하며 중얼
거렸다. 그러나 라이번이 디온의 손목을 급히 잡아 아무것도
만지지 못하게 했다.

"예로부터 모험가들이 가장 많이 죽는 경우가 보물상자를
열었을 때라고 합니다. 혹시 함정이 있을지 모르니 함부로 건
드리지 않는 게 좋겠습니다."

"아, 그런가?"

라이번의 말이 옳다. 용의주도한 자라면 입구를 지키는 바
칸 이외에도 안에도 무엇인가 방비를 했을 터, 디온은 라이번
과 함께 뒤로 물러났다.

"그럼 함정이 있는지 어떻게 알지?"

"아무래도 내일까지 기다려서 엘미르 선생님이나 슈운 경
에게 함정을 탐색할 수단이 있는지 들어보는 게 좋겠습니
다."

"응, 그럼 그러지. 뭐."

　디온은 보물을 독식하겠다는 생각이 없다. 보물을 찾았다는 것은 기쁜 일이지만 꼭 그걸 소유하겠다는 욕심이 없는 것이다.

　라이번의 조언대로 하기로 한 디온은 뒤도 돌아보지 않고 방을 나섰다.

　라이번은 그런 디온의 등을 미소 띤 눈으로 바라보았다.

　'황제가 될 사람이 욕심이 없으면 안 되지만 동료들에게 돌아갈 몫을 숨기려 하면 곤란하지. 다행히도 디온님은 심성이 올바르구나.'

　비록 마왕이 될지 모르는 황태자라고 해도 라이번은 디온을 믿고 싶었다. 적어도 마왕만 안 되면 디온은 훌륭한 황제가 되리라.

　디온은 다시 다음 방으로 갔다. 괴물을 처치했으니 이제는 여유를 가지고 천천히 뒤지기로 했다.

　"참, 투투, 사람은 없었어?"

　"투투, 사람, 저기 한 명 있었다."

　"아, 맞다. 있다고 했지?"

　디온은 얼른 투투가 가리킨 방 쪽으로 가서 문을 열었다.

　방 안은 리치의 연구실이인 모양이었다. 가운데에 커다란 탁자가 있고, 그 위로 여러 가지 마법 실험 도구들과 시약들이 잔뜩 놓여 있었다.

　또한 벽면으로 커다란 시험관들이 네 개 놓여 있는데, 그 안에는 녹색 액체가 부글부글 끓고 있었다.

문제는 녹색 액체 안에 담긴 것들이다. 오크와 고블린, 이름을 알 수 없는 인간형의 괴물, 그리고 사람.

"선생님!"

디온은 마지막 시험관 쪽으로 달려가며 외쳤다. 던컨 선생이 눈을 감은 채 시험관 안에 담겨 있었다.

죽은 것일까?

액체가 머리 위까지 가득 차 있으니 산 사람은 숨을 쉬지 못할 터이다.

디온은 이를 부드득 갈며 주먹으로 시험관을 깨려 했다. 그러나 혹시나 하는 마음에 행동을 덤추고 주변을 둘러보았다.

옆쪽에 있는 레버가 시험관과 연동되어 있는 것 같았다. 모두 네 개로 시험관 수와 같으니 아마 그럴 것이다.

디온은 급히 레버를 당겼다.

예상대로 그그긍 하는 소리와 함께 시험관 안의 액체가 밑으로 빠지고 시험관이 위쪽으로 올라갔다.

안에 담겨 있던 오크와 고블린들은 이디 죽은 게 확실했다. 몸이 흐물흐물해졌는데 마치 뼈가 없는 연체동물처럼 바닥에 늘어져 버렸다.

던컨 선생은 그 정도는 아니어서 그냥 바닥에 쓰러졌지만 숨을 쉬지는 않았다.

그런데 디온이 던컨 선생의 몸을 끌어안아 보니 미약하게 심장이 뛰고 있음을 알 수 있었다.

"살아 계셔. 선생님은 아직 심장이 뛴다고."

"다행이군요. 상태를 보니 마법적인 힘으로 가사상태가 된 모양입니다."

디온은 두 손을 겹쳐서 던컨 선생의 가슴을 눌렀다. 몸속에 들어간 물을 빼내고 심장의 박동을 강하게 하기 위함이다.

그러자 곧 던컨 선생은 쿨럭 하고 물을 토했다.

"선생님!"

"으으, 디온이냐? 네가 어찌하여 이곳에?"

"선생님을 찾으러 왔어요."

"이곳은 위험하다. 사악한 마법사가 마왕의 유물을 손에 넣어 리치가 되었어. 어서 도망가라."

"그 리치는 이미 처치했어요. 마왕의 유물인 가면도 파괴했고요."

"그게 정말이냐? 그럴 수가!"

던컨 선생은 디온의 설명을 듣고 한숨을 내쉬었다.

"그놈은 내 과거의 원수 중 하나다. 그놈을 처치하기 위해 여기까지 쫓아왔는데, 그놈이 리치가 되어버리는 바람에 거꾸로 붙잡혔지. 다행히도 네가 그놈을 처치할 수 있었구나."

"살아 계셔서 다행이에요."

"꼼짝없이 죽는 줄 알았지. 급한 김에 비술로 숨을 멈추었지만 글쎄, 그놈이 내 시체로 언데드를 만들려고 할 줄은 몰랐다."

"하하하하. 그래서 시험관 속에 들어가 계셨던 거군요."

"그래. 그런데 저놈은 뭐냐?"

던컨 선생은 시험관 안에 그대로 서 있는 괴물을 가리켰다. 물이 빠지고 시험관도 열렸는데 괴물은 바닥에 쓰러지지 않고 그냥 뻣뻣하게 서 있었다.

눈을 감고 있지만 가슴이 조금씩 움직이는 걸로 보아 숨을 쉬는 모양이다.

"처음 보는 몬스터입니다."

라이번이 작은 목소리로 말했다. 그의 손이 어느새 검을 잡고 있었다.

디온도 알 수 있었다. 지금 저 괴물은 깨어나 있다.

"투투, 저놈이 뭔지 알아?"

"투투, 모른다. 근데 세다."

투투의 입에서 세다는 말이 나온 건 처음이다.

디온은 긴장했다.

던컨 역시 사태가 심상치 않음을 느꼈는지 억지로 몸을 일으켜 뒤쪽으로 움직였다. 지금 상태로는 싸울 수 없으니 최소한 짐은 되지 않도록 몸을 뺄 생각이었다.

디온은 조심스럽게 괴물에게 말을 건넸다.

"저기, 말을 할 줄 알아요?"

약간 분위기를 깨는 말투였지만 괴물은 그 말을 듣고 눈을

떴다. 그리고는 돌로 돌을 문지르는 것과 같이 탁한 목소리로
대답했다.

“그렇다, 인간이여.”

말이 통한다. 디온은 속으로 다행이라고 중얼거리며 다시
말을 걸었다.

“우리와 싸울 건가요?”

“확실하지는 않지만 아무래도 그래야 할 것 같다. 방금 이
야기를 들으니 그대는 내 숙주를 죽였다.”

“숙주?”

“우리가 죽인 리치를 말하는 것 같습니다.”

라이번의 말대로 디온이 이곳에서 지금까지 죽인 건 언데
드인 바칸 말고는 리치밖에 없다.

그때 던컨이 말했다.

“의미가 명확하지 않다. 리치가 그대의 숙주인가, 아니면
그대가 리치의 숙주인가?”

숙주라는 것은 기생생물이 들어가 사는 본 생명체를 의미
한다. 이 괴물의 말대로라면 괴물은 리치의 몸속에 들어가 기
생한다는 소리가 된다.

괴물의 키는 약 2.5m, 리치가 괴물 속에 들어간다면 말이
되겠지만 괴물이 리치 속에 들어갈 수는 없을 것 같았다.

괴물은 다시 말했다.

“난 정확하게 말했다. 가면의 주인은 나의 숙주다. 난 그의

몸이 되어 살아간다. 그런데 가면의 기운은 사라졌고, 가면의 주인은 죽은 것 같다.”

던컨은 신음성을 내며 말했다.

“으음, 넌 혹시 마갑왕인가?”

“그렇다. 나는 마갑일족의 수장이자 자랑스러운 마왕의 생체갑옷, 마왕의 육체의 일부분을 받아들여 오직 마왕만이 나를 입을 자격이 있다.”

“어, 그럼 이게 갑옷이란 말이에요?”

디온이 던컨에게 묻자 그는 천천히 고개를 끄덕였다.

“이곳 유적을 조사하던 중에 마왕의 유물에 대한 기록을 보았다. 마왕의 권위와 마력을 주는 데스 마스크와 마왕의 힘과 육체를 주는 데빌 아머, 아무려도 이놈이 데빌 아머인 것 같구나.”

투투도 생각이 났다는 듯 말했다.

“투투, 기억났다. 저놈은 마갑왕 파라거스다. 단단하고 힘이 세기로 상급마족 중 수위를 다툰다.”

“파라거스, 그 이름을 듣는 것은 정말 오랜만이군. 너는 누구지?”

“나는 투투다.”

“투투인가. 명성은 익히 들었다.”

“잠깐!”

디온은 급히 둘의 대화를 끊었다. 여기서 더 진도가 나가면

투투의 마족으로서의 경력이 줄줄 나올 것 같은 불길한 느낌
이 들었다.

이대로는 안 된다. 어서 부숴 버리자.

디온은 결심하고 한 걸음 앞으로 나와 말했다.

"네 말대로 우리가 리치를 죽이고 가면을 부쉈다. 그렇다
면 넌 우리와 싸워야 하는 건가?"

"그렇다. 탄투라, 너희들이 데스 마스크라 부르는 놈은 내
오랜 동료다. 복수하지 않을 수 없지."

말이 끝나기도 전에 데빌 아머는 앞으로 한 걸음 걸어나왔
다.

쿵, 드드드드.

"으, 엄청 무거운 놈이네. 한 걸음 내디뎠는데 유적 전체가
울리냐."

디온은 검을 뽑으며 중얼거렸다.

그런데 투투가 시키지도 않았는데 디온의 앞으로 나오며
말했다.

"저놈, 세다. 투투, 주인 지킨다."

아무래도 투투는 지금의 디온으로서는 데빌 아머의 상대
가 될 수 없다고 판단한 듯했다.

"뭐라고?"

디온은 갑자기 알 수 없는 분노가 가슴속으로부터 치솟아
오르는 것을 느꼈다.

비록 지금은 검이 아닌 요리를 선택했다고 해도 얼마 전까지 디온은 검에 모든 것을 걸었던 몸이다.

그런 디온는 투투에게 당신은 아직 약하니 뒤로 물러서 있으라는 소리를 들은 것과 다름없다.

싸움에 있어 보호를 받아야만 한다는 것. 이건 기사로서는 받아들이기 쉽지 않은 일이다.

우우우웅.

디온의 분노에 반응이라도 하듯 틸리아가 울었다.

모습을 드러낼 수도 없고, 이야기를 할 힘도 없어졌지만 검신을 떨리게 할 정도는 되나 보다.

디온은 틸리아의 울림을 싸우자는 의미로 받아들였다.

"투투, 비켜라. 내가 해보겠다."

"투투, 비킨다."

디온이 명령하자 투투는 두말없이 물러섰다. 역시 자신의 판단보다는 주인의 명령을 우선시하는 점이 투투다웠다.

오히려 라이번이 디온과 어깨를 나란히 하며 작은 목소리로 말했다.

"투투님이 주의를 주는 것을 보면 정말 강한가 봅니다. 제가 서포트하겠습니다."

"응. 하지만 조심해. 그리고 선생님은 나가 계세요."

"알았다."

던컨도 지금 자신이 전혀 도움이 안 된다는 사실을 아는지라 즉시 문을 열고 밖으로 나갔다.

"그럼 갑니다."

디온은 말이 끝남과 동시에 앞으로 튀어나갔다.

선수필승!

상대가 자세를 취하기도 전에 검끝에 전력을 집중하여 목 한가운데를 찔렀다.

가속도를 무시한 순간적인 움직임. 극한의 경지에 다다른 기사만이 할 수 있는 음속의 찌르기다.

지이이잉.

틸리아의 검날이 노랗게 변하며 파지지직 하고 전기가 흘렀다. 전기의 기운은 디온의 오러를 타고 날카로운 드릴처럼 뾰족하게 방전했다.

"이놈의 약점이 전격이란 말이지? 좋았어."

슈욱, 팍.

척 보기에도 데빌 아머는 몸이 둔해 보였다. 디온의 검은 여지없이 상대의 목을 뚫고 반대편으로 튀어나왔다.

파지지지지지지!

틸리아가 뿜어대는 전격이 급격히 확산되며 데빌 아머의 전신에 퍼졌다. 마치 그물처럼 대상의 몸을 감아 조이는 듯한 모습이었다.

디온은 곧 그게 단순한 느낌이 아니라 진짜 전격의 밧줄이 상대를 휘감은 것처럼 조이고 있다는 것을 깨달았다.

“라이트닝 바인드! 최강의 공격마법 중 하나가 어떻게?”

뒤에서 라이번이 놀라서 외쳤다.

마법에 대한 지식에도 해박한 라이번은 디온의 검으로부터 뿜어져 나온 전격의 그물이 단일 개체용 공격마법으로는 최고라고 평가되는 마법이라는 것을 단숨에 알아보았다.

“크으으으, 대단하군. 인간과 검의 힘이 모두 최고구나.”

데빌 아머는 신음성을 흘리면서 감탄했다.

불의의 일격을 당한 탓에 상당한 타격을 입은데다가 몸도 제대로 움직일 수 없다. 그는 불과 냉기의 기운을 모두 흡수할 수 있는 체질인데 하필이면 상대가 전격으로 공격을 가해 온 것이다.

“검이 나의 속성을 아는 건가? 그렇군.”

그때야 데빌 아머는 틸리아의 정체를 대충이나마 알아차렸다. 그 자신이 리빙 아머인 것처럼 틸리아 역시 마병이라고 할 수 있었다.

단순한 에고 검이 아닌 검 자체가 상급마족인 셈이다.

그 증거로 틸리아가 몸에 박힌 후, 데빌 아머의 힘이 급속도로 빨려나가고 있었다.

마족끼리만 가능한 힘의 흡수!

이대로라면 데빌 아머는 틸리아의 맛 좋은 영양분이 되고 만다.

“나를 만만히 보지 마라.”

데빌 아머는 무거운 목소리로 말한 후 입을 크게 벌렸다. 그러자 그의 가슴속으로부터 파란 불꽃이 일어나 입을 통해 튀어나왔다.

화르르르르륵.

"이런!"

디온은 급히 검을 놓고 옆으로 몸을 날렸다. 상대의 몸속에 박힌 검을 뽑을 여유가 없었다.

틸리아는 디온이 몸을 빼자 스스로 우우웅 하고 떨더니 슉 하고 사라져 디온의 허리에 있는 검집에 나타났다. 자동귀환 능력이 있는 모양이었다.

곧 디온이 서 있던 자리는 완전히 파란 불길에 휩싸였는데, 놀랍게도 바닥의 돌이 지글거리며 녹아 용암처럼 변했다.

순식간에 방 안 전체가 엄청난 열기에 휩싸였다.

데빌 아머는 한 걸음 앞으로 나와 스스로 녹아 있는 돌 쪽으로 걸어 들어갔다. 그러자 그의 몸이 바닥의 돌들을 빨아들이며 전신이 푸른 인광과도 같은 불길로 뒤덮였다.

"마계의 업화다. 검은 버틸 수 있어도 인간의 몸은 닿는 순간 뼈까지 재로 변해 버리지."

"아, 이런 치사하게 불을 뿜다니."

"전격을 뿜는 검을 쓰는 놈이 헛소리하지 마라."

위잉, 쾅!

데빌 아머의 주먹이 다시 디온이 서 있던 자리를 노렸다.

디온은 피했지만 그 뒤쪽에 있던 벽이 깨어져 버렸다.

놀라운 파괴력이다. 더군다나 스스로의 몸을 불로 감쌌기 때문에 디온으로서는 반격할 방법을 찾을 수 없었다.

"우씨, 이럴 때 엘미르 선생님이 계셔야 저 불을 끌 텐데."

역시 괴물하고 싸울 때에 마법사가 없으면 애로사항이 꽃핀다. 디온은 투덜거리며 어떻게 할까 필사적으로 고민했다.

그냥 투투에게 맡길까?

그럴 수는 없다.

아직은 싸울 수 있다!

디온은 투지를 불태웠다.

그런데 그때 디온의 머릿속으로부터 틸리아의 목소리가 들려왔다.

[주인님, 제가 일시적으로 열을 식힐 테니 공격하세요. 하지만 냉기 역시 저놈을 강화시키니 오래는 안 쓰는 게 좋아요. 치고 빠지는 방식으로 싸우면 이길 수 있을 거예요.]

"어, 너 말하는구나."

[방금 저 녀석 힘을 조금 빨았거든요. 저거만 다 빨면 다시 현신할 수 있을 거예요.]

"그래? 잘됐네. 차핫!"

디온은 크게 기합을 지르며 앞으로 달려나갔다.

데빌 아머는 기다렸다는 듯이 다시 마계의 업화를 토해냈다. 그러나 틸리아의 검신에 파란 서리가 끼더니 업화를 둘로 갈라 버렸다.

퍽.

불길을 가르고 틸리아가 데빌 아머의 입속에 박혔다.

디온은 그대로 오러를 폭발시키듯 발출하여 상대의 머리 뒤쪽까지 관통시키려 했다.

그러나 아까의 경험으로 미루어보아 그래도 상대가 죽지 않을 것임을 알았다.

'역시 틸리아 말대로 치고 빠지면서 계속 힘을 빼야 하나?'

디온은 검을 비틀어 뽑으며 옆으로 빠졌다. 동시에 위와 아래로 연속해서 세 번을 베었다.

캉, 카앙, 캉.

"으, 진짜 갑옷이네."

데빌 아머라더니 괴물의 피부 바로 아래에는 금속성 껍질이 자리 잡고 있었다. 마치 갑옷에 가죽을 입힌 꼴이다.

[호호호호, 이놈은 숙주가 없으면 힘의 절반도 못 쓰는 바보예요. 마구 공격하세요.]

틸리아의 목소리가 조금 더 선명해졌다.

순간 디온은 여기서 공격을 멈춰야 하는 게 아닐까 생각했지만 그래도 상대를 처치하고 나서 나중 일을 생각하는 게 옳다고 판단했다.

그때 데빌 아머가 뒤로 쿵쿵거리며 물러나며 말했다.

"그으으으, 인간치고는 제법이군. 하지만 나는 단순한 리빙 아머가 아니다. 리빙 아머들의 정점인 마갑왕이다!"

쿠오오오오.

데빌 아머가 몸으로 울었다. 전신이 격하게 떨리며 몸속으로부터 무엇인가 울부짖는 소리가 방 안을 가득 메웠다.

우우우웅.

공간이 흔들리며 허공에 퍼런 귀화가 세 개 나타났다. 귀화는 점점 커지면서 형상을 이루더니 곧 데빌 아머와 똑같은 모습으로 변했다.

"분신!"

디온과 라이번이 동시에 외쳤다.

새로 나타난 데빌 아머는 모두 세 개, 허상이라고 해도 데빌 아머가 몇 개나 더 있으면 위험하기 그지없을 터.

그런데 그때 투투가 고개를 저으며 말했다.

"분신 아니다. 지 부하 소환한 거다. 왕 칭호있는 놈들은 꼭 저렇게 뱃속에 애들 몇 명 삼키고 다니더라."

"윽, 그럼 실상이란 소리군."

디온은 급히 새로 나타난 데빌 아머 중 하나를 공격했다.

소환수들은 나타나자마자 공격을 해야 한다고 배웠다. 왜냐하면 소환된 직후엔 급격한 환경 변화에 적응하느라 감각과 움직임이 둔해지기 때문이다.

파칵.

디온의 판단이 옳았다. 데빌 아머는 공격을 피하지 못하고 두 다리가 잘려 나가 상체가 바닥으로 떨어졌다.

"라이번 경, 이놈들은 본체보다 약해요. 먼저 이놈들부터 정리해요."

"알았습니다."

라이번도 대답하며 다른 한 놈을 공격했다. 역시 상대는 제대로 대응하지 못하고 몸통이 두 동강 나버렸다.

그런데 그때, 디온이 베어버린 놈의 몸통과 두 다리가 순식간에 다시 붙어버렸다.

크르르르.

짐승의 목울림과 비슷한 소리를 내며 재생한 데빌 아머는 다시 일어섰다.

"이런, 재생능력까지 있다니!"

가뜩이나 단순 생명체가 아니라 리빙 아머라서 급소를 공격하거나 목을 잘라도 소용이 없는데, 몸통을 두 조각 내도 재생한다면 어떻게 대응해야 할까?

디온은 알 수 없었다.

본체 데빌 아머가 기분 나쁜 소리로 웃었다.

"크크크크, 내 수하인 에빌 아머는 마갑 일족 중에서도 재생능력으로 두각을 나타낸 놈들이지. 나라고 해도 그놈들을 완전히 파괴하는 데에는 시간이 걸릴 정도니 네놈들이 아무리 용을 써도 에빌 아머를 파괴할 수는 없을 것이다."

쿵, 쿵.

말을 하면서 데빌 아머는 앞으로 걸어나왔다. 아무래도 방 중앙에 서서 싸우려는 것 같았다.

'곤란한데, 저놈이 중앙에서 날뛰면 그만큼 피하기가 어려워.'

디온은 상황이 좋지 않음을 깨달았다.

상대의 힘을 감당할 수 없어 치고 빠지는 식으로 싸워야 하는 상황에서 중앙을 내주는 건 피하고 싶다.

더군다나 수하들까지 있으니 이놈들이 제대로 자리를 잡으면 이쪽은 거의 움직일 공간도 확보할 수 없을 것 같았다.

"아, 그게 아니지. 투투."

"투투, 뭐냐, 주인?"

"얘들은 네가 맡아라."

저쪽에 부하가 있으면 이쪽에도 부하가 있다.

자존심 때문에 데빌 아머를 직접 상대할 뿐, 투투가 싸우지 못하는 상태는 아니지 않은가.

디온이 명하자 투투는 씨익 웃으며 두 주먹을 쥐었다.

"투투, 얘들 뽀갠다."

펑.

말이 끝나기가 무섭게 투투의 주먹이 허공을 갈랐다. 에빌 아머는 가슴에 커다란 구멍이 뚫린 채 구석에 처박혔다.

펑, 펑!

북 터지는 소리가 두 번 더 울리자 처음 처박힌 에빌 아머
위로 다른 두 마리의 에빌 아머가 겹치듯 처박혔다.

투투는 그대로 에빌 아머 쪽으로 걸어가 그 위에 턱 하고
주저앉았다.

"이런 놈들은 포개놓고 짓이기는 게 좋다."

쿵, 쿵, 쿵.

투투의 양 주먹이 에빌 아머의 머리와 다리 쪽을 절구처럼
빻았다. 재생이고 뭐고 신경 쓰지 않고 그냥 계속 내리찍으니
에빌 아머는 완전히 조각이 나버렸다.

그럼에도 불구하고 에빌 아머의 조각들은 마치 벌레가 기
어가듯 꼼지락대면서 서로 붙으려고 했다.

하지만 투투의 주먹은 그것도 허락하지 않았다.

쿵쿵거리며 주먹이 바닥을 파고들어 에빌 아머의 조각들
역시 바닥에 박혀 버렸다.

결국 에밀 아머의 조각들은 삶을 포기한 것처럼 일제히 움
직임을 멈췄다. 그래도 투투의 주먹질은 멈추지 않았다.

아마 에빌 아머가 세포단위로 분해될 때까지 계속할 생각
인 것 같았다.

본체인 데빌 아머는 그 광경을 보고는 분노에 찬 목소리로
부르짖었다.

"투투, 네놈이 감히!"

"투투, 네놈이 언제부터 나한테 감히란 말을 썼냐? 너 나보

다 세냐?”

“오, 투투, 너 상급마족 중에서도 강한 편인가 보구나? 이 놈보다 센가 보네?”

디온이 반쯤은 일부러 감탄하며 데빌 아머가 들으라는 듯이 말했다.

투투는 별것 아니라는 듯이 주먹질을 계속하며 대답했다.

“투투 기억엔 투투보다 강한 건 마왕밖에 없다. 머리 좋은 놈은 많아도 힘 센 놈은 적은 게 요즘 마계다. 마족의 본질은 힘인데, 정말 통탄할 만한 일이다.”

투투는 생각하면 할수록 마계의 미래가 걱정되는지 결국 한숨을 내쉬며 고개를 절레절레 저었다.

그러자 틸리아가 기가 막힌다는 듯 혀를 차며 디온에게 말했다.

[저 덩치가 아주 생쇼를 하네요. 원래 마족은 마력과 육체능력, 그리고 지능, 이렇게 세 가지가 조화를 이뤄야 하는데 저건 딱 육체능력만 상급마족 기준을 통과했을 뿐 나머진 미달이거든요. 거기다가 그 하나뿐인 힘의 제어도 잘 안 돼서 마계에서도 사고뭉치로 유명한 놈이에요. 원래 수중감옥에 갇혀 있었던 걸로 아는데 어떻게 물질계까지 나와서 주인님의 부하가 됐는지 모르겠네요.]

디온은 그 말을 듣고 아무 말 없이 씁쓸한 미소만 지었다. 틸리아의 말이 백 번 마음에 와 닿았다.

하지만 디온이 보기에 투투는 우직한 만큼 충직하고, 무엇을 시키면 꾀를 부리지 않는다.

그리고 이제는 힘의 제어도 어느 정도는 되니 디온으로서는 충분히 데리고 다닐 만한 부하다.

오히려 자기 주장과 신념이 강한 틸리아가 디온에게는 부담이라고 할 수 있다.

'틸리아가 검 밖으로 나올 수 있게 되면 투투하고 대판 싸우는 거 아냐?'

디온은 불길한 예감이 들어 심장박동이 살짝 급해지는 것을 느꼈다.

그러나 미래의 불길한 예감보다는 현실의 위험함이 먼저다.

지금은 한참 싸우는 도중인 것이다.

검속의 틸리아는 태평하게 남의 험담을 할 여유가 있지만 디온은 쉬지 않고 몸과 검을 움직여야 했다.

캉, 카캉.

"으, 오러를 써도 벨 수가 없다니."

"그럼 마갑왕인 내가 베는 대로 갈라질 줄 알았나? 크오오오오."

데빌 아머가 다시 포효하며 입에서 불을 뿜었다. 이번에는 목과 몸통을 돌리며 사방으로 불길을 번지게 만들었다.

마치 이 방 안을 업화의 지옥으로 만들겠다는 심보인 듯했다.

"틸리아, 이 불을 끌 수 있어?"

[디온님 주변만 가능해요. 아직 현신할 수 없으니 검의 냉기로 제어할 수밖에 없어요.]

"라이번, 내 옆으로 와."

"알겠습니다."

라이번은 가까스로 불길을 피하고 있다가 얼른 몸을 날려 디온의 뒤쪽에 자리를 잡았다.

디온은 검을 사방으로 휘둘러 근처의 불을 끄는 한편, 다시 데빌 아머의 발목과 무릎을 검으로 찔렀다.

이번에는 검이 무릎 관절 사이에 정확하게 들어갔는지 푹 하고 박히며 데빌 아머의 몸통이 옆으로 기울었다.

"좋았어, 라이번."

"옛!"

말하지 않아도 라이번은 디온이 찌른 그 자리를 다시 찔렀다. 그러자 결국 데빌 아머의 다리 한쪽이 완전히 잘려 버렸다.

쿵!

데빌 아머가 쓰러졌다. 최소한 방 중앙에 서지는 못하게 막은 셈이다.

"다른 쪽 무릎과 팔도 잘라내!"

디온이 외치자 라이번은 두 손으로 검을 잡고 찌르기 위한 준비를 끝냈다. 그가 디온과 함께 펼치는 시간차 공격은 완벽 그 자체였다.

파파팍.

드디어 데빌 아머는 머리와 몸통만 남았다.

디온은 이제 머리를 잘라내기로 했다.

파팍.

머리도 잘렸다. 상대가 생명체였으면 아주 잔인한 광경이 되었겠지만, 확실히 갑옷답게 피가 튀거나 하지는 않았다. 오히려 안쪽이 비어 있다는 것을 알았다.

"앗, 위험합니다."

라이번이 급히 외치며 디온의 옆을 막아섰다.

카카캉.

"앗, 라이번!"

디온은 놀라서 소리쳤다. 라이번이 피를 흘리며 쓰러졌다.

놀랍게도 잘라낸 데빌 아머의 팔뚝이 혼자 허공으로 떠올라 라이번을 공격한 것이다.

다행히도 검으로 튕겨내어 직접 타격을 받지는 않았지만 상대의 공격이 너무 강해서 충격에 내장이 울린 모양이다.

"크크크, 너도 피할 수 없다."

데빌 아머의 머리 부분도 허공에 떠서 디온을 보고 웃었다. 동시에 몸통의 팔다리가 잘려진 부분으로부터 얇고 긴 촉수가 수십 가닥 튀어나왔다.

디온은 미처 피하지 못하고 촉수에 발목이 묶여 버렸다.

그리고 디온을 향해 날아오는 또 하나의 주먹!

"하압!"

캉.

"크윽."

역시 상대의 힘은 너무나도 강하다. 공격을 완전히 흘려내지 못하자 온몸에 고통이 일어났다.

다행히도 틸리아가 전격을 뿜어내어 라이트닝 바인드를 사용했기에 데빌 아머의 팔뚝은 더 이상 허공을 날지 못하고 땅에 떨어졌다.

[조심해요! 발도 와요!]

틸리아의 경고와 거의 동시에 디온도 자신을 향해 날아오는 두 개의 발을 보았다. 그 뒤로 라이번을 쓰러뜨린 팔뚝이 합세해서 날아왔다.

눈으로 보고 피하면 이미 늦는다는 말이 있다.

디온은 이번 공격은 완전히 피하거나 막기 어렵다는 것을 본능적으로 깨달았다.

그렇다고 그냥 얻어맞을 수는 없다.

"차압!"

디온은 그대로 바닥을 향해 몸을 날렸다.

파싯, 팍.

"어어억!"

발 두 개는 피했는데, 마지막 주먹은 디온이 땅에 엎드린
걸 그대로 내리찍었다.

급한 김에 전신의 기운을 등으로 집중시켜 막아보았지만
역시 인간이 감당하기 힘든 공격이었는지 척추에 심한 충격
을 받고 피를 토했다.

또한 촉수들이 디온의 사지를 사정없이 감아 조이기 시작
했다.

두 발 역시 방금 전 허탕친 것이 억울하다는 듯 급히 방향
을 바꾸어 재차 디온을 노렸다.

"에잇!"

디온은 고통을 참으며 급히 몸통만 남은 데빌 아머를 집어
들었다. 무지하게 무거웠지만 이걸 못 들면 죽는다고 생각하
니 젖 먹던 힘까지 모두 튀어나왔다.

퍼퍼펑.

두 개의 발과 한 개의 주먹은 자신의 몸통을 때렸다. 디온
이 상대의 몸을 방패로 쓰는 데 성공한 것이다.

"끄어어어억!"

이번에는 데빌 아머의 머리가 비명을 질렀다. 두 발과 하나
의 주먹도 충격을 받았는지 땅에 떨어져 버렸다.

"오, 몸이 떨어져도 고통은 같이 느끼는가?"

디온은 갑옷도 고통을 느낀다는 것을 새삼 깨달았다. 또한
사지가 따로 움직여도 감각은 공유한다는 사실을 알았다.

그렇다면 길이 있다.

디온은 두 손으로 검을 움켜잡고 데빌 아머의 몸통 중 가슴 부분을 전력으로 찔렀다.

퍽 하는 소리와 함께 검이 몸통을 관통하여 땅에 박혔다.

"틸리아, 전격 최대!"

[예! 맡겨주세요.]

파지지지지지지직.

"끄아아아아아아아!"

몸통이 전격의 그물에 휘감기자 머리가 비명을 지르며 땅에 떨어졌다. 땅에서도 머리는 데굴데굴 구르며 입에서 불을 뿜었다가 말았다가 하면서 계속 괴로워했다.

신기하게도 틸리아가 발하는 전격은 디온에게는 어떤 영향도 주지 않았다.

또한 전격은 갈수록 강해져서 이제는 데빌 아머의 몸통을 완전히 가릴 정도로 겹겹이 휘감고 촉스도 모두 태워 버렸다.

[오호호호호. 힘이다! 힘이다!]

틸리아가 기뻐서 노래를 한다. 힘을 흡수하는 것이 정말로 기쁜 모양이다.

그런데 그때 데빌 아머의 몸이 땅에 옆으로 떨어진 채 입을 열어 말했다.

"그렇군. 마족이 깃든 검을 쓰는 자가 누군가 했더니 새로운 마왕이었어."

"어, 눈치챘냐?"

지지지지직.

디온은 대답하며 검을 힘주어 비틀었다. 전격도 더욱 강해졌다.

하지만 데빌 아머는 더 이상 괴로워하지 않았다. 움직이지도 않았지만 입은 오히려 웃고 있었다.

"새로운 숙주, 아니, 주인을 찾았다."

"……!"

파앗!

디온이 미처 반응하기 전에 데빌 아머는 파란 빛을 발하며 몸통이 분해되었다. 그리고 분해된 몸통의 조각들은 거꾸로 뒤집히듯이 디온을 감싸 버렸다.

"으읏!"

[야! 그냥 죽어. 어딜 들어오려 그래?]

[소용없다. 난 마왕의 갑옷, 그대가 마왕이 되지 않는다면 절대로 나를 벗을 수 없을 것이다. 그전에 나의 힘을 받아 완전한 마왕이 될 테지만.]

데빌 아머의 목소리가 디온의 머릿속으로 파고들었다. 사방에 떨어져 있던 팔다리와 머리 역시 모두 기괴한 조각으로 분해되어 디온을 감싼 데빌 아머의 몸통과 합류했다.

디온은 무서울 정도의 압력을 전신에 받았다. 수은을 넣고 끓이는 가마솥에 들어간 기분이었다.

"으아아아아악!"

결국 디온은 비명과 함께 의식을 잃었다.

"저것은! 투투 경, 어떻게 된 거요?"

라이번은 예상치 못한 결과에 놀라 투투를 보았다. 어쨌거나 마족에 대한 지식은 그에게 들어야 했다.

투투도 약간 당황했는지 주먹질을 멈추고 말했다.

"저놈이 주인을 주인으로 택했다. 주인의 갑옷이 됐다."

"그게 좋은 것이오, 아니면 나쁜 것이오?"

"좋은 거다. 주인은 새로운 부하를 얻고 마왕이 될 거다."

"마왕! 디온님의 의지와 관계없이 말인가?"

"마갑 일족은 원래 숙주의 정신을 마음대로 한다. 정상적인 인간이라면 저주에서 벗어날 수 없다. 하물며 저놈은 마갑의 왕이다. 조종 안 당하려면 마왕이 되어야 한다."

"그건 있을 수 없는 일이다."

팍, 파팍.

라이번은 크게 분노해서 고함을 지르며 검으로 디온을 감싼 갑옷을 베려 했다.

그러나 갑옷은 꿈틀대기만 할 뿐, 갈라지지 않았다.

투투는 고개를 저으며 말했다.

"하지 마라. 주인 다친다. 이미 갑옷이 주인의 몸하고 융합하기 시작했다."

"으으으, 이 괴물이 디온님과 합쳐진다고?"

　"한번 융합되면 갑옷이 곧 피부나 마찬가지다. 갑옷이 깨어질 정도면 주인이 먼저 죽게 되어 있다."

　투투가 설명하는 사이 갑옷은 점점 부풀어 올라 이제는 거의 둥그런 고치처럼 변했다.

　표면은 검은 금속성과 꿈틀거리는 붉은 근육질이 마구 뒤섞여 있는 모습인데, 자세히 보면 심장처럼 두근두근 맥동하고 있었다.

　라이번은 그 모습을 분노와 절망의 눈으로 보고만 있어야 했다.

Chapter 08

진홍의 날개

흑사자
마왕

다음날이 되자 마법진이 밝게 빛나더니 슈운이 나타났다. 그는 디온의 상태를 보고 놀라 성검으로 고치를 부수려 했지만 라이번이 만류했다.

슈운은 인상을 굳히며 말했다.

"마왕의 유물에 씌었다면 죽어야 합니다. 그것이 신성제국의 법이고 본인은 법을 수호하는 성기사입니다."

슈운의 몸에서 강한 기세가 일어났다. 성기사의 권능 중 하나인 신성 오러를 발산하기 시작한 것이다.

그러나 라이번은 지지 않고 전신에서 기세를 뿜어냈다.

"디온님과 본인은 신성제국 사람이 아니오."

“마찬가지입니다. 저게 깨어나면 어떤 일이 일어날지 생각해 봤습니까? 아마 리치보다 더하면 더했지 못하진 않을 겁니다.”

“설령 그렇다고 해도 그대가 디온님한테 칼을 겨누는 것을 허락할 수는 없소.”

“기사로서 주군을 보호하려는 심정은 알겠지만 마족에게 잠식당한 이상 저것은 이미 디온 경이 아닙니다. 마족일 뿐입니다.”

라이번은 더 이상 대답하지 않았다.

슈운에게 디온의 출생 비밀을 말할 수는 없고, 성기사라는 슈운의 직업이 얼마나 엄격한 것인지도 안다.

‘싸울 수밖에 없는가.’

라이번은 속으로 중얼거리며 어떻게든 슈운을 다치게 하지 않고 제압할 생각을 했다. 실력으로 보면 라이번이 몇 수나 위이니 충분히 가능했다.

둘의 사이에 긴장감이 점점 높아졌다. 슈운은 다시 몇 마디 말로 설득하려 했지만 라이번은 전혀 듣지 않았다.

“어쩔 수 없군요.”

드디어 슈운도 진심이 되어 라이번을 처치하고 마족과 융합하려는 디온을 파괴할 결심을 했다.

그러자 투투가 스윽 앞으로 나오며 말했다.

“뭐냐, 넌 왜 주인한테 검을 겨누냐?”

"크웃, 그대도 있었군."

슈운은 상황이 그다지 좋지 않음을 알았다. 라이번만 해도 벅찬 상대인데 인간이라고 하기도 힘든 생체병기까지 있다면 승산은 거의 없는 것이나 마찬가지다.

라이번은 슈운의 기세가 흔들리는 것을 알고 얼른 말했다.

"내일이 되면 엘미르 선생님께서 오실 것이오. 그녀는 마법사이니 이 상황을 해결할 방도가 있을지 모르오."

슈운은 잠시 갈등했지만 라이번의 말에 일리가 있음을 인정했다.

"좋습니다. 그럼 하루를 더 기다리지요. 아무쪼록 그전에 저게 깨어나지 않기만을 기원할 뿐입니다. 그리고."

"말씀하시오."

"만약 그전에 저것이 깨어나면 우리 모두 힘을 합쳐 막아내야 할 것입니다. 과거의 인연에 얽매여 개죽음당하지 않아야 합니다."

"그 정도 분별은 있소."

"좋습니다."

결국 그들은 하루를 더 기다리기로 했다. 그사이 슈운은 다른 방에서 쉬고 있는 던컨을 치료했다. 확실히 성기사답게 기본적인 치유의 힘을 쓸 수 있어서 하루가 지났을 무렵에는 던컨 선생도 어느 정도는 정상적으로 움직일 수 있게 되었다.

다음날, 마법진으로부터 엘미르 선생과 리네가 나타났다.

"디온이 마왕의 갑옷에게 먹혔다고요?"

엘미르 선생은 이동해 오자마자 라이번과 슈운의 설명을 듣고 놀라 외쳤다.

리네는 걱정스러운 얼굴로 디온이 있는 방으로 뛰어갔다.

하룻밤 사이 디온을 감싼 갑옷은 더욱 부풀어 방의 중앙 부근을 거의 다 차지하고 있었다.

슈운이 다시 엘미르 선생에게 물었다.

"방법이 있겠습니까? 최소한 저것의 완성을 지연시키는 방법이라도 있다면 손을 써주십시오."

엘미르 선생은 고개를 저었다.

"없어요. 냉각을 시키려 해도 저건 냉기를 흡수합니다."

라이번이 말했다.

"싸울 때 보니 전격 속성에는 약하더군요."

"전격도 소용없어요. 보통 전격을 쓰는 이유는 외부가 단단하고 내부가 약한 적에게 효과가 좋기 때문인데, 이 경우에 내부는 디온이 되니까요."

"그럼 전혀 방법이 없다는 겁니까? 그렇다면 파괴하는 수밖에 없겠군요."

슈운이 다시 비장한 목소리로 말했다. 다행히도 아직 완성되지 않았으니 모두가 힘을 합하면 파괴할 수 있다고 그는 믿었다.

"최악의 경우라도 파괴는 안 됩니다."

라이번이 정색을 하고 말했다. 이번에는 슈운도 물러서지 않으려는 듯 검을 뽑았다.

"임무를 위해서라면 개인의 감정을 버리는 것이 성기사입니다. 양해를 해주십시오."

"투투, 자꾸 주인에게 검을 들이대면 뽀갠다."

순식간에 방 안은 살기로 가득 데워졌다.

뒤쪽에 있던 던컨은 한숨을 내쉬며 고개를 옆으로 저었다. 자신을 구하기 위해 온 제자가 마왕의 갑옷에 저주를 받아버렸으니 마음이 편할 리가 없다.

리네 역시 거의 울 것 같은 표정으로 사람들의 대치 상황을 지켜보았다.

뭐라도 해야 하는데.

마음은 폭풍처럼 요동을 치는데, 막상 할 수 있는 것이 없었다.

그러나 엘미르 선생은 여전히 냉정하게 디온의 형상을 바라보다가 슈운에게 말했다.

"슈운 경, 잠깐만요."

"방법이 없다면 말리셔도 소용없습니다."

"꼭 방법이 없는 건 아니에요. 그리고 먼저 보여드릴 게 있어요."

"방법이 있다고요?"

모두가 소리쳤다.

"아니, 있다기보다는 없는 게 아니라는 건데. 이건 좀 애매한 경우라서 설명하기가 복잡해. 그리고 일단 슈운 경이 납득을 하느냐 마느냐 하는 문제도 있고."

"일단 말씀하십시오."

"다른 분에게는 말씀드리기 그런 부분이 있으니까 둘이서 잠깐 다른 방으로 가요."

"알겠습니다.'

"선생님."

"괜찮아. 리네는 여기서 기다려."

엘미르 선생은 염려 말라는 듯 리네에게 미소를 지으며 슈운과 함께 밖으로 나갔다.

방 밖으로 나간 엘미르 선생은 다시 다른 방으로 들어가 입구에 결계를 쳐, 다른 사람이 절대 안에서 일어난 일을 알 수 없도록 했다.

슈운은 이상한 기분이 되어 물었다.

"그 정도까지 방비를 해야 할 비밀입니까?"

엘미르 선생은 슈운을 보며 웃었다.

"그래요. 자, 슈운 경. 이것을 보세요."

"앗, 그것은!"

슈운은 엘미르 선생이 내민 손바닥을 보고 놀라 한쪽 무릎을 꿇었다.

엘미르 선생의 손바닥에는 기묘한 문양이 나타나 있었다. 일곱 개의 날개를 가친 천사가 거대한 성표를 들고 하늘을 나는 모습. 그런데 그 천사의 날개 중 쌍을 이루지 못한 마지막 한 장은 붉은색이었다.

"성기사 슈운이 진홍의 날개를 뵙습니다."

"일어나세요. 슈운 경, 임무수행에 수고가 많네요. 경에게 이번 임무를 내린 건 바로 저입니다."

"진홍의 날개의 임무를 수행하게 된 것은 성기사로서 최고의 영광, 하명하십시오."

"그렇게 딱딱하게 긴장하실 필요는 없어요. 결국 제가 말씀드리고 싶은 것은 무슨 일이 있어도 디온에게 검을 겨눠서는 안 된다는 겁니다."

"명이시라면 따르겠습니다만, 저것은 이미 디온 경이 아니라고 저는 판단합니다."

"경이 모르는 일이 있어요. 마왕의 갑옷 따위로는 디온을 어떻게 할 수 없습니다. 그리고 이번 일은 충분히 대처할 방법이 있어요. 그러니 경은 우리의 경호와 안내에 집중하세요."

"알겠습니다."

"다행히 던컨 선생을 구했으니 이번 임무는 성공한 셈입니다. 교황께서 직접 경을 치하할 것이니 그때 사정설명을 듣도록 하세요."

"옛, 영광입니다."

슈운은 더 이상 의문을 가지지 않았다.

진홍의 날개는 교황, 성녀와 함께 신성제국의 삼대 최고 의결자 중 하나로 가장 비밀스러운 신분이다.

교황을 상회하는 권한을 가지고, 신성제국의 국운이 걸린 일에만 관여해서 비밀리에 움직인다는 존재.

슈운은 상급 성기사가 되면서 그 존재를 알았지만 설마 살아생전에 직접 진홍의 날개를 보게 되리란 생각은 미처 하지 못했다.

과거 진홍의 날개가 나타난 것은 약 백이십 년 전의 일이다.

당시 그 힘이 최고조에 달한 드라켄 제국의 야심에 의해 대륙 통일 전쟁이 일어날 뻔했는데, 진홍의 날개가 암암리에 활약하여 결국 양 제국은 영생불가침 조약을 맺기에 이르렀다.

그렇게 대륙은 양대제국이 되었던 것이다.

그것을 생각하면 진홍의 날개가 이곳에 나타났다는 것은 정말 보통 일이 아니다.

바로 신성제국이 백이십 년 만에 큰 위기를 만났다는 것을 의미하기에, 슈운은 등에서 식은땀이 흘러내리는 것을 느꼈다.

더불어 격동의 시대에 가장 중요한 임무에 연관되었다는 자부심으로 심장도 뛰었다.

엘미르 선생은 그런 슈운의 기분을 이해한다는 듯이 미소를 지으며 말했다.

"이번 임무는 쉽다면 쉽고 어렵다면 어려워요. 그러니 경은 교황청에 복귀할 때까지 최선을 다하세요."

"알겠습니다."

"그럼 일행에게 돌아가요. 호호호."

갑자기 웃는 엘미르 선생의 반응에 슈운은 어리둥절한 기분이 되었지만 상대가 상대인지라 왜 웃느냐고 묻지도 못하고 옆방으로 돌아갔다.

엘미르 선생은 디온이 있는 방으로 들어가자 일행에게 말했다.

"좋게 이야기가 끝났어요. 약간 모험성이긴 하지만 슈운 경께서도 동의했고요."

"그렇다면 이제 저희에게도 설명해 줄 수 있으십니까?"

라이번이 정중하게 묻자 엘미르는 손가락으로 리네를 가리켰다.

"전에 마왕의 가면이 디온에게 씌었을 때와 비슷해요. 디온이 갑옷과 융합되어 저 고치를 찢고 나오는 순간에 리네가 마법봉으로 디온의 머리를 때리는 거예요."

"그걸로 끝입니까?"

"간단하게 말하면 그래요. 단지 그때 디온이 어떤 상태인지 확신할 수가 없으니 우리는 최선을 다해 리네가 무사히 디온의 머리를 때릴 수 있게 해야 돼요. 그러니까 리네를 보호하고, 디온이 피하거나 막지 못하게도 해야 하고."

"음, 그렇군요."

"리네야, 미리 말하는데 이건 굉장히 위험한 일이야. 디온이 저곳에서 나올 때의 능력은 아무도 예측할 수 없어. 만약 그가 제정신이 아니라면 너를 공격할 수도 있고, 꼭 그렇지 않더라도 보통 저 정도 되면 주변에 방어결계가 쳐지는 경우가 많아. 보통 사람은 닿기만 해도 죽을 정도의 것으로."

리네는 긴장이 되는 듯 침을 한 번 꿀꺽 삼켰지만 마음의 각오를 하고 천천히 고개를 끄덕였다.

"할게요."

"그래, 그럼 저 고치 위로 올라가 있어."

엘미르 선생이 지시하자 리네는 정신봉을 꺼내 들고 고치 쪽으로 걸어갔다.

그러자 던컨 선생이 말했다.

"잠깐, 그 역할은 내가 맡겠소. 이제는 몸도 어느 정도 회복되어 충분히 나 스스로를 지킬 정도는 되니 리네보다는 내가 적임일 것이오."

짝.

"아, 맞아요. 던컨 선생님께서 계셨죠."

엘미르 선생은 그때야 생각났다는 듯 손뼉을 치며 말했다.

"리네야, 이리 와서 일단 던컨 선생님부터 한 대 때려 드리렴.”

“예?”

“던컨 선생님의 얼굴을 자세히 봐, 상당한 저주와 독이 아직 남아 있어. 던컨 선생님께서 워낙에 정신력이 강해서 겨우 버티고 계신 거거든. 그러니 편하게 해드려야지.”

“아, 예.”

리네가 보니 과연 던컨 선생의 얼굴에 파란 실핏줄이 이상하게 돋아나 있었다. 엘미르 선생의 말처럼 정상이 아닌 것은 틀림없어 보였다.

“내가 보기에 몸 안에 실타라스를 심어놓은 모양이야. 실타라스는 기생충의 일종인데, 일단 사람의 몸에 침투하면 극심한 고통을 주면서 서서히 전신 혈맥을 갉아먹거든. 고문용으로 쓰이는 놈인데, 가끔 사악한 흑마법의 요소로도 쓰여. 그렇지 않나요, 던컨 선생님?”

“으음, 실타라스를 알고 있다니 놀랍군.”

“제가 인간관계가 좀 복잡해서 친구 중에 어쎄신이 좀 있거든요. 염려 마세요. 최소한 저주와 기생충은 지금 처리할 수 있으니까요. 후훗.”

엘미르 선생은 말을 하면서 리네에게 다시 한 번 눈짓을 했다. 어서 하라는 의미다.

리네는 선생님의 머리를 막대기로 따려야 한다는 것에 상당한 거부감을 느꼈지만 저주를 풀기 위해서는 어쩔 수 없다.

“선생님, 죄송해요. 에잇!”

세게 때리면 때릴수록 효과가 좋다는 것은 이미 들은 바 있다. 리네는 있는 힘껏 정신봉을 휘둘렀다.

던컨 선생은 정신봉의 효력에 대해 들은 바가 없기 때문에 이상하다 생각을 했지만 일단은 믿고 맞아보기로 했다.

딱.

“크으으으윽!”

정신봉의 효과, 즉 고통은 던컨 선생의 예상을 한참 넘어서는 것이었다.

실타라스의 고문을 태연하게 견뎌낼 정도로 정신력이 뛰어난 던컨 선생이지만 이번에는 참지 못하고 신음성을 흘렸다. 절대로 비명을 지르지 못하도록 훈련된 몸이 아니었다면 그야말로 목청이 찢어져라 질렀을 것이다.

머리끝부터 발끝까지 수십 가닥의 전기가 관통하는 충격은 던컨 선생의 저주를 깔끔하게 고통으로 변화시켰다.

털썩.

결국 던컨 선생은 의식을 잃고 바닥에 쓰러져 버렸다. 다른 사람들은 이 화끈한 정신봉의 효력에 놀라움을 금치 못했다.

어떻게 작은 소녀가 휘두른 막대기에 한 대 맞으면 모든 사람이 단숨에 쓰러진단 말인가?

어떤 느낌인지 한 번 맞아보고 싶다는 호기심과 절대로 맞으면 안 될 것 같은 불길한 느낌이 동시에 일어나는 광경이었다.

"호호호, 됐어. 이제 이 특제 해독약과 기생충 약을 먹이면 일단 던컨 선생님이 죽을 염려는 없는 거야."

"기생충 약도 있어요?"

"그럼 밀림에 오면서 살충제와 기생충 약도 안 챙겨왔겠니? 리버스 오벨리스크 지역에 들어오려면 마법의 기생충 약은 거의 필수품이야."

"그런 거였군요."

"자자, 그럼 리네는 다시 위치로 가. 위에가 좀 미끄러울 것 같으니 안 떨어지게 조심해. 특히 디온이 나올 때 그게 갈라지면 꽤 위태로울 테니 당황하지 말고."

"예, 예. 염려 마세요."

리네는 던컨 선생한테 예행연습을 해서 한결 긴장이 풀렸는지 살짝 미소를 지으며 열심히 고치 위로 기어올라 갔다.

고치는 의외로 중간중간 잡을 데도 있어서 운동신경이 그다지 뛰어나지 않은 리네도 충분히 올라갈 만했다.

리네가 위치를 잡자 엘미르 선생은 슈운과 라이번을 보며 말했다.

"그럼 두 분은 디온이 나오자마자 견제를 해서 리네에게 신경을 쓰지 못하게 해야 해요. 동시에 저는 마법으로 리네를 보호할 테니까요."

라이번이 살짝 시선을 돌려 한쪽에 서 있는 투투를 보며 말했다.

"투투 경은 어떻게 하는 게 좋겠습니까?"

엘미르 선생은 입가에 미소를 지으며 투투를 보지도 않은 채 대답했다.

"투투님은 알아서 하세요."

투투 역시 엘미르 선생 쪽이 아닌 라이번을 보며 말했다.

"투투, 알아서 한다."

"그럼 모두 마음의 대비를 하고 준비하세요. 제가 보기에 머지않아 디온이 나올 것 같네요."

"알겠습니다."

일행은 제각기 한쪽 방위를 점하고 무기를 든 채 섰다. 자연스럽게 모두를 지휘하게 된 엘미르 선생이 신호를 하면 일제히 손을 쓰기로 했다.

얼마나 시간이 지났을까?

엘미르 선생이 나직한 목소리로 말했다.

"시작하는 것 같군요. 곧 나옵니다."

라이번도 그걸 느끼고 알았다는 듯 고개를 끄덕였다. 라이번의 감각에 고치 안에서 맥동이 변화하는 게 잡혔다.

'저 엘미르 선생의 감각이 나와 비슷한 수준이라는 건가? 사물 내부의 움직임을 느낄 정도로?'

그건 마스터의 경지에 이르러야 가능한 감각영역이다. 라이번은 엘미르 선생이 생각보다 훨씬 무서운 사람일 수 있다는 것을 깨달았다.

쩌적.

드디어 고치가 둘로 갈라졌다. 위에 있던 리네는 손으로 한 쪽을 잡고 버텼다.

안으로부터 키가 2.5m 정도 되는 인간형의 괴물이 모습을 드러냈다. 기존의 데빌 아머와는 또 다른 모습이었다.

슈우우우.

숨을 쉬는 소리가 방 안에 울려 퍼졌다. 동시에 괴물로 변한 디온의 감겨진 눈이 떠졌다.

눈동자가 거의 없이 눈 전체가 녹색으로 빛났다. 디온은 주변을 돌아보며 중얼거렸다.

"이곳은?"

"이때예요. 전원 손을 써요!"

"차앗!"

"합!"

"버블 배리어!"

라이번이 정면에서 검을 수직으로 세우며 디온에게 다가갔다. 살기는 없지만 엄청난 기세가 마치 움직이는 벽처럼 디온을 압박했다.

옆쪽으로는 슈운이 성검의 힘을 최대한 끌어올려 디온을 겨누었다. 이걸로 디온이 사악한 힘을 일으키려 하면 성검의 빛이 억제하려 할 터이다.

투투는 그냥 서 있었다. 투투의 경우에는 디온이 그냥 이 상태로 있어도 크게 상관이 없었다. 오히려 더 좋다는 느낌마저 들었다.

뒤쪽에 위치한 엘미르 선생이 비장의 마법 중 하나인 버블 배리어를 펼치자 양 손바닥으로부터 비누 거품과도 같은 작은 기포 형태의 방어막이 수백 개 튀어나갔다.

그 방어막의 거품들은 디오의 머리 위부터 전신을 뒤집어 씌우듯 감쌌다.

디온은 갑자기 다가오는 두 개의 힘과 주변을 둘러싸 시야를 가린 거품들에 손을 들어 방어 자세를 취했다.

"뭐지?"

슈우우우.

숨이 잘 쉬어지지 않았다. 폐에 무엇인가 이물질이 들어간 모양이다. 그러나 몸이 아프거나 하지는 않았다. 오히려 전신에서 엄청난 힘이 느껴졌다.

머리는 약간 어지러웠지만 묘한 쾌감을 동반한 어지러움이었다. 마치 가볍게 맛있는 술을 마신 기분이랄까?

그런데 그런 기분을 상하게 하는 요소가 생겨났다.

우선 거품부터 치우자.

디온이 그렇게 마음을 먹자마자 몸으로부터 작은 가시 같은 것이 나타나 사방으로 뻗어나갔다.

파파파파팍.

가시에 닿은 버블 배리어는 너무나도 허무하게 터져 버렸다. 원래는 검으로 베거나 해머로 내려쳐도 튕겨내는 것들이지만 마왕의 힘 앞에서는 무기력할 수밖에 없었다.

그때 라이번의 압력이 더욱 강해졌다.

"웃."

디온은 무의식중에 한 걸음 뒤로 물러섰다. 동시에 옆쪽에서 느껴지는 기분 나쁜 따가운 빛의 근원을 보았다.

검이었다.

"나한테 검을 겨누다니, 적인가-?"

적이라고 생각한 순간 작은 가시들이 서로 꼬이며 창날처럼 변해 그쪽을 향해 쏘아져 나갔다.

쒜엑.

"피해요!"

팍!

상대는 피하려 했지만 창의 속도를 완전히 극복해 내지는 못했다. 어깨 부분이 창에 관통되었고, 창의 끝 부분은 다시 실이 풀어지듯 작은 가시로 변해 상대의 전신을 휘감으며 마구 찔러댔다.

"아아아아악!"

"슈운 경!"

비명 소리와 함께 누군가가 외치는 소리가 들려왔다. 어디선가 많이 들어본 목소리인데 누군지 기억이 잘 안 났다.

"슈운 경?"

이 사람의 이름도 안다. 그런데 누구더라?

디온은 그때야 지금 자신의 기억이 좀 이상하다는 것을 깨달았다. 정신이 흐리멍덩해진 것 같다.

"흐읍, 정신 차리자."

디온은 당황하지 않고 제자리에 멈춰 서서 의식을 집중시켰다. 그러자 기분 좋은 쾌감이 고통으로 변해 디온을 괴롭히기 시작했다.

"으으."

디온은 두 손으로 머리를 감싸 안으며 신음성을 흘렸다.

그때였다, 아까의 그 목소리가 다시 외쳤다.

"리네, 지금이야!"

"리네? 아, 리네. 어디?"

리네는 생각이 났다. 더불어 그녀의 동생인 세쌍둥이의 얼굴도 떠올랐다.

'그러고 보니 나는 리네와 함께 던컨 선생님을 찾으러 왔었지. 맞아, 선생님을 구하고, 요리 수업을 계속해야 돼. 난 요리를 해야 해.'

장막이 걷히듯 모든 기억이 되살아나기 시작했다. 그런데 위쪽으로부터 무엇인가가 떨어져 내리는 것이 느껴졌다.

디온은 고개를 돌려 무엇인지 확인했다. 반가운 사람의 모습이 보였다.

"리네, 너 왜 거기 있니?"

디온은 물었지만 대답 대신 날아온 것은 막대기였다.

"디온, 미안. 에잇!"

빡!

리네가 고치 위쪽으로부터 뛰어내리며 체중을 실어 전력으로 내려친 정신봉은 정확하게 디온의 이마를 때렸다. 원래는 정수리를 노렸지만 디온이 고개를 드니 자연스럽게 이마를 맞추게 되었다.

그러자 디온의 몸 전체가 비명을 지르기 시작했다.

"크아아아아아아아악!"

몸이 붕괴되는 것일까? 그건 아니다. 단지 몸의 겉 부분이 사과껍질처럼 벗겨지기 시작했다.

스스스스스스.

디온은 미칠 것 같은 두통에 정신이 하나도 없었다. 억지로 의식을 잃지 않으려고 급히 호흡을 들이마시며 두 다리를 넓게 벌려 버티고 섰지만 지금 서 있는 건지 앉아 있는 건지 헷갈릴 정도였다.

그러는 사이 디온의 몸을 둘러싼 갑옷은 계속해서 벗겨지며 비명을 질렀다. 아무래도 죽어가고 있는 것 같았다.

더불어 디온의 머릿속에서 누군가가 외쳤다.

[꺄악. 야, 너 그렇게 한 방에 가면 어떡해? 나 아직 힘을 제대로 흡수 못했단 말이야. 네가 지속적으로 회복시켜 주겠다

고 해서 싸우는 걸 포기하고 오히려 도와준 건데 이렇게 허무
하게 죽다니! 죽을 거면 남은 힘 나한테 몰아줘. 하나라도 좀
살자.]

[웃기지 마라. 내가 살 수 있다면 모르지만 어차피 죽는데
왜 너한테 남은 힘을 몰아주겠냐? 마족의 상식을 깨는 말은
입 밖에 꺼내지도 마라.]

마치 디온의 머릿속에서 두 마족이 싸우는 듯했다.

[우씨, 좋다. 내 지금이라도 강제로 힘을 빨지.]

[충고하는데 안 하는 게 좋다. 너도 죽는 수가 있어.]

[익, 정말?]

[마족은 거짓말하지 않는다. 이번 공격은 정말 치명적이라
나의 모든 것이 한 번에 파괴되었다. 네가 나와 연결되는 순
간 너도 같은 운명에 처할 것이다.]

[으, 뭐 그런 지독한 공격이 있지?]

[모르겠다, 인간이 어떻게 이런 공격 수단을 가질 수 있는
지.]

죽어가는 굵직한 남성의 목소리가 점점 작아졌다.

그때야 디온은 어느 정도 제정신을 되찾고 자기 자신을 보
았다.

갑옷은 모두 벗겨지고 디온은 벌거벗은 채 방 중앙에 서 있
었다. 오로지 그의 허리에 틸리아만 매달려 있을 뿐, 그전에
걸치고 있던 모든 게 사라졌다.

“꺄악!”

리네가 비명을 지르며 얼른 손으로 눈을 가린 채 뒤로 돌아섰다. 엘미르 선생도 살짝 얼굴을 붉히며 시선을 돌렸다.

라이번이 얼른 몸에 두르고 있던 망토를 풀어 디온의 몸을 감쌌다.

“라이번, 어떻게 된 거지?”

“데빌 아머가 디온님과 융합하려 했습니다. 다행히도 엘미르 선생님의 정신봉이 효과가 있어 데빌 아머의 의식을 파괴한 모양입니다.”

“아, 그렇군. 그게 데빌 아머였단 말이지?”

디온은 자신의 머릿속에서 들려오던 굵은 남성의 목소리를 기억했다. 아무래도 데빌 아머가 디온의 의식 중 일부를 장악하고 틸리아와 대화를 나누었던 모양이다.

그리고 이야기의 내용을 보면 틸리아는 데빌 아머가 디온과 융합하도록 도운 것 같다.

“하아.”

디온은 조용히 허리에서 검을 풀어 투투에게 건넸다.

“투투, 네가 보관해라.”

“투투? 이건 주인의 검이다.”

“지금은 별로 그걸 쓰고 싶지 않아. 라이번, 다른 검을 줘.”

“알겠습니다.”

라이번은 별다른 반응 없이 바로 여븐의 검을 디온에게 건

넸다.

"그런데 선생님은?"

"던컨 선생님은 무사하셔. 단지 그분도 정신봉에 한 대 맞아서……."

"아하, 기절하셨구나."

"응, 엘미르 선생님 말로는 큰 문제가 없을 거래."

"잘됐네요. 그럼 이제 돌아가요. 참, 슈운 경. 저쪽 방에 있는 보물은 어떻게 할까요?"

"괜찮으시다면 제가 회수한 후 나중에 여러분께 나누어 드릴까 합니다. 신성제국의 법으로는 유적에서 보물이 발견되면 삼 할은 제국에 권리가 있고, 나머지 칠 할을 발견자가 가지게 되어 있습니다. 대신 공정한 분배와 발견자들의 안전을 제국 성기사의 이름을 걸고 약속드립니다."

"저는 상관없어요. 우리가 보물을 찾고자 온 건 아니니까요. 엘미르 선생님도 괜찮으세요?"

"으응, 나도 괜찮아. 그런데 그거 꽤 가치가 나가 보이던데 우리 엄청난 부자가 되는 거 아니니?"

"아무래도 그렇겠죠?"

"호호호, 잘됐네. 리네야, 축하한다. 넌 이제 제대로 마법을 배울 수 있어."

"예? 제 몫도 있어요?"

"그럼, 너도 엄연히 일행인데, 사람 수로 나눠도 칠 분의 일이야. 세금 떼면 딱 저기 있는 보물 중 일 할이네.”

“아, 저는 몰랐어요.”

“사람 수로 나누실 필요 없어요. 저하고 라이번하고 투투
는 한몫으로 치셔도 돼요.”

“저도 빼셔도 됩니다. 저는 안내의 임무를 띠고 온 성기사
이니 재물에 대한 권한은 따로 가지지 않습니다.”

“앗, 그럼 나하고 리네, 던컨 선생님, 디온. 이렇게 넷으로
나누면 되는 거야?”

“나도 필요없소. 목숨을 구함받은 것만도 고마운 일이니
재물은 사양하겠소.”

“그러지 말고 던컨 선생님도 받으세요. 고생만 하시고 생
기는 거 없으면 기분이 별로일 거라고요. 호호호호.”

엘미르의 주장에 의해 결국 던컨 선생도 한몫하기로 했다.
그렇게 보물의 분배자는 넷으로 결정되고, 일행은 보물을 바
리바리 싸 들고 유적을 나올 수 있었다.

Chapter 09
종말의 씨앗

흑사자
마왕

“난 고아였고, 철이 들기 전브터 도둑 길드에서 자랐다. 그런데 그곳에서 암살자 길드의 수장의 눈에 들어 결국 암살자로 팔렸지.”

던컨 선생은 마차 안에서 자신의 과거를 이야기하고 있었다. 제자들이 자신의 목숨을 구해주자 모든 것을 말할 기분이 된 모양이다.

디온과 리네는 조용히 던컨의 고백을 들었다.

살인에 대한 최고의 재능을 인정받은 한 소년은 나이 15세가 되기 전에 대륙에 명성을 날리는 특급암살자가 될 수 있었다.

검술이 강하고 약하고를 떠나서 본능적으로 대상의 마음 속 허점을 꿰뚫어보는 재주가 던컨에게는 있었다.

그때까지 던컨은 자아라는 게 거의 없는 살인기계와도 같았다.

그러던 중 암살자 길드에 쿠데타가 일어났다. 암살자들 대부분이 상대편이었고, 던컨이 속한 길드 마스터 측은 허를 찔려 쿠데타가 시작되자마자 대부분이 죽어버렸다.

던컨은 죽음의 공포조차 잊고 몰려오는 적들을 하나하나 상대했다. 어제까지 동료였던 자들이 대부분이지만 동료애 같은 것은 없었다. 오히려 죽음은 곧 안식이라는 세뇌마저 받았기에 동료를 편하게 해준다는 생각도 있었다.

그렇게 싸우면서 많은 시간이 흐르고 나니 어느 순간 던컨은 더 이상 적이 없다는 사실을 깨달았다. 그 혼자 모든 적을 다 죽이는 데 성공한 것이다.

하지만 이번 일로 인해 암살자 길드의 본거지가 왕국에 알려지게 되었다.

던컨은 이제 특급암살자로서 왕국의 기사들과 마법사들에게 쫓기는 신세가 되었다.

그래서 던컨은 왕국의 손길이 미치기 어려운 드라켄 제국으로 숨어 들어왔다. 그리고 신분을 감추기 위해 요리를 배웠다.

완벽하게 신분을 감추고, 하루 종일 주방 구석에서 요리 견

습생으로 살아가는 삶은 나쁘지 않았다. 그의 천부적인 칼솜씨는 무 하나를 썰어도 0.1㎜의 오차도 없는 신기로 나타났고, 곧 주방장은 던컨을 수제자로 발탁하여 자신이 가진 요리의 모든 것을 전수하겠다고 선언했다.

그렇게 되자 던컨은 요리사라는 직업에 진심으로 끌리기 시작했다. 그가 요리한 음식을 먹고 사람들이 행복해하는 것을 보면 그 역시 기분이 좋아졌다.

또한 범인과 비교도 할 수 없이 민감한 그의 감각은 혓바닥도 포함하는 것으로, 던컨은 곧 모든 요리의 맛을 분석하고 비교할 수 있게 되었다.

던컨은 결국 암살자로서의 신분을 영원히 묻고, 요리사로서 새로운 인생을 살기로 결심했다. 어차피 암살자 길드에서 살아남은 사람은 그 혼자인 것 같으니 신분이 들통날 이유는 없었다.

그렇게 위장이 진실이 되어 10년이란 세월이 흘렀다. 던컨의 명성은 제국 전체에 퍼질 정도가 되었다.

"그때에 난 우연히 암살자 길드의 간부였던 사람을 하나 발견했다. 죽은 줄 알았던 자였지. 두시하려고 했지만 뭔가 이해할 수 없는 느낌이 들었어. 그자가 살아 있다는 건 아무리 생각해도 말이 안 되는 일이었으니까."

몇 번이나 잊으려 했다. 상대가 던컨을 발견하지 못했으니 이대로 지나치면 끝나는 일이었다.

그러나 던컨은 결국 참지 못하고 그의 뒤를 밟았다. 그것은 새로운 운명의 시작이었다.

"조사 끝에 알게 된 것은, 암살자 길드의 수장이 아직 살아 있다는 것. 그리고 과거 암살자 길드에 쿠데타가 일어나 모든 암살자들이 죽어버린 사건은, 모두 그 수장이 꾸민 일이라는 것이었지. 그놈은 자신의 수하들을 모두 제물로 바쳐 의식을 행했던 거다. 사악한 흑마법의 의식을!"

"어, 그거 배틀 포트의 의식 아니에요?"

이야기를 듣던 디온이 참지 못하고 끼어들었다.

배틀 포트라는 것은 제대로 된 흑마법을 배우지 못한 하급 마법사들이 만들어낸 사악한 술법 중 하나로, 마법진이 그려진 좁은 밀폐된 공간에 수많은 사람들을 밀어 넣고 서로 싸워서 상잔하게 만드는 의식이다.

안에 갇힌 사람들의 살기가 강하면 강할수록, 싸움이 처절할수록 의식에 의한 힘이 강해진다.

던컨 선생은 고개를 끄덕이며 말했다.

"그렇다. 너도 그 의식을 아는구나. 암살자 길드의 수장은 그걸 위해 20년간이나 막대한 자금을 들여 암살자 길드를 키웠고, 때가 되자 모든 암살자를 본부에 가두어 전부 죽게 만든 것이다. 암살자는 모두 내면에 살기를 가득 담고 있는 자들. 일반 배틀 포트와는 비교도 할 수 없는 의식의 힘이 발생한 것이지."

"그들이 그렇게 해서 얻으려 했던 것은 무엇입니까?"

"바로 마족의 소환과 마왕의 유적을 찾기 위함이다. 의식의 결과 그들은 마족 하나를 소환하는 데 성공하고, 유적에 대한 결정적인 단서를 얻은 셈이지."

그 사실을 안 던컨은 분노했다. 그는 제물로 바쳐지기 위해 교육받았고, 자신을 제물로 바치는 제단을 완성시키기 위해 암살을 행했다.

지은 죄를 부정하지는 않는다. 그러나 복수는 해야 했다.

그 뒤 던컨은 시간이 날 때마다 암살자 길드 수장의 행방을 찾아다녔다. 그때 발견한 간부를 비롯해 관련된 자를 찾아내면 조용히 그들의 주변을 지속적으로 살피고, 수상한 유적이 있으면 위험을 무릅쓰고 탐사했다.

요리사로서의 명성이 점점 커져 마침내 대륙 최고라는 평을 듣게 된 후에도 던컨은 원수를 찾는 일을 포기하지 않았다.

한번 결정하면 절대로 변하지 않는 성격이기에 모든 것을 잊고 현실에 안주하겠다는 생각은 조금도 하지 않았다.

"결국 이번에 그놈을 찾았는데, 공교롭게도 시간이 조금 늦어 그놈이 이미 마왕의 힘을 손에 넣은 후였지. 나는 오히려 그놈에게 붙잡히는 신세가 되었고. 그놈은 나를 붙잡고 크게 기뻐했다. 제물의 마지막 생존자를 찾았다고 하면서. 알고 보니 내가 살아 있어서 그 의식이 완성이 안 되는 바람에 그놈도 그동안 고생을 한 모양이더군."

던컨 선생은 말을 끝맺으며 한숨을 내쉬었다.

리네가 눈물을 글썽이며 던컨 선생을 위로했다.

"선생님, 다 끝난 일이에요. 리치가 된 그자를 제거했으니 이제 선생님은 요리의 길에 전념하시면 되잖아요."

"맞아요. 저희는 아직 시작도 안 한 병아리나 다름없으니 선생님의 가르침이 필요해요."

"하아, 그래. 나에겐 이제 요리사의 길밖에 남지 않았지."

던컨 선생은 두 사람의 성의 어린 위로에 다시 한숨을 내쉬었다. 회한에 찬 눈으로 마차 밖으로 보이는 하늘과 구름을 보니 평생의 원한이었던 일이 꿈처럼 느껴지기도 했다.

그때였다,

"웃!"

"디온, 왜?"

"리네는 마차 안에 있어."

디온은 굳은 얼굴로 마차 밖으로 나왔다. 라이번도 무엇인가를 느꼈는지 디온에게 고개를 끄덕였다.

슈운은 이제 같이 다니지 않지만 투투는 마차 안에서 나와 마차의 후방 경비를 맡으면서 걷고 있다.

디온은 일단 엘미르 선생에게 다가가 작은 목소리로 말했다.

"앞쪽에 매복이에요, 선생님."

"어, 정말?"

엘미르 선생은 미간을 살짝 찡그리며 중얼거렸다.

"이제 곧 수도로 들어갈 수 있는데, 웬 뜬금없는 적이람. 강도 수준은 아닌 거지?"

"예, 저도 거의 못 알아차릴 뻔한 걸로 보아 상당한 자들이에요."

라이번이 다가와 말했다.

"아무래도 저쪽은 준비가 끝난 모양입니다. 기척도 일부러 흘린 것 같군요."

라이번의 말대로 매복했던 자들은 디온이 나오자 같이 모습을 드러내 마차의 앞쪽을 막아섰다.

"누구신지?"

디온이 정중하게 묻자, 맨 앞에 서 있는 여성 기사가 말했다.

"암흑제국의 황태자, 디온 에프 레이어스 경. 나는 자유기사 브로니카. 물질계의 평화를 위해 그대와 싸우기 위해 왔다."

"아차!"

이런 황당하고 뜬금없는 일이 있는가? 그토록 숨겨왔던 신분이 졸지에 모두에게 알려져 버렸다.

디온은 이마에 손을 대고 머리 아픈 표정을 지었고, 던컨과 리네는 마차 안에서 놀란 눈으로 디온을 보았다.

"디온이, 황태자?"

"그런가! 암흑제국의 황태자라… 그래서 구스타프 황태자 전하께서 그토록 친밀하게 대하신 거였군."

"하아, 미치겠네."

디온은 당황스러움과 분노가 반반씩 섞인 한숨을 내쉬며 고개를 절레절레 저었다.

브로니카는 디온이 보이는 반응을 전혀 신경 쓰지 않고 다시 자신이 할 말을 소리쳐 외쳤다.

"내 비록 신성제국으로부터 기사 자격을 박탈당했지만 최후의 데빌 헌팅 대상을 그대로 정하고 이렇게 정정당당하게 결투를 신청하니, 명예를 아는 마족이라면 도망가지 마라. 그럼 가겠다."

"아니, 저기. 너무 일방적이지 않아?"

디온은 울고 싶은 심정이었다. 지금까지 여러 가지 일이 있었지만 이렇게 맹목적으로 그를 퇴치하러 온 경우는 없었다.

하지만 이미 브로니카는 검을 뽑아 들고 디온을 향해 정면에서 달려오고 있는 상황. 그 뒤로 나열한 자들도 모두 무기를 들고 브로니카를 따라 돌진을 시작했다.

이에 라이번이 디온의 앞을 막고 뒤쪽에서 투투가 주먹을 흔들며 뛰어왔다.

"투투, 천신의 노예들. 주인에게 검을 들이댔으니 다 뽀갠다."

“이런.”

상황은 최악이다. 이자들과 싸우는 것도 문제지만 엘미르 선생과 리네, 던컨 선생은 어떻게 할 것인가?

디온은 이를 부드득 갈았다. 정말 생각 같아서는 브로니카 일행을 모두 묻어버리고 싶었다.

그가 나설 필요까지도 없다. 투투와 라이번의 전력이면 저들이 아무리 강해도 충분히 상대할 수 있으리라.

하지만 디온은 검을 뽑았다. 틸리아는 아니지만 라이번이 여분으로 가지고 다니던 마법검이다.

“좋아, 걸어온 싸움이라면 사양하지 않겠어.”

오해고 뭐고 없다. 그가 마왕이 될 수 있다는 건 스스로 잘 알고 있으니까. 그렇다고 해서 조용히 칼 맞고 죽을 마음은 추호도 없다.

“투투, 라이번, 다른 자들을 맡아. 브로니카 경, 결투를 받아들이겠다.”

“알겠습니다.”

“투투, 나머지 뽀갠다.”

싸움은 결정되었다. 일행은 디온을 중심으로 하고 라이번과 투투가 좌우로 섰다.

그런데 그때, 엘미르 선생이 앞으로 한 걸음 나오며 왼손을 앞으로 내밀며 외쳤다.

“모두 멈춰요!”

파앗.

엘미르 선생의 왼 손바닥으로부터 엄청난 빛이 쏟아져 브로니카와 그의 일행을 비추었다.

그러자 브로니카 일행은 거짓말처럼 그 자리에 딱 멈춰 섰다.

라이번이 살짝 시선을 돌려 엘미르 선생을 보고는 디온에게 말했다.

"홀리 코맨드와 디바인 샤인, 신성제국의 고위 사제만이 익힐 수 있는 권능입니다."

"어, 저게 그거야?"

홀리 코맨드와 디바인 샤인이 뭔지는 디온도 안다. 고위 성직자가 자신보다 하위의 성직자에게 명령을 내릴 때 쓰는 신성마법으로, 강제력에 가까운 힘을 가지지만 만약 규율에 위반되는 쓰임이라면 전혀 효력이 없기도 하다.

"헤에, 그렇다면 엘미르 선생님은 신성제국 쪽 사람이었던 거네."

"투투, 그래서 나쁜 냄새가 났다."

"그렇구나. 투투, 네가 좀 기분이 나쁠 만도 하다."

디온은 이제야 모든 것을 깨달았다는 듯 고개를 끄덕였다.

어쨌거나 싸움은 멈췄다.

엘미르 선생은 디온에게 웃으며 말했다.

"꼭 숨길 마음은 없었지만 사실 난 이런 애들이 나올까 봐 디온 곁에서 지키고 있었던 거거든."

"아, 네."

"그런데 이거 들키면 드라켄 제국의 왕립 아카데미에서 선생 노릇을 못하니까, 비밀로 좀 해줄래?"

"저는 상관없지만 마차 안에 있는 리네와 던컨 선생님은요?"

"그거야 뭐, 어쩔 수 없이 이렇게 해야지."

엘미르 선생은 다시 왼손을 들어 마차 쪽으로 내밀었다.

번쩍.

섬광이 일며 마차가 일순 사라졌다가 나타나는 듯한 느낌이 들었다.

"이건 메모리 블링크라는 비전의 신성마법으로, 두 사람의 기억을 살짝 지우는 거야. 두 사람은 잠시 동안 그냥 멍한 상태로 있을 테지만 정신이 들면 아무것도 기억하지 못하니까 염려 마."

"그런 편리한 마법이 있었군요."

"진짜 비전마법이라니까. 존재 자체가 극비지만 이번 경우에는 어쩔 수 없지 뭐. 이걸로 오케이?"

디온은 마음속으로 정말 다행이라고 중얼거리며 안도의 한숨을 내쉬었다.

엘미르 선생은 자신의 신분 때문에 기억을 지운 것처럼 말했지만 사실은 디온의 신분 때문에 비전마법을 사용했다는 것은 충분히 알 수 있었다.

"고맙습니다, 선생님."

"아니, 우리 쪽에서 널 번거롭게 한 거니 내가 미안하지. 그나저나 난 쟤네들하고 이야기 좀 할 테니까, 너 먼저 가고 있을래?"

"그럴게요. 라이번 경, 가요. 투투, 가자."

"알겠습니다."

"투투, 간다."

디온은 엘미르 선생과 브로니카 일행을 남겨두고 다시 마차를 움직여 떠났다.

디온이 시야에서 사라지자 엘미르 선생은 손짓으로 브로니카 일행에 걸린 강제력을 풀어주고는 말했다.

"브로니카 경, 이리 와서 이야기 좀 해요."

부웅.

엘미르 선생이 손가락으로 가리킨 공간에는 어느새 신기루와 같이 일렁이는 문이 하나 나타나 있었다.

이것이야말로 긴급 피난용 아공간 결계 생성주문인 비밀 공간이다.

브로니카는 잠시 망설이며 디온이 떠나간 쪽을 돌아보았다. 지금이라도 뒤를 쫓아 승부를 낼까?

그러나 자신보다 더 강한 신성력을 지닌 고위 성직자를 앞에 두고 그럴 수는 없었다.

'그러고 보니 이상하다. 나의 몸에 깃든 신성력은 교황도 무시할 수 없을 정도로 강력한데, 어떻게 저 여자가 단숨에 나에게 강제력을 행사할 수 있었지?

신성력의 권능은 비슷한 힘을 지닌 상대에게는 제대로 걸기 어렵다. 그런데 상대는 브로니카를 비롯해 일행 전부를 단숨에 어린애 다루듯 간단히 멈추게 만들었다.

그런 일이 가능한가? 인간 중에 가장 강한 신성력을 지니고 태어난다는 성녀라면 몰라도 그냥 사제로는 가능할 것 같지 않았다.

성녀는 브로니카도 이미 알고 있으니 상대는 성녀도 아니다.

엘미르 선생은 브로니카의 눈에 떠오른 의혹의 빛에 피식 웃으며 그녀의 손바닥을 내밀어 보였다.

"아, 진홍의 날개!"

"이야기 좀 하자니까요, 브로니카 경."

"예, 그렇게 하겠습니다."

아무리 브로니카가 신성제국의 굴레를 벗어났다고 해도 진홍의 날개 앞에서는 제멋대로 행동할 수 없다.

곧 브로니카와 엘미르 선생이 환상과도 같은 문을 열고 들어가자 문도 사라져 버렸다. 두 사람은 아공간 속으로 들어가 버린 것이다.

"어떻게 된 거지? 작전은 실팬가?"

다른 사람들은 진홍의 날개가 뭔지를 모르기 때문에 왜 갑자기 브로니카가 약을 먹은 것처럼 고분고분해졌는지 이해할 수 없었다. 아무리 고위 사제가 나타났다고 하지만 그들은 이미 어떤 방해가 있어도 마왕과 싸우기로 결심하지 않았는가?

일행은 브로니카의 참모이자 그룹의 이인자라 할 수 있는 세레스를 보았다.

세레스는 어깨를 으쓱하며 말했다.

"우리가 무슨 힘이 있겠니? 그냥 여기서 조신하게 대기하자."

"쩝, 그러지 뭐. 에구, 하루 종일 잠복하느라 힘들었는데 난 나무 그늘에서 좀 자야겠으니 브로니카 누님 나오면 깨워 줘."

롤랜드는 허탈한 표정으로 무기를 땅에 꽂고는 한쪽에 있는 나무 그늘에 몸을 던지듯이 누웠다.

그렇게 방금 전까지 비장하게 죽음을 각오한 싸움을 준비했던 사람들은 아무도 없는 들판에 대기를 하는 신세가 되었다.

아공간 속에는 아무것도 없었다. 사방이 하얀 벽과도 같았는데, 그것도 직육면체가 아닌 그냥 대충 둥그런 형태였고, 벽도 누르면 들어갔다가 힘을 빼면 다시 튀어나오는 식이었다.

마치 거대한 풍선 속에 들어가 있는 기분이랄까?

브로니카는 정중한 목소리로 엘미르 선생에게 물었다.

"왜 자격을 잃은 기사와 대화를 하자고 하신 겁니까, 진홍
의 날개시여?"

"우리는 그대의 자격을 박탈하지 않았어요. 브로니카 경,
그대의 검에 빛나는 신성광이 모든 것을 증명합니다."

"그것은 받아들이기 어려운 말입니다. 분명히 신성제국은
정식으로 저의 모든 자격을 거두어들인다고 선포했습니다.
이제 와서 다시 직위를 내려주신다고 해도 저의 명예가 회복
된다고는 생각지 않습니다."

"여전히 고지식하군요. 자신의 의지를 위해 조국마저 등지
다니. 하지만 브로니카 경, 나는 분명히 말했어요. 우리는 그
대의 자격을 박탈하지 않았다고."

파앗.

엘미르 선생의 말이 끝나자마자 그녀의 몸 전체가 빛을 뿜
어대기 시작했다. 그것은 브로니카도 처음 보는 강렬한 신성
광이었다.

너무나도 눈부신 빛에 브로니카는 눈을 몇 번 깜박였다. 그
러자 그녀의 시야에 다섯 장의 날개를 가진 한 존재가 들어왔
다.

"처, 천족!"

"그래요. 난 천신 휘하의 좌군참모이자 상급천족 엘미르

화이트샤인. 이번에 천신의 직명을 받고 물질계에 현신했습니다. 진홍의 날개라는 직책은 바로 물질계에 천족이 현신했을 때 얻는 지위인 셈이지요. 성기사 브로니카여, 그대는 지금까지 맡은 바 임무를 충실히 수행했어요. 치하합니다.”

브로니카는 말할 수 없는 감동과 절망을 동시에 느껴 자신도 모르게 눈물을 흘리며 무릎을 꿇었다.

“아아, 어째서, 어째서 천족이 마왕의 호위를 하는 것입니까?”

브로니카는 도저히 이해할 수 없었다. 천족인 엘미르가 디온을 보호하려는 것도 그렇고, 그럼에도 불구하고 디온을 죽이려 한 자신을 칭찬하는 것도 이상했다.

엘미르 화이트샤인은 브로니카의 절규와도 같은 질문에 한숨을 내쉬었다.

“나도 육천 년이나 살면서 설마 마왕을 호위하게 될 줄은 한 번도 생각해 보지 않았네요. 하지만 살다 보니 이런 황당한 일도 경험하게 되는군요.”

“그렇다면 마왕을 죽이지 않아야 하는 것이 천신의 의지입니까? 저의 결단과 행동은 잘못된 것이었습니까?”

“브로니카 경, 결론적으로 말해서 그대의 행동이 그른 건 아닙니다. 하지만 천족에게는 천족의 이유가 있어요. 그건 대부분 인간의 번영과 질서의 유지로 귀결되지만 이번에는 안타깝게도 어긋나 버렸네요. 인간이 원하는 것과 우리 천족이 원하는 것이 서로 다릅니다."

"설마 천신께서 물질계의 혼란을 원하신다는 뜻인가요?"

"음, 그런 건 아니에요. 좋아요. 그대가 만약 소멸의 맹세를 한다면 천족과 마족의 고위급들만 알고 있는 비밀을 가르쳐 드리겠어요. 원래 이것은 인간이 알아서는 안 되는 일이지만 앞으로 그대의 도움을 받아야 하니 원한다면 말씀하세요."

소멸의 맹세, 브로니카가 그 맹세를 하면 비밀을 말하려고 하는 순간 영혼까지 사라져 버린다. 가장 무서운 맹세인데 엘미르는 비밀을 지키기 위해 그걸 요구했다.

브로니카는 잠시 고민하다가 고개를 끄덕였다.

"진실을 알기 위해서라면 맹서하겠습니다. 저에게 모든 것을 말씀해 주십시오."

"좋아요. 하지만 진실은 항상 가혹한 법, 마음을 단단히 먹고 끝까지 희망을 잃지 말아요."

엘미르는 잠시 입을 다물고 생각을 정리한 후, 이윽고 브로니카에게 설명을 시작했다.

"천족이든 마족이든, 고위 영격체들이 가장 두려워하고 경계하는 일이 무엇인지 생각해 본 적이 있나요?"

"모르겠습니다."

"그것은 바로 세계의 파멸입니다. 물질계를 중심으로 천상계와 정령계가 모두 사라지는 것을 의미하지요."

"그런 일이 있을 수 있나요?"

"아주 작은 확률이지만 없는 것은 아니에요. 분명히 세상에는 그러한 파멸의 가능성을 지닌 요소가 존재합니다. 우리는 그것을 종말의 씨앗이라고 부르고 있어요."

"종말의 씨앗이란 구체적으로 무엇입니까?"

"모든 것을 구체적으로 말씀드릴 수는 없어요. 단지 이번 경우의 것만을 말씀드리자면, 그러니까 디온의 경우인데, 그는 전생에 살육의 마신이 될 몸이었어요. 어쩌면 전쟁의 신이 되었을지도 모르지요. 그런데 그걸 거부하고 인간으로서 살다가 죽는 것을 선택해 버렸답니다."

"그럼 그걸로 끝나는 게 아닌가요?"

"보통은 그래야 하는데, 운명의 비틀림이 너무 심해서 결국 그는 새로운 생을 살 때마다 전생의 기억을 되찾을 수 있게 되었어요. 문제는 그렇게 기억을 되찾으면 그의 힘도 모두 돌아온다는 거예요."

"으음."

"한계를 넘어서는 힘을 지닌 존재에게 신격을 부여하는 것은 세계를 유지하기 위한 이유가 가장 커요. 그런데 충분히 모든 것을 파괴할 만한 힘을 지닌 존재가 유한자인 인간인 채로 남으면, 그 인간이 마음만 먹으면 파멸이 도래할 수 있는 거지요."

"그것이 바로 종말의 씨앗이군요."

“그래요. 그런데 이번에는 공교롭게도 디온이 순수한 인간이 아니라 마왕의 그릇으로 태어나 버렸어요. 마신과 인간 사이에서 태어났으니 지금은 인간이지만 마음만 먹으면 즉시 마왕이 될 수 있는 것이죠.”

“종말의 씨앗이 마왕이 되면 그야말로 파멸의 시작이 아닌가요?”

“아니에요. 말했잖아요. 고위 영격체가 되면 그는 더 이상 종말의 씨앗이 아니게 되는 거예요. 이것은 정말 운명적인 기회여서 잘만 되면 이 세계에 존재하는 파멸의 요소 중 하나를, 그것도 가장 위험한 것을 정리할 수 있는 거지요.”

“으으, 그러니까 디온 경은 마왕이 되어야 한다는 건가요?”

“안타깝게도 천족도 마족도 그걸 원해요. 디온이 마왕이 되어 물질계가 한 천 년 정도 혼란에 휩싸이는 건 천족으로서 참기 어려운 일이지만, 그래도 파멸의 씨앗 하나가 사라진다면 감수할 수 있어요.”

엘미르의 말에 브로니카는 머리에 거센 충격을 받고 전신을 덜덜 떨었다.

“그러면 왜! 제 성기사의 권능을 회수하지 않은 건가요? 전, 디온을 죽이려 했습니다. 마왕이 되기 전에 제거하려 했단 말입니다.”

“인간의 입장으로 볼 때 그대는 옳기 때문입니다, 브로니카 경. 우리 천족에게 있어 천 년은 그냥 긴 시간에 불과하지만, 그대들 인간에게는 그야말로 세상의 파멸과 같은 의미라는 것을 알고 있어요. 그대는 인간의 파멸을 막기 위해 자신의 모든 것을 희생하여 위험요소를 없애려 했으니 그야말로 숭고한 희생정신입니다."

"그렇다면 저는 이제부터 어떻게 해야 합니까? 디온 경을 죽이라는 건지 말라는 건지를 정확하게 말씀해 주십시오."

"우리는 그 점에 대해 브로니카 경에게 아무런 명령도 할 수 없어요. 하지만 충고와 제안은 하나 할게요."

"말씀하세요."

"그대가 만약 디온이 마왕이라는 것을 세상에 알리고, 죽이려 한다면 오히려 디온이 마왕이 되도록 강요하는 행위가 될 수 있어요. 그러니 그 점에 대해 잘 생각해 보세요. 반대로."

엘미르는 잠시 말을 멈추고 브로니카를 지그시 보았다.

이 고지식한 데빌 헌터에게 이런 제안을 해도 되는 것인가 하는 망설임이 일어났다. 사실 엘미르는 개인적으로 브로니카를 상당히 좋아하고 있었고, 그것 때문에 이번 임무도 자청해서 받아들였다고 할 수 있었다.

이윽고 엘미르는 미소를 지으며 말을 계속했다.

"인간의 입장으로 볼 때, 가장 좋은 결과는 디온이 스스로 마왕이 아닌 인간의 삶을 선택하게 하는 거예요. 그가 인간으로서 삶의 의의를 찾고, 인간 세상이 황폐화되는 것을 원하지 않게 한다면 안타깝게도 그는 마왕이 다닌 인간으로 남을 거예요."

"그렇군요. 그렇다면 그걸 위해 어떻게 해야 하나요?"

"기본적으로는 그가 자연스럽게 인간의 삶을 선택하도록 유도하는 거예요. 다행히도 디온은 지금 요리라는 새로운 흥밋거리를 찾아내는 데 성공했고, 그걸 위해 전력으로 매진하고 있어요. 그러니 우리는 디온이 무사히 요리 공부를 해서 요리사가 되도록 도와주면 되는 거예요. 또한 그가 사랑을 하도록 하는 것도 좋아요."

"사랑을 말입니까?"

"이건 약간 위험한 도박이기도 하지만 사랑을 함으로써 얻는 행복감은 정말 대단한 것이지요. 하지만 사랑은 그만큼 괴롭기도 하니까 조심하긴 해야 돼요."

"어느 쪽도 제가 관여할 만한 구석은 보이지 않습니다만."

"그대가 할 일은 그와 그가 사랑할 만한 사람들이 불행을 당하지 않도록 지키는 거예요. 또한 디온이 마왕이 되기를 원하는 모든 것, 그러니까 마족 같은 존재가 디온과 접촉하지 못하도록 방해를 하는 거지요."

엘미르의 설명에 의하면 천족은 마족이 디온에게 접근해 유혹을 한다고 해도 절대 방해하지 않을 거라고 한다. 그러니 막고 싶으면 브로니카 혼자 알아서 막아야 한다는 것이다.

　그나마 다행인 것은 엘미르의 존재다. 그녀는 천족의 양심 선언과도 같은 존재이기 때문에 브로니카와 함께 인간의 편에서 활동을 하게 될 거라고 했다.

　그제야 브로니카는 이해했다는 듯 고개를 끄덕였다.

　"그렇군요. 그건 제가 할 수 있는 일인 것 같습니다."

　"명심해야 할 것은, 모든 일은 디온이 모르게 해야 한다는 거예요. 일단 디온이 그들과 접촉하면 더 이상 그들을 공격하면 안 돼요. 그렇지 않으면 디온이 싸움에 휘말리게 됩니다."

　"아예 원천봉쇄를 하라는 말이군요. 최선을 다하겠습니다."

　"좋아요. 그럼 브로니카 경을 믿고 이 일을 맡기겠습니다. 그대에게는 신성제국으로부터 새로운 직위가 내려질 겁니다, 블랙 로즈단의 수장이라는 직위가."

　"신성제국 첩보부를 저에게 맡기시겠다는 건가요?"

　"그래요. 하지만 결코 표면에 드러나서는 안 됩니다."

　"알겠습니다."

　"다시 말하지만 우리의 임무는 바로 마족이 디온을 만나지 못하게 암중으로 막는 것, 이미 수상한 자가 하나 있기는 하지만 그건 어쩔 수 없어요."

　"이미 마족이 존재한다는 말씀이신가요?!"

　"다행히도 그자는 좀 멍청해 보이니 큰 문제는 없을 거예요. 하지만 앞으로는 마족 측에서도 머리가 좋고 수단이 뛰어난 자가 올 테니 물샐틈없는 경계망을 구축하도록 하세요.”

“명을 받들겠습니다.”

브로니카는 한쪽 무릎을 꿇고 기사의 예를 갖추었다. 이것으로 브로니카는 진홍의 날개의 직속 부관이자 신성제국의 첩보부장이 되었다.

『흑사자마왕』 3권에 계속…

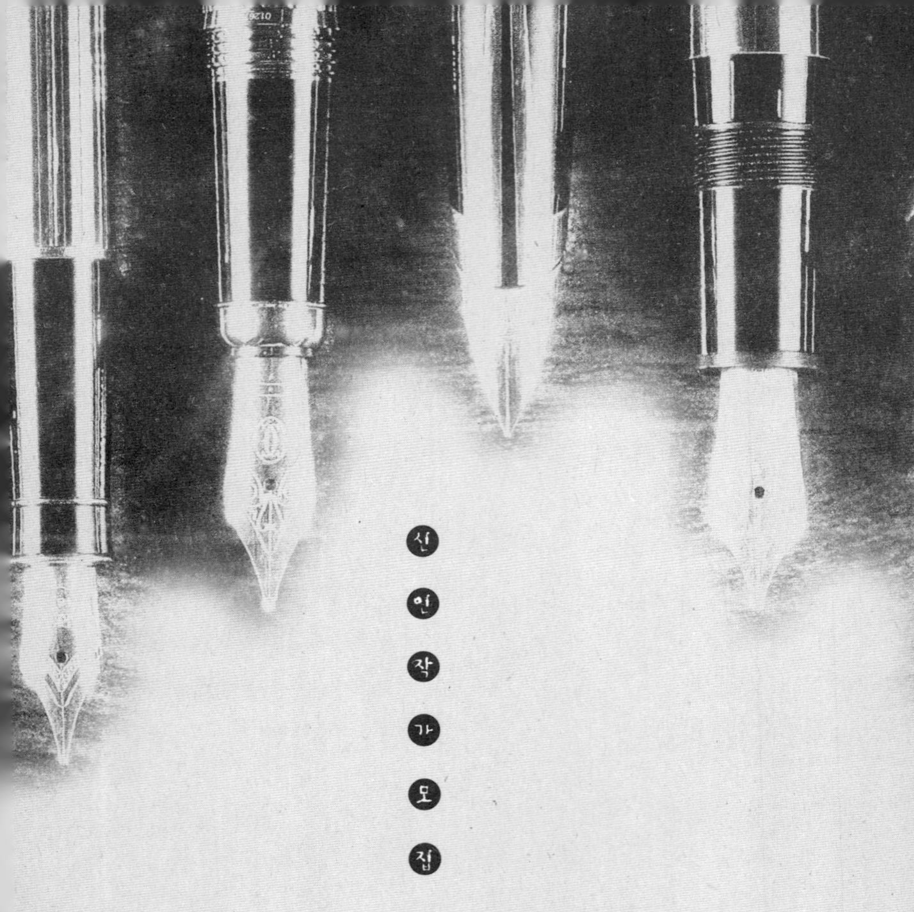
신
인
작
가
모
집

시작이 반이라고 했습니다.
작가의 길에 대한 보이지 않는 벽을 과감히 깨뜨리십시오!
청어람은 작가 지망생 여러분들의
멋진 방향타가 되어드리겠습니다.

저희 도서출판 청어람에서는
소설 신인 작가분들을 모집합니다.
판타지와 무협을 사랑하시는 분들의 많은 참여를 바랍니다.
소정의 원고(A4용지 150매)를 메일이나 우편으로 보내주시면
검토 후 출판 여부를 알려드리겠습니다.

주소:경기도 부천시 원미구 심곡1동 350-1 남성B/D 3F 우편번호420-011
TEL:032-656-4452 · FAX:032-656-4453
http://www.chungeoram.com
e-mail:chungeoram@chungeoram.com

마도종사
마도종사
魔君京涛
백일 新무협 판타지 소설
FANTASTIC ORIENTAL HEROES

대호산의 다섯 산적이 자칭 천하제일인을 만난다.

괴노 마효(魔梟)!
그는 정말 천하제일인이었을까?
그의 화마경은 정말 천하제일무경일까?

인간의 마음속에 억압된 자아를 끌어내는 자(者)의 무공!
그 화마경의 세계로 다섯 산적이 뛰어든다.

"본래 사람 사는 세상이 화마의 세계인 거다."

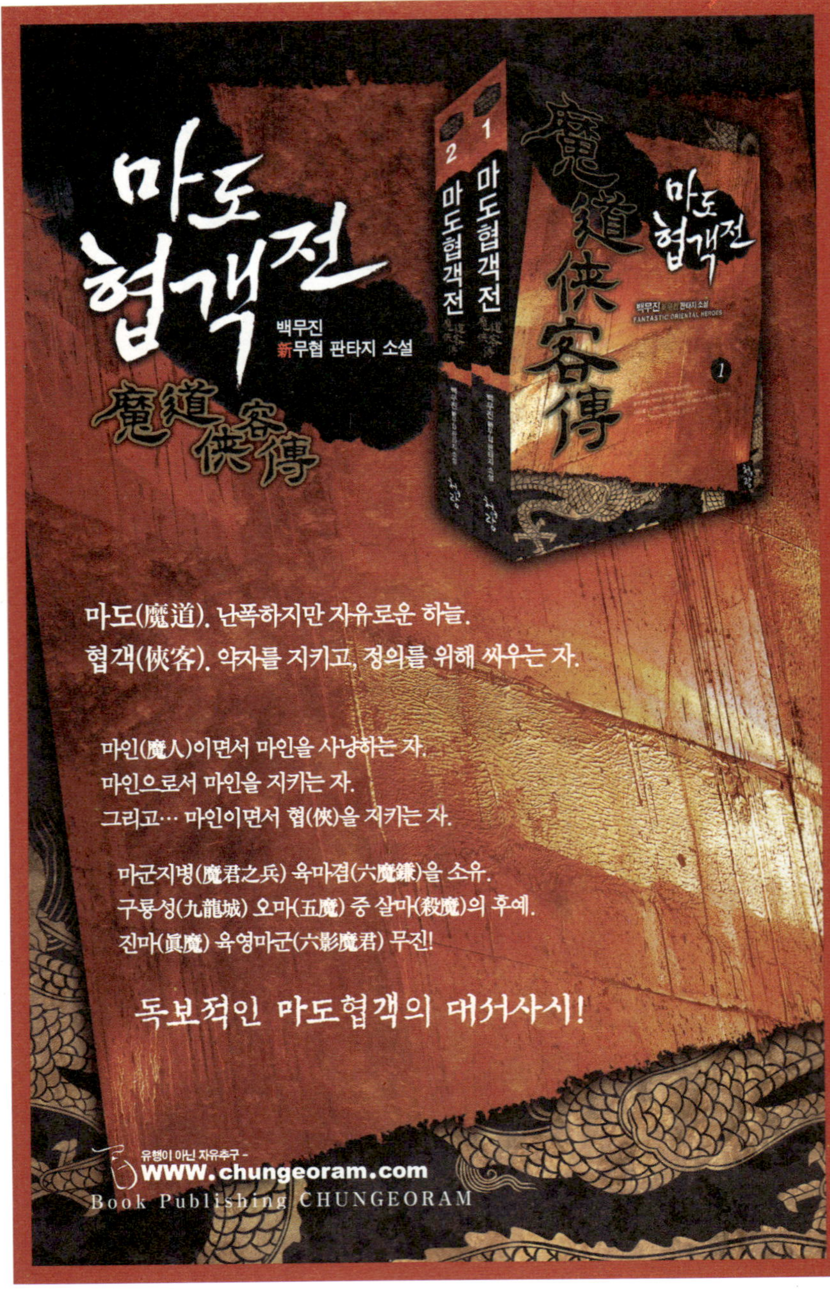

마도협객전
魔道俠客傳
백무진 新무협 판타지 소설

2 1
마도협객전 마도협객전

魔道俠客傳
마도협객전
백무진 新무협 판타지 소설
FANTASTIC ORIENTAL HEROES
1

마도(魔道). 난폭하지만 자유로운 하늘.
협객(俠客). 약자를 지키고, 정의를 위해 싸우는 자.

마인(魔人)이면서 마인을 사냥하는 자.
마인으로서 마인을 지키는 자.
그리고… 마인이면서 협(俠)을 지키는 자.

마군지병(魔君之兵) 육마겸(六魔鎌)을 소유.
구룡성(九龍城) 오마(五魔) 중 살마(殺魔)의 후예.
진마(眞魔) 육영마군(六影魔君) 무진!

독보적인 마도협객의 대서사시!

유행이 아닌 자유추구 -
WWW.chungeoram.com
Book Publishing CHUNGEORAM